불편한 편의점

不便利的便利店2

金浩然 김호연 著
陳品芳 譯

好評推薦

一個疫情打亂了所有人的便利生活，似乎突然地球全員進入退休狀態，這個景況我也參與其中。日子突然被按下暫停鍵，大把時間瞬間回到自己手上，輕重緩急順序改變，包括夢想也是。《不便利的便利店2》記錄疫情下生活中種種原本我們習以爲常的事情，突然不方便了，也讓人思索理所當然的日子，原來是有那麼多人默默推動著，才能如此便利呀！便利店眞是人們生活的救贖站！

——王琄　表演工作者

世上有許多好作品，有些會讓人覺得，「活著眞不錯，可以讀到這書」，《不便利的便利店2》就是。

——盧建彰　導演

經過了新冠肺炎的艱辛時期，服務業眞的體會非常深刻，要注意疫情期間所配合的政府措施，同時也要面對超商所帶來的人事以及貨態的問題。看完《不便利的便利店2》之後，不管是在哪一個國家，跟超商有關的任何故事都會引起非常多共鳴，平凡但又顯得溫馨的故事絕對會讓大家有股溫暖的感受。

——別家門市　「超商系」插畫粉絲團

仍然精采而溫暖的續集！描寫出疫情時代人們的孤獨與無助，那些可愛的小心眼與寬容的無私，安慰所有疏離的心。

——山女孩 Kit　作家

嘿！這樣如何，來看看《不便利的便利店2》是如何把愛當成是一種交易貨幣，我們就獲得很多成爲更好更體貼的人的方法。愛只要不斷，就能彼此成就呢！多棒！

——方億玲　而立書店店長

便利店的夜晚再度來臨！作家金浩然的「鄰里故事」，《不便利的便利店2》出爐。便利店來了新的店員，他與同事、客人之間分享故事、相互交流內心的想法。這間巷弄裡的便利店，為店員與客人點亮了微弱的光芒。疲憊的一天來到尾聲，帶給人們安慰的便利店夜班故事再度登場！

——朴亨昱　Yes24網路書店小說部門行銷總監

安慰百萬讀者疲憊的一天的《不便利的便利店2》，也即將再度開張……

在想喝點酒澆熄體內高溫的夜晚、在格外疲憊的日子，我總會去便利店。青坡洞的便利店，同樣也有許多像我這樣的客人到訪。不斷被社會欺騙的待業新鮮人；受防疫政策影響不能做生意，只能獨自在便利店戶外用餐區借酒澆愁的烤肉餐廳老闆；待在家裡的時間越來越長，成天看著父母吵架，一天比一天更難過、內心傷痕累累的高中生。他們都像我一樣，會在格外疲憊的日子到便利店光顧。這間巷弄裡的便利店，有如夜間崗哨一般總是燈火通明，總是歡迎他們的到來。被拒絕也絕不退縮，頻頻與客人搭話的便利店新任夜班員工，帶著寬大的心胸等待著你。便利店的夏夜漸漸深了……

——金孝善　阿拉丁網路書店小說部門行銷總監

目次 CONTENTS

作者按：書中事件與人物均屬虛構，與現實並無任何關聯。

店長吳善淑

上班路上，善淑注意到好幾個人一直對她行注目禮，然後才意識到自己沒戴口罩。她趕緊回家，抓起掛在玄關旁的口罩戴上。明明已經掛在門邊提醒自己，卻還是好幾次忘了戴上口罩就出門……這該死的口罩，都這麼久了還是無法習慣。

口罩跟新冠疫情時代實在讓人難以適應。聽說人類是適應力超強的動物，但面對這次的狀況，號稱超強適應力的物種似乎也無計可施。疫苗沒太大的用處，有效的治療藥物也遲遲未能出現。新聞一直報導一些看也看不懂的怪名字，似乎是變異病毒之類的東西，說有什麼突破性感染，要大家繼續打疫苗。而且這次說不定得打不同廠牌的疫苗，不光會有副作用，對老人來說也有風險，眞是令人極爲不安。因爲病毒而動盪不安的世界，像善淑這樣的小市民完全跟不上世態變化，著實令她不知該如何是好。

從家裡走到便利商店不過五百公尺，卻讓善淑氣喘如牛。盛夏季節還非得戴口罩，簡直是叫人難以呼吸。對如今身材稍圓潤的善淑來說，出門這下成了一件很不便的事。她現在甚至開始羨慕起不必戴口罩就能出門散步的兩隻小狗。話說回來，她今天得上班到晚上，眞不知道有沒有空帶這兩個小傢伙出門散步。

叮鈴，善淑推開店門入內，門上還貼著活動宣傳單、徵人公告以及入內請配戴口罩的告示。幸好，善淑任職的這間 ALWAYS 便利店裡頭有空調，十分涼爽，她也因此鬆了口氣。待在這間便利店內，能讓她獲得過去經營小酒館、小吃店時所沒有的自在感。每每想到這件事，她就不禁露出微笑。

爲什麼會這樣呢？是因爲這工作做很久了？是因爲習慣這環境了？應該是因爲當上店長了吧？當老闆的必須承擔營收和經營的壓力；當兼職人員則要面對薪水太少、隨時可能被開除的不穩定性；至於店長雖然要承擔一些責任，卻不像老闆那麼辛苦，薪水又比兼職人員多，工作也更加穩定一些。

最重要的是，善淑在這裡工作了很久，而這還是青坡洞唯一一間 ALWAYS 便利店！

如今其他品牌的連鎖便利店都不約而同地四處展店，在各大社區裡激烈競爭，只有 ALWAYS 便利店的數量一直減少。今年初，淑大正門口的分店收掉之後，這裡就成了青坡洞唯一的 ALWAYS 便利店。

可是店裡的營收有因此變好嗎？別做夢了。隨著市占率逐漸下滑、總公司在業界的力量逐漸式微，加盟店又怎麼可能好到哪去？那些勢力龐大的連鎖便利店，現在紛紛推出更多活動商品、更便宜的自有品牌，只有 ALWAYS 便利店連特價啤酒的品項都越來越少。善淑任職的這間店，前陣子甚至徹底失去了一名熱愛「四罐啤酒一萬韓元」活動的常客。那名客人每天下班都會進來買四罐啤酒配下酒菜，還會買快到期的三明治或漢堡等鮮食來果腹，是位相當特別的客人。某天，他突然說要找有麵粉公司商標、鞋油公司商標的啤酒，最後又問有沒有海螺公司商標的啤酒。善淑根本不知道有這些東西，就算知道也沒空去進貨，只能一臉茫然地拚命搖頭。最後客人只留下一句「眞可惜啊」便離開了，之後再也沒來過。這讓善淑開始煩惱，是不是要開始訂購這些特殊商標的啤酒？她心想，得回家去問問兒子。

「那些啤酒都很特別啊，還可以上傳到社群炫耀，而且也挺好喝的。」

「你喝過嗎？」

「媽，我是燒酒派啦，不愛啤酒。不過那種東西也只有一開始受歡迎而已，很快就沒人要買了，妳別擔心。」

兒子的話讓善淑感到安慰。雖然無法滿足那名熱愛啤酒的男子，但這世上哪可能事事稱心如意呢？誰不是欠這少那的，想盡辦法撐過每一天。而且這間便利店本來就是以不便利聞名的嘛，還想怎樣呢？堅持不便利，是種一路走來，始終如一的精神！善淑決定，與其擔心是不是要進些她不懂的商品，倒不如更用心服務每一天來消費的客人。

也許是因爲爲這間店奉獻了很多，以致她非常喜歡這間店。這裡就像她的人生，充滿了不足與匱乏，在艱困環境中苦苦掙扎，即使不斷虧損也要努力堅持下去，簡直就像小市民吳善淑生命歷程的寫照。

在她清點完大夜班交接的現金，打算正式開始一天的工作時，穿著短袖的大夜班店員老郭一邊脫下背心一邊朝她走來。老郭的臉上瀰漫著口罩也遮不住的疲憊，眼中還帶著一絲尷尬。這實在不像平時面無表情的老郭，讓善淑不禁有些緊張。

「店長，我可以跟妳聊一下嗎？」

平時跟老郭搭話，他都只是簡短回答，善淑甚至一度懷疑是不是口罩封印了他說話的能力。眞沒想到今日他主動提議要聊聊，但似乎不用聽也能猜到他要說什麼。善淑努力忽視那不祥的預感，直盯著老郭看。

「好，請說吧。」

「很不好意思……我可能只能再做一星期……就是只能做到下週四了。」

果然，該來的還是來了。從他幾天前說要休假一天時，善淑就有預感了。

「郭先生，你找到新工作了嗎？」

善淑發自內心詢問。老郭過去這一年多來都是擔任大夜班店員，但他已經有點年紀，工作能力又不是非常好，實在讓人擔心他能否勝任別的工作。現在他交接時，清點現金的金額就經常出錯，也老是記不清楚每個月更替的店頭活動，而且都做了一年多，還是很不熟悉收銀機的附加功能。他唯一擅長的是抓小偷。任職於便利店期間，他就逮到客人順手牽羊三次，這樣的好眼力確實能證明他曾經當過刑警。

「是啊，我在外縣市找到一個大樓警衛的工作，就決定搬去那邊了。」

「哪裡啊？」

「光州，也是我的故鄉。」

「所以是透過熟人找到的工作囉？」

「休假那天我回老家去參加喪禮，當天跟好久不見的老朋友碰了個面，有個朋友說他有一棟大樓，正好要找新的警衛，又聽說我在首爾的便利店上班，就要我乾脆去他那工作，也趁這個機會搬回老家住。我想了一下，就決定要離開首爾到那邊生活了。只是那邊要我下禮拜就過去上班，所以……這麼臨時，真的很抱歉。」

比起臨時提離職，更讓善淑難過的是，她沒想到老郭這人竟然有辦法一口氣說這麼多話。這些木訥的男人，平時要他們多說幾句話時都沉默不語，還老是鬧出一堆解不開的誤會。老郭也是名木訥的男人，沒有太多閒聊的機會，以致善淑與他的關係始終不怎麼親近。另外還有一個在便利店上晚班的鄭先生，他四個月前到職，邊打工邊等兵單。鄭先生沉默寡言，有如一尊不會說話的石佛，對什麼事情都沒有太大的反應。相較之下，五十多歲的善淑話多又容易激動，對那兩人來說，善淑反倒不是什麼好相處的對象。

「不需要抱歉啦，但我得趕快找人了，我會先跟老闆說一下再貼徵人公告。」

「要勞煩妳費心了。」

老郭鄭重向善淑鞠了個躬，便轉身離開店內。

徵人，徵求人手，善淑必須再度面臨便利店店長最大的煩惱。現在已經要徵週末工讀了，又還得再找平日的大夜班，實在讓她頭痛，也讓她原本充滿活力的一天蒙上一層陰影。

早上到中午時段，善淑一邊接待客人，一邊趁空檔確認商品的有效期限、補足架上缺少的商品，再點收進貨的鮮食並放到架上陳列。她用剛剛過有效期限的三明治和牛奶解決午餐，回神一看發現都到下午一點了，這時間老闆應該已經醒了。

善淑拿出自己的智慧型手機，從最近的通話紀錄中找出寫有「暎淑姐兒子」的電話號碼，並按下撥號。她一直沒把通訊錄裡的名字改成「姜老闆」，只要跟這傢伙有關的事情，她實在不想浪費任何一絲力氣處理。

電話沒有馬上接通，這讓善淑很不耐煩。她耐著性子又等了一下，就在快轉進語音信箱時，電話終於接通。

「怎麼了？找到週末的工讀生了嗎？」

「不是，是郭先生說要辭職。」

善淑以爲老闆聽到這句話會先嘆氣，沒想到他竟然沒好氣地說：

「他要多少？那老頭子就是不願意自己來跟我說嗎？眞的是……」

「什麼？他只是說他要辭職——」

「唉唷，阿姨，那是要我幫他加薪的意思啦。他肯定是覺得自己都做超過一年了，時薪卻都還沒有調漲，他是想用這種方式抗議啦。只要幫他加薪，他肯定會繼續做下去。」

「不是，他說在老家光州找到一份大樓警衛的工作，對方要他趕快過去上班。」

「他這劇本編得很完整喔，阿姨妳太容易被騙啦。我會再打電話跟郭先生說，就先這樣吧。」

善淑還想說點什麼，但姜老闆已經掛上電話。姜老闆聽起來像是還沒睡醒，再加上絲毫沒把善淑跟郭先生當一回事的發言，都讓善淑很不滿意。郭先生提離職時看起來很認眞，但姜老闆憑什麼認爲郭先生是耍手段想加薪？他到底都是怎麼看人的？眞是讓人失望到了極點！

姜老闆，暎淑姐的兒子，也叫做岷植。

善淑第一次見到暎淑姐這個吊兒郎當的兒子是在教會，當時岷植才三十多歲且相當自以爲是。雖然目中無人，但當時的他仍積極經營自己的事業，實在沒料到他最後竟會變成這麼好吃懶做。

如今最大的困擾是，這傢伙成了善淑的老闆，也就是實際經營這間便利店的人。更可惜的是，他只關心營收，對如何經營便利店一竅不通，甚至完全不爲店內的事負任何責任，既不想訂貨，也不想管理員工，一心認定老闆只管收錢，這類瑣事應該交給底下的人負責。於是他升善淑當店長，把這些他口中的雜事交給善淑處理。岷植告訴善淑，便利店就是一種擺好商品、招募好員工，就能自動賺錢的行業，要她想辦法讓這間店能自主運轉就好。但另一方面，他又藉口店的營收不佳，不肯替善淑加薪。所以善淑的月薪只比純兼職時期多了四十萬韓元，卻要多承擔訂貨、管理員工等沉重的業務。

善淑無法拒絕這些安排的理由只有一個，那就是暎淑姐。她還記得暎淑姐曾握著她的手，誠懇地說要把這間店跟岷植都託付給她。

今天晚班的鄭先生休假，善淑沒找到人來代班，只能自己上陣頂替。夜幕低垂，開始有下班的客人順道來到店內消費。從早工作到晚，善淑感到一陣疲憊湧現，無奈之下只好灌了兩瓶她平時不太喜歡喝的能量飲料提神。

就在這時，老郭推門走了進來。善淑抬眼看了看時鐘，發現老郭比平時早了兩小時來上班。老郭說他知道鄭先生今天休假，覺得應該要早點來交班，好讓善淑能早點回家休息。

善淑有些感動，卻又有些不是滋味。既然都有了這個想法，幹麼不主動告訴善淑呢？善淑覺得，老郭如果能多聊聊天、說說笑笑那一定很好……他這麼木訥寡言，肯定連家人都覺得相處起來很鬱悶。一想到這裡，善淑又想起自己那早已離家出走的老公，忍不住嘆了口氣。這些男人眞是可惡。

每到這種時候，善淑便會想起那隻像黃金獵犬的高大男人。仔細想想，在這群男人之中，他已經算是不錯了。那人本來是這間店的大夜班店員，新冠肺炎疫情爆發後沒多久就離職。他如今人在哪呢？過得還好嗎？善淑短暫陷入沉思，但是沒多久便因爲積了一天的疲勞與飢餓感而放棄思考，決定趕快回家。

「對了，姜老闆答應讓我離職了。」

見善淑脫下店員的制服背心走出倉庫，老郭隨即開口。善淑這才想起白天的事，她一臉好奇地湊到老郭身旁。

「姜老闆跟你怎麼說？他說要幫你加薪，叫你不要走嗎？」

「對，所以我就跟他說，如果給我時薪五萬我才要留下來。」

「然後他怎麼說？」

「他就說這段時間謝謝我了，還說以後不要再見了。」

「哎呀，這傢伙也太沒幽默感。」

「沒關係啦，他的個性就是這樣，這種事也不是第一次發生了。記得我說要來這間店上班的時候，他也是這樣叫我不准來。」

善淑能感覺到老郭在說這段話的時候，口罩底下的嘴角正微微揚起。

這樣一來，找大夜班的事就迫在眉睫了。善淑放下手上的環保袋，要老郭從櫃檯出來，然後她自己走進櫃檯裡打開電腦，連上尋找兼職人員專用的求職網站刊登徵才資訊，然後將 ALWAYS 便利店專用的徵人公告列印出來，用原子筆填寫後，再拿透明膠帶貼在公告紙上。然後，她轉身對老郭說：

「今天眞的好累，謝謝你提早來交班。」

「別這麼說，臨時提離職，我是眞的覺得很抱歉。」

老郭用眼神向她示意，善淑則點了個頭回應。

推開玻璃門走到店外，善淑把剛才印出來的大夜班徵人公告貼在週末兼職徵人公告旁。眞是的，竟連徵人公告都搞成買一送一。一口氣徵這麼多人，善淑實在很擔心人們會認為這間店給兼職人員的待遇很差。

雖然擔心，但走在回家路上的善淑依然哼起了歌。她拿了兩個三角飯糰，是兒子喜歡的拌飯口味，眼看還有點時間能帶家裡的兩隻小狗去散步，下班果然就是最好的疲勞恢復劑，剛才的倦怠瞬間一掃而空。善淑踏著輕盈的步伐，穿越夏夜的街道踏上回家的路。

兒子房間依然能聽見槍聲傳出來，但善淑知道那並不是遊戲的聲音，而是某外國連續劇的動作場景。

去年秋天，兒子終於結束漫長的繭居族生活，成功找到一份工作。在這種時期，他竟幸運錄取了一間影劇製作公司。善淑聽兒子說，這是他在辭去大企業的工作，決定涉足電影圈時接觸到的公司。受新冠疫情影響，電影圈的狀況也不太好，所以許多電影公司紛紛改拍連續劇，也因此需要補充新的人力，善淑的兒子因此而接到邀約。她曾經指責兒子搞電影實在很沒用，如今看到兒子順利找到工作，讓善淑覺得世事果真是難以預料。

兒子擔任連續劇的企劃製作，在善淑看來這工作簡直太神奇，因為兒子的任務就是成天看韓國、美國、日本、中國的連續劇。當然，除了看劇之外，他也會做些別的，可是看在善淑眼裡，兒子做的事都不像一般的工作，竟然每個月還有薪水可領，實在太驚人了！這間公司甚至讓員工居家辦公，一週只要去公司兩次。兒子在自己房裡上班，總讓善淑聯想到他過去沉迷於遊戲，大門不出二門不邁的模樣。只是當時怎麼也沒料到如今他光是窩在房裡就有錢賺，善淑不禁嘖嘖稱奇。

兒子說現在是影音串流服務的時代，有像是 Netflix 這種大家付錢收看的平台，而他的公司會把作品放上這些平台。雖然善淑聽不太懂那些詞彙，但看兒子雙眼發亮地向自己解釋，善淑覺得十分心滿意足。兒子能從事一份會想要拿出來炫耀的工作，這讓當媽媽的她很是自豪，而他還願意跟媽媽分享工作中的瑣事，這也讓善淑十分感激。沒想到才不過一年半的時間，兩人關係能有如此大的變化。

善淑現在不再逼迫兒子了。她不會要兒子去考生活比較穩定的公務員，更決定不要催促他結婚。聽兒子說明個人的生涯規畫後，善淑便做出這個決定。她知道這個世代的年輕人所面對的世界，已經與自己年輕時截然不同。雖然她害怕兒子逐漸脫離自己的保護，但她也開始懂得尊重彼此之間的差異，並與兒子保持一定的距離。

兒子已經是成年人了，他的人生怎麼樣都會有個出路。善淑不能再因為自己是媽媽，就想任意擺布兒子的人生。她只能嘗試接受，這也讓她決定無條件相信並支持兒子的每個選擇。她決定，即便兒子從事的是一份無法賺大錢的工作，但只要兒子喜歡，那她也要試著喜歡。

而且自從善淑成爲店長後，兒子開始會幫忙留意現在的流行事物。過去他很討厭到媽媽工作的便利店消費，痛恨程度幾乎就像小時候要去牙科看診一樣，盡量對那間便利店敬而遠之。但現在他會隨時到店裡走走看看，給媽媽一些建議。前陣子善淑就在兒子的推薦之下，大膽訂購了新上市的罐裝咖啡。該商品主打使用瓜地馬拉產的高品質原豆，銷路非常好。第一批很快賣光，善淑很快就再進貨第二批。兒子說受到疫情影響，人們需要保持社交距離，上咖啡廳的機會少了，反而會到便利商店找一些好咖啡來代替，實際情況果然也是這樣。不僅幫助店內增加了營收，兒子開始關心自己的工作，更是讓善淑無比開心。

不知不覺間槍聲平息，取而代之的是雄壯的音樂，看來是這一集播完了，正在播最後的片尾。善淑把兩個三角飯糰整齊擺放在桌上，接著幫兩隻打從她進門便吵著要出門的小狗繫上牽繩，帶牠們出門散步。兒子看完連續劇走出房門，瞧見桌上的三角飯糰，臉上隨即露出笑容。他滿足地在家中來回踱步，藉機活動身體。

隔天中午，姜老闆來到便利店，那副模樣善淑簡直看不下去。肥胖的身軀把寬鬆T恤撐得像件緊身衣，渾身汗臭與酒味交雜，令善淑恨不得馬上打開門讓店內通風。

姜老闆穿著短褲，搔著外露的粗肥大腿邊晃進店內。他在店內四處張望，查看貨架的模樣，簡直像是一條狗大搖大擺地四處撒尿做記號，巴不得高聲宣告這間店是他的領地。善淑決定不理會他，專注服務櫃檯前結帳的客人。但她注意到，即使客人戴著口罩，仍因爲姜老闆身上的味道而皺起眉頭。

見善淑結完帳，客人踏出店門，姜老闆隨即來到善淑面前。

「阿姨，妳訂貨會不會太隨便了？」

「有什麼問題嗎？」

「夏天賣不出去的水果，爲什麼還要一直進貨？我說的是切片西瓜跟鳳梨。」

「哪有賣不出去，你看一下營收，這附近有一間女子大學耶，你不知道女學生都很愛吃水果嗎？」

「嘖，這些水果看起來賣相很差，感覺很難吃……」

「你少廢話，常來店裡逛逛你就知道了。」

「不是啊，就已經有店長了，我還常來逛逛，這根本是浪費人力吧？我是全權交給妳喔。」

姜老闆對著善淑奸笑了一下，便轉身往冰箱走去，拿出四罐啤酒再重新走回櫃檯前。當然，他沒有付錢，善淑還必須免費給他塑膠袋。看他這個樣子，管他是不是老闆，不說幾句實在不符合善淑的處世之道。

「你眞的有在構思新事業嗎？不要喝那麼多酒啦，大白天就這樣喝酒，眞的沒問題嗎？」

「妳不懂啦，白天喝啤酒才能讓腦袋更清醒啊。雖然我……在這個啤酒事業上被人家擺了一道，但妳等著看吧，我……嗝。」

善淑隔著口罩都能聞到他打嗝時散發出來的氣味，她沒能管好自己的表情，忍不住皺起眉頭。啊，這傢伙，要不是他是暎淑姐的兒子……善淑拚命忍住想動手教訓姜老闆的衝動。

姜老闆絲毫不知道善淑的心情，只是嘻嘻笑地提起啤酒離開店內，但才走沒幾步路，他又停下腳步。他看了看貼在門口的徵人公告，然後趾高氣昂地走了回來，那模樣就像逮到學生犯錯的訓導主任一樣。

「阿姨，妳眞是的！大夜班怎麼會是一週五天？我不是說要換成兩天、四天輪班嗎？」

「不行，這樣根本找不到人。」

「一週上滿五天班，根據勞基法就要多給一天薪水*，這錢要去哪裡生？一星期連上五天班這件事，就只適用妳跟郭叔叔而已，到底要我說幾次？」

「可是這樣根本找不到人啊。除了週末以外，有哪個兼職願意只在平日連上兩天大夜班？」

「爲什麼不願意？現在疫情這麼嚴重，工作很難找耶！而且現在是暑假期間吧？不是說大學生都在搶著打工嗎？阿姨，雖然我不是什麼大老闆，但妳也不可以這樣不把我的話當一回事，這讓人很難過耶。把公告的上班天數改一下啦，打工網站上的公告也要改。」

哼。

善淑決定先不跟他爭，先答應就是了。因爲善淑很清楚，姜老闆只是看到公告而順口發個牢騷，很快就會忘記這件事。上次雇用鄭先生也是一樣，說什麼鄭先生都還沒去當兵，很快就會離職，連最低時薪都不該給他，但最後也是不了了之，直接讓人家來上班。

善淑按下怒火，跟著姜老闆走到門口，拿下徵人公告做做樣子。

按他的方式調整上班天數，絕對不可能在一星期內找到大夜班。如果想在下禮拜之前找到人頂替老郭的位置，就只能開出一週上滿五天班的條件。善淑決定先這樣徵人，要是姜老闆反對，就說找不到人，硬逼他自己來上班就是了。雖然姜老闆一直吹噓說他在社會上打滾很久，經營事業的資歷十分豐富，但善淑覺得是時候讓姜老闆知道，她吳善淑也同樣是歷練過各種磨難，不是什麼好對付的小角色。

一轉眼時間已來到下午快四點，就在將要跟鄭先生交班的時候，一名年輕女子拿著巧克力站到櫃檯前。結完帳之後，這名客人手上拿著商品準備轉身離開，卻又不知爲何遲疑地停下了動作。

「不好意思，請問……」

是大夜班，她肯定是來應徵大夜班！

善淑在心中默念，並直視著對方的雙眼。那露在口罩外頭的濃眉、冷靜的雙眼，看起來無比美麗。奇怪，最近是因爲大家都戴口罩的關係嗎？怎麼感覺年輕人好像看起來和善多了。

「妳要打工嗎？妳是淑大的學生嗎？」

急性子的善淑連聲詢問。一連串的問題讓女客人瞬間僵住，善淑能感覺她口罩下的嘴小小聲地不知在說什麼。

「那個，大夜班的兼職……」

＊依韓國勞基法規定，時薪制員工每週工作五天且超過一定時數，老闆必須多支付一天薪水為補貼。也就是上五天班，可領到六天薪水。

「沒錯，我們在找大夜班。這個社區不危險，很安全，派出所也離這裡很近，女生也能做得來。」

「不是啦，我是想問那個上大夜班的人，就是看起來大約六十幾歲的那位先生。」

嗯？怎麼突然問起老郭？見這名客人不是來應徵工作，善淑的口氣瞬間變得很不客氣。

「他怎麼了嗎？」

「前陣子我看他有一天沒來，不知道是不是哪裡生病了，所以才要辭職？」

「沒有啊，他只是請假，現在回來上班了。怎麼了嗎？妳跟郭先生認識嗎？」

女客人輕輕點了點頭，不知是害羞還是在回應善淑的問題。善淑雖受不了這種話說不清楚的感覺，但見這位客人的態度小心又謹慎，她突然靈光乍現。

「請問，妳是郭先生的女兒嗎？」

接著對方一雙眼睛睜得像兔子那麼大，整個人湊到善淑面前問：

「您怎麼知道？我跟我爸一點都不像啊……」

「郭先生說他有一個女兒跟一個兒子，也曾經給我看過照片。妳戴著口罩，所以我一開始沒認出來。不過仔細一看，發現你們的一字眉很像，對吧？你們父女還是有像的地方。」

老郭的女兒摸了摸自己的額頭，也感覺到善淑正在觀察自己。這時叮鈴一聲，鄭先生推門走入店內，用他一貫愛理不理的態度向善淑打了個招呼，便逕自往倉庫走去。

「那個，您快要交班了……如果不介意的話，等等要不要跟我聊一聊？我請您喝杯咖啡吧。」

這位客人看著善淑認眞地說。

善淑隱約覺得這件事有點麻煩，不想蹚這個渾水，但對方用這麼眞摯的眼神看著自己，她實在沒有辦法逃避。

善淑在加了冰塊的淺褐色飲料加入大量糖漿，然後再用吸管攪拌均勻後，才大大吸了一口。這又甜又涼的冰拿鐵咖啡，是善淑夏天最喜歡的飲料。當然，只有在別人請客的時候她才會喝，平時她捨不得花錢在外頭買咖啡，所以碰上有人請客，自然非點冰拿鐵不可。

又喝了一口，善淑才終於放鬆下來看著老郭的女兒。老郭的女兒拿起裝了美式咖啡的馬克杯湊到嘴邊。都還沒喝下，就感覺到善淑示意她說話的眼神，她隨即將馬克杯放回桌上，正眼看向善淑。

「學生時期，我也是名游泳選手。當運動選手很花錢，我的成績又不算太亮眼，所以就沒繼續了。現在擔任游泳教練，但新冠肺炎讓我的工作量變少，一星期沒剩幾堂課能上。」

「原來如此，難怪妳能在白天過來。畢竟一般上班族，平日白天不太可能出現。」

「其實，聽說我爸爸跟您提過我們的事情，讓我感到很驚訝。」

「妳可以叫我吳女士。」

「好，吳女士。我不曉得您知不知道，我父母前幾年離婚了。我跟弟弟原本跟爸爸的關係就不算特別好，他們離婚之後我們也就自然疏遠了。如果我們不打電話給他，他就會主動打來，問我們怎麼都不跟他聯絡……但我實在不知道該跟他說什麼。他本來話就很少，以前又是警察，所以我一直有點怕他。再加上一起生活的時候，我經常看到他跟我媽吵架……不，與其說是吵架，倒不如說是爸爸單方面辱罵、生氣，在這種環境下長大的我們，自然會受傷。」

她越說越激動，只好稍微停頓一下，緩和緩和情緒。善淑拿起咖啡來假裝喝了一口，她也拿起馬克杯靠近嘴邊，稍微抿了一口便繼續說下去。

「我弟弟現在在外縣市上班，而我在首爾跟媽媽一起生活。媽媽不太喜歡提起爸爸，但我開始上班之後，反而經常會想起爸爸。學生時期，爸爸負擔了我的游泳課、比賽報名的費用。而且後來我才知道，我有比賽時，即使有重要案件，他也會先放下手邊的工作，偷偷跑來看我比賽。他雖然很木訥，卻默默爲我成爲游泳國手的夢想付出很多。但最後我並沒有成功，我也因此沮喪了好久，爸爸很看不慣我那個樣子，以致我們對彼此的誤解越來越深。」

她話越說越快，善淑也聽得越來越專注。善淑拿著吸管攪拌剩下的咖啡，等待老郭的女兒接著說下去。

「我實在不知道該怎麼解開這些誤解、心結。我發現從十幾歲開始到現在，我跟爸爸從來沒有過一次像樣的對話。那段時間就像被偷走了一樣，徹底空白。前陣子我接到姑姑打來的電話，她說她最近來首爾看我爸爸，結果她嚇了一大跳。爸爸不光是把房間打掃得很乾淨、自己做飯吃，甚至還在便利商店上大夜班，跟以前判若兩人。姑姑說爸爸開始一個人生活之後變老許多，問我們能不能偶爾照顧他一下。我眞的沒想到爸爸會到便利店上班，所以姑姑這番話讓我很吃驚。他一直是個很權威的人，以前我們去餐廳吃飯，只要有一點點小問題，他就會對服務生大呼小叫，做出一些大家口中的奧客行徑。這樣的人竟然到便利店來做兼職，實在讓人不敢置信……難以想像。糟糕，我好像不小心說太多了，眞抱歉。總之，我實在不知道該怎麼辦，於是前幾天半夜跑來這間便利店……啊，那個……」

老郭的女兒突然雙頰泛紅，似乎是有些爲難，不知道該不該繼續說下去的樣子。善淑靜靜看著她，然後露出微笑。她低下頭，雙眼泛淚低聲說「對不起」。她沒有抬起頭，善淑主動遞了張衛生紙過去。

「雖然妳的話聽起來有點沒頭緒，不過我想我知道妳要說什麼。我很有空，沒關係，妳就慢慢說吧。我跟郭先生共事超過一年，一直很感謝有他在。既然妳好不容易鼓起勇氣來找他，那我會想辦法幫忙的，好嗎？」

老郭的女兒接過衛生紙，趕緊擦掉自己的眼淚。善淑趁這個空檔，喝光剩下的冰拿鐵。等情緒稍稍平復後，她問善淑還要不要再點些什麼，善淑表示不必再點飲料，但現在回家恰巧是她的點心時間，希望能吃個餅乾或吃片蛋糕。於是老郭的女兒往咖啡廳的甜點櫃走去，善淑心想，既然對方這麼有心，不如就接受她的款待，好好陪陪她。

點完餐後，老郭的女兒回到位置上，表情比稍早要冷靜許多。

在回家的路上，善淑不停思考，老郭眞的認不出自己的女兒嗎？還是刻意裝作不認識？雖然很想立刻打電話問問老郭，但這麼做實在有些失禮，而且這也不是老郭的女兒期望的結果。

老郭的女兒始終無法鼓起勇氣來看爸爸。直到上個星期，才在朋友的陪同之下，在大夜班時間來到店內。她挑好商品後，忐忑不安地往櫃檯走去，但老郭只顧著結帳，並沒有太注意她。雖然她懷疑可能是因爲戴著口罩，爸爸才認不出自己，但也有些遲疑是否要脫掉口罩再進店內一次。同行的朋友說似乎是因爲老郭都不太看客人的眼睛，所以才沒有認出女兒。但無論如何，爸爸認不出自己仍讓她有些難過。就算是戴著口罩，也不可能認不出自己的女兒吧？還是爸爸其實已經認出來了，卻裝傻呢？無論是哪一種狀況，都讓她很失望，心情低落了好幾天。

煩惱到最後，她便決定找一天再到便利店一趟，這次卻發現老郭沒來上班。這讓她開始擔心，如果父親就這麼辭掉工作，他們會不會再也見不到面？無論如何，她終究必須面對父親，無奈卻一直提不起勇氣。今天白天她只是來店裡走走，恰巧看見善淑，覺得善淑似乎是能談話的對象，便主動邀請善淑在下班後聊一聊。

如果是平常，善淑肯定會一股腦兒地說出自己的想法，但這次她做不到，她知道自己必須慎重行事。

執拗，可以說是善淑在過往人生中，用來處理問題的態度。面對先生和兒子時，她也會不時展現這樣的特質。不過這些年她學到，與其堅持自己的做法，有些事情更需要謹慎處理。遇到這樣的狀況，她不會再只以自己的觀點出發，而是會化身爲旁觀者，觀察當前遇到的狀況。這是跟誰學的？當然是暎淑姐啊。記得當時，善淑跟兒子的關係才剛剛開始改善。就在某次她差點又要犯老毛病時，突然想起暎淑姐給她的建議，這才讓她按捺住想找兒子計較的衝動。

後來善淑請暎淑姐吃飯並向她道謝，她們一起去吃當時最流行的麻辣燙，兩人話匣子大開。善淑說多虧了暎淑姐的建議，才讓她跟兒子的關係有所改善。沒想到暎淑姐卻有些意志消沉地說，偏偏這建議在自己身上行不通。善淑說吃辣有助抒發壓力，要暎淑姐多喝幾口麻辣燙的湯，於是暎淑姐將碗捧起，大口大口喝下碗裡紅通通的湯。善淑知道她顯然是遇到很棘手的問題，否則不會有這種舉動。跟暎淑姐一起吃嗆辣美食的回憶，讓善淑不知爲何有些鼻酸。

總之，想到最後，善淑認爲老郭眼睛很利，不太可能沒認出女兒。無論如何，這個問題需要費點心思來處理，她決定等明天交班時再親自問問老郭。

「今天也超過四百人呢，確診的人數眞的都沒有減少。」

善淑一推開便利店門，就對著站在櫃檯的老郭說。除了「吃飯沒」和「今天的天氣」等話題之外，新冠肺炎的疫情狀況，成了人們早上與他人開啓話題的新寵。老郭點點頭，以眼神表示同意。這男人還眞是有夠沉默寡言。

「我好怕會得那個肺炎喔，我連第一劑疫苗都還沒打耶。」

善淑又找了新的話題。

「妳什麼時候要打?」

已經接種過新冠肺炎疫苗第一劑的老郭終於開口回應。

「這個月底。打過的人都說副作用很嚴重,我眞的很擔心。郭先生那時候也是因爲副作用,直接休息了一天,對吧?」

「是啊。」

「唉,就先不說我了,眞不知道什麼時候才會輪到我兒子。總之我已經跟他說,在輪到他打疫苗之前,最好都乖乖待在家,哪裡也別去。幸好他現在都居家辦公,不需要在外面跑。」

善淑決定要用兒子的事情來帶入正題。

「那眞是幸好。」

「你的孩子呢?他們都還好嗎?」

既然都聊到我兒子了,接下來也該聊聊你女兒了吧?善淑心想。只是老郭並沒有立刻回應,而是遲疑地望向窗外,眼神飄向遠方。沒辦法了,善淑決定繼續施壓。

「唉呀,你明白的吧?就算跟孩子疏遠了,這種時候還是要聯絡一下才對。問問他們有沒有被新冠肺炎影響,還有習不習慣保持社交距離,最近大家都是這樣問候彼此的。而且這也是很重要的問題。」

「當然……妳說的對。」

「趁現在趕快跟他們聯絡吧，你上次不是還給我看他們的照片嗎？他們看起來都很乖，我一直很羨慕你。」

「眞的嗎？」

「當然是眞的。尤其你女兒，長得漂亮又清秀，要不是我兒子比她小三歲，還眞想讓她來當我媳婦呢，呵呵呵。」

善淑使出了必殺技，老郭則像挨了根毒針似的動也不動，從表情能看得出來他很認眞地在思考。

「其實前陣子我有看到我女兒。」

老郭的話才說完，善淑便立刻整個人湊到老郭面前。

「天啊，眞的嗎？她過得還好嗎？」

「很好，也有戴著口罩出門，看起來很不錯。」

「你們在哪見到面的？餐廳？你有帶她去吃什麼好吃的嗎？不對，現在應該是女兒要請爸爸吃飯了，對吧？」

善淑一邊說一邊觀察老郭的表情。

「只是見了一下面而已，沒有一起吃飯。」

「眞是太可惜了。不過也是啦，現在外面這樣子，出去閒逛吃飯好像也不太對。有見到面就好啦，我很替你高興。」

善淑往倉庫走去。她將自己揹來的環保袋放入置物櫃，換上店員制服背心走出來時，瞧見老郭低著頭。善淑雙手抱胸，心想自己果然沒猜錯，老郭肯定有認出女兒。現在也該告訴老郭，說他女兒來過店裡，要他下次在店裡遇見女兒時，記得多跟女兒聊幾句。恰巧現在一個客人也沒有，是開口的最佳時機。

善淑帶著滿意的微笑站到老郭面前。沒想到這時，老郭猛地抬起頭來直視著善淑。

「其實我本來就想問問，不知道昨天店長妳跟我女兒聊了什麼？」

一時間，善淑打了個冷顫，手足無措，不知該如何是好，她的手臂瞬間冒起雞皮疙瘩。老郭望著她的眼神，有如刑警在偵訊犯人。

善淑努力釐清當下的狀況。老郭已經知道自己昨天跟他女兒碰過面，但有親眼看到這件事的人只有晚班工讀鄭先生，難道是鄭先生告訴老郭的？

「我看了監視器的影片，過去這幾天都有看。」

天啊，他竟然會去看監視器？這個人以前還眞的是刑警呢！善淑畏畏縮縮地站在那，變得像個做錯事被大人逮到的孩子。只是她的自尊心可不允許自己這麼畏縮。

「你看了監視器嗎？眞是的，那只有店長才能看耶，你怎麼能隨便做這種事？」

「眞抱歉，但我很想知道那天之後，我女兒還有沒有再來過店裡。我每天都有看，所以才會看到昨天女兒有來，然後店長跟她一起離開的畫面。所以即使妳不提，我也很想問妳，不知道妳跟我女兒聊了什麼……」

「還會聊什麼呢？當然是說爸爸的壞話囉！」

「這……」

「開玩笑的啦。是你女兒想知道你是眞的沒認出她，還是認出來了卻假裝不認得。照這樣看，你應該是認出來了？但爲什麼要假裝沒認出來呢？」

善淑一股腦把事情全說出口，老郭則低著頭避開善淑的視線。老郭瞬間陷入沉默，善淑有些懊惱，心想自己是不是太多嘴了。但就在這時，老郭抬起頭來看著善淑說：

「我很不好意思。」

「……不好意思什麼？」

「看見女兒突然出現，我實在沒有勇氣跟她相認。」

聽見善淑毫不留情地嘖了兩聲以示譴責，老郭趕緊補充道：

「有人跟我說過，要我像對待客人一樣對待家人。不知道是不是已經習慣這個想法了，所以遇到眞正的家人時，竟然也把他們當成客人一樣對待。想必我當時腦袋是一團混亂。」

「原來是這樣啊。」

善淑會心一笑。眼前的情況讓善淑覺得老郭像個被迫自白的犯人，而不是以前那個威風凜凜的刑警。她覺得自己掌握到關鍵的致勝機會，便看著表情有些僵硬的老郭，清了清喉嚨，說出她準備已久的台詞。

「我會跟你女兒聯絡。她很想知道你是眞沒認出她，還是沒有勇氣跟她相認。我今天會打電話告訴她這件事，順便跟她說你只做到下星期四。所以如果你離開前女兒又來店裡，就請你先主動跟她相認吧。」

老郭沉默不語，只以點頭表示同意。

「你女兒好像有很多話想跟你說，不然也不會特地花錢請我吃下午茶。她問了很多跟你有關的事，感覺她很擔心你，所以你要主動跟她相認、聽她說話，拿個店裡的三角飯糰還是罐裝咖啡給她都好。那些就記在帳上吧，算我請客。」

「我知道了。還有……謝謝妳！」

見老郭又要鞠躬道謝，善淑趕緊阻止他，然後就以要點收現金爲由，把老郭給趕出櫃檯。老郭站在櫃檯旁遲疑了一會兒，然後才轉身往倉庫走去，待了好久都沒有出來。

善淑不明白自己爲什麼會要老郭拿三角飯糰給女兒。接著她想起過去有個像隻大型犬的男人，也曾把三角飯糰交到她手上，要她藉著飯糰跟兒子和解，想到這她才明白自己爲何會有那樣的反應。這兩年，老郭與在他之前的大夜班店員，也就是那個像黃金獵犬般溫馴的男子，兩人接力扛起這間超商的大夜班工作。如今老郭也要離開了，大夜班該怎麼安排才好呢？現在不僅沒人來投履歷，甚至連個詢問這份工作的人都沒有。一想到得在時限內找到能在夜裡鎮守超商的新人，讓善淑再度頭疼了起來。

原本在整理貨架的鄭先生，朝著完成交接準備下班的善淑走來。面無表情又沉默寡言，有如一塊石頭的鄭先生，竟然會主動來攀談？這讓善淑有些緊張，心裡一邊祈禱著，希望他千萬別說要辭職。光是要找大夜班跟週末兼職就夠傷腦筋了，要是連鄭先生都要辭職，那就眞是太慘了。

鄭先生雖然不是要辭職，但他說的話卻讓善淑壓力更大。據他所說，昨晚有個男人來說想應徵大夜班，於是鄭先生便要對方白天再來找店長。善淑問鄭先生爲何不叫對方打電話聯繫，鄭先生給了一個非常荒唐的答案：

「那又不歸我管。」

善淑頓時氣得七竅生煙，忍不住大聲質問鄭先生，是不是不知道找大夜班這件事很急？把店長的電話給來應徵的人到底有多困難？沒想到鄭先生竟回答說，因爲覺得店長似乎不喜歡在下班時間接電話，所以才沒把店長的電話給對方。這說法根本是在胡扯，他就只是嫌麻煩，根本是不會想又不在乎！哪怕這間超商出了問題、同事遇到困難，他就只顧自己能領到薪水，其他的一點也不在意。

「今天白天沒人來應徵，現在店裡遇到一些困難，想必也會對鄭・先・生造成影響，你怎麼能說這跟自己無關呢？這樣怎麼行？」

因爲戴著口罩，善淑完全無法看到他的表情，也不知道他有沒有在反省。但她可管不了那麼多，說完該說的話之後就大步離開便利店。

回到家後，善淑邊準備晚餐邊等兒子下班。沒過多久，兒子結束今天的工作走出房門。他下半身穿著輕便的運動短褲，上半身卻是正式的短袖襯衫，這樣的打扮善淑覺得挺滑稽的。不過兒子嘻嘻笑地說，反正視訊開會就只看得到上半身，所以下半身怎麼穿都無所謂。

善淑將下班時發生的事及鄭先生的態度告訴兒子，並問他是不是最近的年輕人都這樣，兒子竟噗哧一聲笑了出來。他說不是最近的年輕人都這樣，而是這個兼職的鄭先生有點白目，並要善淑別管這個人。善淑表示對方好歹是自己管理的員工，也是一起工作的同事，怎麼可以不管他？沒想到這樣一句話，卻讓兒子停下了手上的筷子。

「媽，我知道妳現在當上店長，需要管理整間店，但妳不要太去在意人的事情，那只會累死自己。人際關係這種東西，保持適當距離才是最好的，不管對方是同事還是朋友。」

善淑本想接著問：「那家人是不是也要保持距離才好？」但最後還是決定打住。兒子說的沒錯，善淑也曾有段時期不相信、不想管任何人。她曾經認爲這世上能信得過的只有狗，甚至相信狗才是世界上最棒的生物。不過她現在知道，即使不相信別人，還是可以對別人抱持好意。想到這裡，她突然想起一件該做的事。

一吃完晚餐，善淑立刻拿起手機撥打電話，電話很快接通。郭先生女兒的聲音透過聽筒傳來，聽起來滿懷期待。

隔天，善淑當班時只要一有空，就會拿起店裡的有線電話撥給曾經任職過的工讀生，請他們幫忙找找有沒有人能來做大夜班，可惜每個人都說現在的年輕人不喜歡做大夜班。雖然很想拜託他們問問看身邊有沒有失業的叔叔、哥哥，或是榮譽退休的爸爸想二度就業，但善淑最後還是沒開這個口。她在電話中強調，這家便利店沒什麼客人不會很忙，又位在住宅區裡面，晚上非常安全等優點。沒想到善淑最後一位聯絡的前工讀生竟跟她說：

「店長，其實我眞的很不喜歡沒什麼客人這件事。生意不好會覺得上班時間過得很慢，就算我只是工讀生，但這種沒做到什麼事乾領薪水的感覺，讓我心裡很難受。」

善淑眞不知道是該感謝對方說實話，還是該爲店裡沒客人感到丟臉。最後只能謝謝對方據實以告，然後快快結束這通電話。就在這時，有人推開店門走了進來，善淑趕緊放下話筒向客人問好。

「歡迎光臨。」

這名客人快步走向貨架的同時，善淑輕嘆了口氣，低頭把筆記本上的最後一筆資料劃掉。忽然間，剛進門的客人提著二十四入的捲筒衛生紙來到櫃檯，那是一名塊頭有點大的男性。

善淑拿起條碼掃描器想要結帳，可是這名男子卻遲遲沒把手上的捲筒衛生紙放上櫃檯。仔細一看，才發現他竟是在細細確認上頭的價格。在便利店工作這麼久，商品的價格善淑早已爛熟於心，於是她很快說出商品的價格。

「共一萬四千韓元。」

「謝謝妳。」

男子的聲音音調有些高，跟他的大塊頭身材實在不搭。善淑抬頭看著對方，雙眼滿是疑惑。這名男子看來大約四十多歲，雖無法猜出實際年齡，但絕對不是年輕人。歲數應該比善淑小，所以差不多四十歲上下。男子的八字眉微微下壓，努力擠出笑容。

「聽說你們在找大夜班。」

瞬間，善淑的嘴角抽了幾下。她暗自慶幸口罩遮住了她大部分的表情。她趕緊上下打量眼前這名男子，那又大又圓的雙眼、下垂的眉毛，令人忍不住聯想到某種忘了在哪見過的草食動物。對方身穿不知是芥末黃還是大便黃的鬆垮T恤，配上一頭蓬亂鬈髮，整體給人一種邋遢且不整潔的印象。

「你來應徵工作，爲什麼還要買衛生紙？」

「那是因爲我媽媽說，去別人店裡一定要多少有點消費，恰巧我家的衛生紙也用完了，哈哈哈。」

怎麼回事？這人也太有禮貌了吧？雖然這態度讓人頗感尷尬，但他堆著滿臉笑的樣子，仍然讓善淑稍稍放下了戒心。最重要的是，他是來應徵大夜班的。與其在那計較他的想法怪異，不如先處理要緊的事。

男子把衛生紙轉到印有條碼的那面，朝著善淑遞過去，這個小動作是爲了方便善淑更快掃描條碼，這讓善淑覺得他很貼心。機器一掃，果然是一萬四千韓元。這些小東西的價格全都烙印在善淑的腦海中了。善淑對自己的表現十分滿意，並收下男子遞出的簽帳卡準備結帳。

沒想到卻結帳失敗。

「你的卡片餘額似乎不足，請問有其他的卡嗎？」

男子瞪大了眼，瞳孔劇烈震動著。

「那裡面應……應該還有一些錢才對，可以請妳再試一次看看嗎？」

善淑雖然感到有些不太對勁，但還是耐著性子重新刷一次，果然跟剛才一樣。她面無表情地看著那名男子，並將卡片遞還。

「我想你可能需要換一張卡，或是改用現金付款……」

男子尷尬地收回簽帳卡，慌張地開始翻找軍綠色工作褲的口袋。不知道他是不是沒帶皮夾，還是工作褲口袋裡什麼也沒有。

他連一塊錢都沒找著，善淑悄悄嘆了口氣。男子接著開始翻找起背上那個像帽子一樣的小背包。那個背包雖小，卻塞了很多東西，見男子始終沒有停下翻找的動作，善淑的表情越來越僵硬。她開始認眞在想，是不是乾脆把這個荒唐的傢伙趕走算了。

「找到了。」

男子露出笑容，從背包裡拿出幾張皺皺的紙鈔給善淑看，接著才一一將鈔票攤平。共有一張萬元紙鈔和兩張千元紙鈔，不幸的是，還差兩千韓元才能買這袋衛生紙。

「請問，有沒有一萬兩千韓元的衛生紙呢？」

「這已經是最便宜的了……」

「那可以預支嗎？我開始工作之後，等發月薪時再從裡面把兩千韓元扣掉吧。」

「我們現在都還沒確定要不要僱用你，怎麼你就已經開始去想預支的事了？太搞不清楚狀況了吧！」

善淑忍無可忍，沒好氣地說，男子則連忙鞠躬道歉。

「眞抱歉，我會更努力的。」

男子九十度鞠躬向善淑道歉。塊頭這麼大的人這樣恭敬行禮，不禁讓人聯想到黑社會小弟。善淑跟他相處越久，在心裡給他扣的分數就越多。雖然很想不管三七二十一立刻趕他走，但店裡的狀況不容許善淑這麼任性，這讓她的心情很是複雜。

就在這時，善淑想到了一個方法。

「你都還沒面試就要預支薪水，是有點困難，但有別的方法，你把卡給我。」

善淑從收銀機的螢幕上選擇了複合式結帳，先輸入兩千韓元的金額，並用男子的簽帳卡付款。

這次順利地完成付款，看來帳戶裡至少還剩下兩千韓元。

接著善淑轉向那名目瞪口呆楞在原地，還搞不清楚發生什麼事的男子，要了他手上的一萬兩千韓元現金。這時男子才闔上張大了的嘴，將現金遞給善淑。善淑便用這些現金，把剩下的一萬兩千韓元付掉。

「好厲害！竟能想出這個解決方法，簡直就是所羅門王的智慧！哈哈哈！」

這難道是一種巴結嗎？善淑把簽帳卡還給男子，並請他拿出自己的履歷。男子再度手忙腳亂地翻找包包。眞是個亂七八糟的傢伙。

終於，他從背包裡拿出一個信封袋，這個發黃的信封袋裡，裝著厚厚的一疊履歷。什麼樣的履歷會厚成這個德性？善淑搔了搔頭。這時恰巧有兩名年輕女性走進來，讓本就狹小的店內空間顯得更加擁擠。善淑心想，是時候降低店內的人口密度了。

「這樣就行了，你可以走了。」

「什麼？妳不看我的履歷嗎？」

「我等等會看，現在有客人。」

「面試呢？妳怎麼都不問我問題？」

「你是要應徵三星還是現代企業？反正就先這樣，你回家等啦。我看完你的履歷，確定你是我們需要的人，就會跟你聯絡。」

男子一臉尷尬地深吸了幾口氣，然後再度朝善淑鞠一個九十度的躬之後便離開。他手中提著用全部財產買下的衛生紙，腳步沉重地朝遠方走去。

那背影還眞是無比笨重。

出局！

再怎麼缺大夜班人員，也絕對不能找這種人來濫竽充數！雖然他人看起來很好，但善淑能從個人經驗判斷，這類人很容易惹出意外的麻煩。反而是那些外表看上去有點自私，但在自己的上班時段絕對不會惹麻煩的人，才是善淑比較偏好的員工類型。

時間已經接近週末，卻再也沒出現任何新的大夜班應徵者。心煩意亂的善淑，只好在排休的星期天傍晚到店裡去，拿出放在收銀機底下的那份履歷來看。她這才終於知道，爲什麼這份履歷會這麼厚。

這名男子簡直是專職打工仔，四大張履歷上頭滿滿都是他的打工經歷：餐廳外場、吃到飽餐廳洗碗工、麥當勞廚房助手、烤肉店炭火負責人、中式餐廳外送兼職、宅配貨物裝卸工人、活動現場執行工作人員、臨時演員、年糕店兼職、冰店兼職、跑腿中心兼職、搬家中心兼職、飯捲天國兼職、婚禮會場服務員、殯葬禮儀公司兼職、醫院廢棄物處理兼職、購物中心停車指示兼職、物流中心分類兼職、成人迪斯可酒店安全人員兼職等等……唯一沒做過的兼職就是便利商店，感覺簡直像是爲了補上這塊空缺而特地來應徵似的。

年齡四十三歲，未婚，無家人，沒有任何證照，畢業於首爾的高中，然後到知名大學設立於外縣市的分校讀書。從學歷來看，至少是個有大學畢業證書的一般人。雖然他很誠實地把自己的所有經歷寫出來，但畢業至今始終靠打工度日，讓人不知該如何是好。

眞是煩惱。雖然有很多打工經驗是他的優勢，但換過這麼多份工作，實在讓人很難相信他的生活是否正常。再加上幾天前實際見過他本人，覺得這個人確實有些愚鈍，而且塊頭大會給人壓迫感，行動遲緩也似乎不太適任。

就在這時電話響起，打來的人是姜老闆。

前陣子善淑跟姜老闆提起老郭的離職補助金，姜老闆堅持絕不會發離職補助金給老郭。善淑強調，老郭在這裡工作超過一年，法律規定離職時老闆必須發給他補助金，否則老郭能向勞動部檢舉。姜老闆卻堅持己見，還說他會去跟老郭溝通，並打包票說會讓老郭放棄領取離職補助金。

「妳在哪裡？」

「我週末休假，你幹麼打給我？」

「沒有啦，我是要請妳算一下郭叔叔的離職補助金，再跟我說一共多少錢。」

「是喔？我剛好來店裡，我算一算再跟你說。」

「對了，找到接替郭叔叔的人了嗎？」

「沒找到。要不要乾脆你自己來做？」

「阿姨，妳不要做夢了。奇怪，現在不是說肺炎疫情讓很多人失業嗎？怎麼都沒人來應徵啊？」

「其實是有一個人來應徵啦，但他實在是不太可靠……」

「欸！我不是說要找兩個人分兩天、四天輪班嗎？只找一個人哪有辦法這樣輪兩天、四天班？如果讓他連上五天，這樣就又要多給錢，絕對不可以！」

「不然誰來做？」

「等等，那個應徵者哪裡不好？是很笨嗎？還是感覺會偷店裡的東西？」

「他就是有點傻，話又有點多……」

「那他應該很乖啦，就先用他吧，讓他一週來上五天班。」

「好，這是你說的喔，我是有點擔心他會闖禍啦。」

「便利店會出的事情除了失火之外，還會有別的嗎？我有幫店裡保火災險，要是失火反而可以賺一筆。阿姨，妳不用怕啦。然後妳要記得跟他說，雖然是上五天班，但是不會依據勞基法多給薪水補助喔。」

「怎麼可以這樣？」

「妳不是說他有點傻嗎？就跟他說店裡生意不好，沒辦法多給錢，問他可不可以接受，然後偷偷錄音下來當證據就好啦。」

「唉唷，老闆，你自己去跟他說啦，這我做不到。」

「眞是的！阿姨，是妳堅持說要給郭叔叔離職補助金的耶！這樣這個月妳跟其他工讀生的薪水都很吃緊，所以當然要在新人的薪水上省一點啊！阿姨，這是在求生存，稍微減少一點支出，我們的收入才會比較好啊。妳是店長，就應該像個店長一樣負起責任來。怎麼可以只有我在煩惱收入的事，對吧？」

不知道是被什麼給迷惑了，善淑竟同意起姜老闆的這番話。她一心只想趕快解決這件事，便翻到履歷表的第一頁，撥打上面的電話。電話那頭男子的聲音聽起來十分歡快，欣然答應接下大夜班的工作。善淑吞了下口水，做好準備才接著說下去。

「但我們超商最近收入不太好，所以說啊，可能沒辦法依照勞基法多給你薪水補助。這部分可能需要你體諒，這樣我們才有辦法請你來工作……」

善淑也是硬著頭皮提出這個要求，所以實在難以順暢地把整段話說完，沒想到電話那頭的男子竟想也不想就說：

「沒關係，大家都有困難，互相體諒才能一起做事嘛。」

立刻得到肯定的答覆，讓善淑瞬間不知該說什麼，但她很快回過神來，告訴對方因爲下週現任的大夜班人員就要離職，所以明天就需要先來交接。說完後她又遲疑了好一會兒，才開口補充道：

「眞抱歉，我們這邊狀況就是這樣，但等到營收變好了，我一定會再幫你爭取該有的福利。」

掛上電話之後，善淑又打電話給姜老闆，告知他已經與對方達成協議，確定找到新的大夜班員工。聽完，姜老闆在電話的另一頭發出開心的怪叫，彷彿他自己做成了什麼大事。接著又說起新來的大夜班好像很傻，要善淑好好盯緊他，別讓他闖禍。善淑掛上電話後，心有不甘地咬起了嘴唇。

雖然她對這個結果很不滿意，但這次在員工福利上，她確實沒能說服姜老闆。她下定決心等店裡的營收好一點，絕對要幫新的大夜班爭取應有的福利。這不僅關乎善淑的自尊，也是暎淑姐一直堅守的「老闆的良心」。

但這個邋遢的傻大個，眞有辦法扛起辛苦的大夜班工作嗎？這會不會又成爲他履歷上一筆短暫的工作經歷呢？雖然人的事情實在很難說，但……船到橋頭自然直吧！想到這裡，不知從何湧現的好勝心，讓善淑渾身發熱。

善淑從便利店回家的路上，暗暗下定了決心：我可是店長，青坡洞這唯一的一間ALWAYS便利店就交給我來守護吧！

星期四早晨，來到店內準備上班的善淑，看見老郭與那名男子一起站在貨架前。她露出淺淺的微笑向兩人打招呼，兩人竟同時向她鞠躬回禮。老郭是九度鞠躬，男子是九十度鞠躬。

對了，新的大夜班叫做斤培，全名黃斤培，有著一副與魁梧身材十分不相襯的尖細嗓音，此刻正抓著老郭不停問問題。這幅情景讓善淑不禁擔憂地搖了搖頭，現在她只求這名男子能好好堅守大夜班的崗位。

「雖然你要離職了，但現在疫情這麼嚴重，實在沒辦法辦個聚餐歡送你。」

「別這麼說，這段日子以來妳一直很照顧我。」

善淑發現，今天的老郭臉頰有些泛紅，不如平時那麼死氣沉沉。仔細一看，才注意到他的雙眼還有些浮腫。老郭發現善淑注意到自己的異狀，便趕緊轉頭，盯著正在整理杯麵的斤培。接著又往善淑的方向靠了過去，悄聲對她說：

「他還算挺會做事的，請妳好好教他吧。」

「眞的嗎？太好了。那他有什麼缺點嗎？」

「他話有點多，但半夜的便利店又沒有能說話的對象。」

「他要是隨便跟客人搭話，那可就麻煩了……」

「寂寞的夜裡能有客人陪伴，不會有什麼大問題的。」

老郭對善淑笑了笑，便朝著倉庫走去。這似乎是善淑第一次看見老郭的笑容。

斤培表示，很感謝老郭的用心教導，希望能請他吃頓飯，便硬拉著老郭離開。見兩名男子並肩走在陽光普照的青坡洞巷弄內，善淑整個心情大好，因爲總算解決了一樁煩心事。一碗醒酒排骨湯配上一杯燒酒，就充當了老郭的送別會。本以爲斤培是個傻大個，但看他不忘照顧自己的職場前輩，善淑漸漸沒那麼擔心了。

善淑模仿老郭重看昨晚的監視器影像，作爲送別老郭的紀念。透過監視器，善淑看到昨晚約莫十一點左右，老郭的女兒來到便利店。她穿著亞麻材質的休閒上衣，下半身搭配一條寬褲，進到店內後便站在門口，凝視著站在櫃檯內的老郭。沒過多久，她筆直地朝老郭走去。老郭則像在迎接一位他等待已久的客人一樣，起初沒有任何表示，隨後才主動開口跟女兒搭話。女兒脫下口罩，露出了大大的微笑，那耀眼動人的美麗，彷彿能穿透螢幕直達善淑的心。老郭朝女兒伸出手，女兒則握住老郭伸出的手。

透過畫面能夠知道，昨晚兩人聊了好久。雖然聽不見對話，影片的畫質也很差，善淑卻還是目不轉睛像是在看一齣連續劇似的。在她的努力之下促成了父女重逢的場景，她因此感到無比滿足。

靈魂點心組合

七五三四五二元。

素珍看著螢幕上的帳戶餘額，這也是她僅剩的所有財產。她沒有嘆氣，都快喘不過氣了，又要怎麼嘆出氣呢？她開始計算這個月已經確定要支出的項目：套房月租五十萬韓元、管理費三萬韓元、學貸十七萬韓元、電話費五萬韓元左右、實支實付保險費六萬八千韓元……光是這些，就幾乎等同於她的所有存款。首爾生活的基本開銷，一個月不吃不喝都要八十萬韓元起跳，這讓素珍忍不住抓狂。她懷疑自己根本不是住在首爾，而是住在地獄。

對她這種來自外縣市的北漂族來說，這座城市彷彿時時刻刻都在檢驗他們的資格。

「妳有能力在人口上千萬的國際級大城市求生存嗎？別再勉強自己了，乾脆回老家去安分過生活吧，首爾可不是隨便什麼人都能來的地方。」

首爾似乎總在嘲笑她。即便這座城市光芒璀璨，素珍卻覺得自己彷彿活在光線外的陰影之中。

高中畢業後，素珍便來到位於青坡洞的大學「留學」，並開始認識首爾這座城市，這裡的每一天都讓她感到新鮮有趣。大一時，校內宿舍是讓她不需要接觸首爾眞實面的保護傘，學生貸款制度則讓她能在大學畢業之前，都不必擔心繳不出學費而無法繼續讀書。

但升上大二後，她必須搬離學校的宿舍，只能流連在學校附近的寄宿家庭、出租套房之間。即便畢業後立即入住商務公寓，但僅僅五坪大的空間，租金就高達五十三萬韓元。如果想住更便宜的房子，則必須忍受打從學生時期就令她無比厭倦的團體生活，或是搬到不太適合單身女性居住的老舊房屋。最重要的是，畢業之後她開始還學生貸款，這才讓她眞正感覺到自己身上背負著債務。

扣掉餐費和交通費，首爾生活每個月最少就要支出八十萬韓元。人們都認爲與外縣市相比，首爾有較多文化藝術資源能夠享受，但素珍根本沒有額外的預算能撥給文化藝術體驗，所以所謂豐富的文化藝術資源，對她來說根本是鏡花水月。要說能算得上文化藝術生活的部分，大概就只有窩在大型書店裡看免錢的書，或是去參觀一些免費展覽而已。因此，素珍很清楚，與其在首爾當個都市貧民，還不如回去老家，省下租屋費和餐飲費，讓自己能過得像個人，才是比較合理的選擇。至於她始終無法離開首爾的原因只有一個，那就是就業問題。

工作機會，是只存在於政治人物競選承諾中的東西。

畢業後已待業將近三年的素珍，歷經了無數次的面試失敗。在面試超過三十次之後，她便放棄去數自己究竟失敗幾次。她的成績不錯，學生時期累積的經歷也不差，英文成績頂尖，而且還講得十分流利。即便有這麼好的條件，在求職戰場上她仍是屢戰屢敗。

待業第一年，她常常是在口頭面試階段被刷掉。待業第二年，則是書面審查就過不了關。待業第三年的現在，她已經不太清楚自己究竟是在哪一關被刷掉了。現在面試失敗已經不會讓她更心痛，因爲過去留下的傷口一直持續隱隱作痛。一而再再而三被刷掉，想必不久後，她也會被首爾這座城市給刷掉吧。她會被首爾刷得遠遠的，丟回到她位在木浦的故鄉。

素珍有時覺得，也許她就是一邊等著那天的到來，一邊盲目地挑戰。她想爲自己爭一口氣，讓自己即便拚盡全力後非得返鄉，也不會對這段時間的付出感到後悔。奇怪的是，爭那一口氣的想法，如今竟成了支持素珍在首爾堅持下去的動力。

她今天又收到面試落榜的通知。那是一週前她去應徵的一間社群行銷企畫公司，對方只傳了一封簡訊來，通知她很遺憾無法一起工作。不過，令素珍稍微感到欣慰的是，那簡訊內容並不是制式通知，而是寫上了素珍的名字，還稍微聊到天氣，最後才表示雖然素珍目前不是公司需要的人才，但相信她肯定能找到有機會發揮個人能力的職位。眞是的，怕人家不知道他們是靠行銷文案吃飯的公司嗎？居然連面試落榜通知簡訊都寫得這麼文情並茂。

她越想心情越低落。究竟誰是「現在」適合他們的人才？自己又得去「哪裡」才能找到一展長才的機會？爲什麼不乾脆就說妳沒有才能，我們沒辦法選妳！直接把話講清楚，還比較能讓人認清是自己能力不夠，乾脆放棄算了，竟然就沒有一間公司願意這樣實話實說。公司就是這樣的地方，求職者也只能接受這樣的待遇。

她先是後悔自己當初選擇企業管理當主修，接著又責怪起自己沒繼續讀研究所，然後開始懷疑自己的能力，最後則認定是自己運氣不好。總之，她現在只感覺頭痛欲裂，十分難受。對素珍來說，面試是一種創傷，而落選會導致她神經衰弱。過去兩年的求職結果，讓她開始熟悉這些心理學用語。

她曾經在自己的房間裡痛哭，也曾經在漢江堤防上走了一整天，嘗試平息自己求職不順的怒火，但現在她連做這些事的力氣也沒有。就算跟朋友抱怨，好心情也頂多只能維持一、兩天，而且她現在能感覺到，朋友似乎沒那麼樂意聽自己的悲慘故事。處境相同的朋友不僅不會同病相憐，反倒是擔心這種不幸會互相傳染而拒絕見面。至於找到工作的朋友則會安慰她說，只要找到工作，這些痛苦都不算什麼，甚至會告訴她上班還比較痛苦。但如果素珍依然表示羨慕有工作的人，這批朋友還會認為素珍根本什麼都不懂，以致素珍更加覺得自己落魄淒涼。

她也不太敢再找媽媽抱怨了。每次聽說素珍面試落榜，媽媽便會要她趕快打包行李回老家。她實在無法放棄首爾的生活，所以每次聽見媽媽這麼建議，總會難過又失落。現在面試搞砸或失敗時，她安慰自己的方法就只剩下回家洗澡、喝酒，然後倒頭大睡。

素珍為了修改履歷的自傳在圖書館待到深夜。回家路上，她順道去了一趟便利店。從學校走到位在南營站附近的套房的最短距離上，有一間沒什麼客人，也沒有什麼商品的便利店。雖然是一間乏人問津的小店，卻堅持了好幾年都沒有倒，一直守在那裡。這讓在就業市場不怎麼受歡迎，畢業好幾年依然是待業中的素珍很有感觸，因此她經常會到那間店消費。最重要的是，她可以在這間小小的店鋪裡，找到自家附近大型連鎖便利店沒有的商品。

叮鈴一聲，素珍推門入內，她熟門熟路地往零食貨架走去，精準挑出她最喜歡的零食品項。接著又走到放酒的冰箱，拿出一瓶眞露燒酒到櫃檯結帳。

她將信用卡遞給店員，並把肩上的背包拿下來，準備把結完帳的燒酒和零食收進去。買燒酒的時候，她多少會覺得有點尷尬丟臉。一方面是因爲她的酒鬼資歷尚淺，另一方面則是因爲燒酒感覺像是中年大叔在喝的東西。不過她現在非常喜歡燒酒，喜歡到甚至願意承受這種尷尬感。那瓶苦澀卻令人暢快無比的透明液體，總是能夠帶給她貼心的安慰。

「您今天也買『眞鮮』組合呢。」

「什麼？」

這名站在櫃檯內的中年男子，不知是兼職人員還是店長，在將信用卡遞還給素珍時，沒頭沒腦地說了這樣一句話，讓素珍驚慌失措地打量著他。

「眞露燒酒配札嘎其海鮮餅乾，眞加鮮！簡稱『眞鮮』啊，我也很喜歡這個組合喔。」

「是喔……」

「不過我們以前大多是選『眞蝦』啦，通常都是買眞露配蝦味先。但我後來比較喜歡吃札嘎其……」

素珍想趕快把結完帳的商品裝進背包裡，一個沒拿穩差點失手把燒酒瓶給打破，幸好她及時抓住瓶身，才免除一場災難。連海鮮餅乾一起放入背包之後，她連背包拉鍊都沒拉，就趕緊離開那間便利店。

她從來沒留意便利店櫃檯站的到底是誰。便利店店員跟客人都應該要趕快結完帳了事才對，不該多閒聊，這不是全國上下不成文的規定嗎？店員突然跟客人搭話，到底是想怎樣啊？而且還是個皮膚黝黑的大叔，突然跟陌生客人聊起往事！還自己亂取什麼「眞鮮」的暱稱！超難笑！

自己對酒跟下酒菜的偏好似乎被人看穿，讓素珍心裡不是很舒服。有誰會在自己的喜好被陌生人洞悉時感到開心呢？這種感覺眞的很糟。這間店以前不會這樣啊，難道是換老闆了？怎麼會僱用這麼沒常識的人當店員？還是說那個人就是店長？這樣似乎能解釋爲何這間店的生意不好了。

爲了甩開那股令人不快的感受，素珍加快腳步，並下定決心以後再也不來這間便利店消費。

素珍把手機放在桌上，打開 YouTube 影片配酒。左手邊放的是裝了半杯眞露燒酒的馬克杯，右手邊則是包裝被大大撕開的海鮮餅乾。就這樣。素珍爲自己準備了簡單的酒席，一邊看著影片一邊拿起馬克杯大口喝下燒酒，然後偶爾抓幾塊餅乾來吃。她喀啦喀啦咬著餅乾，品嘗海鮮餅乾獨有的甜鹹滋味。

一口燒酒平均要配上三塊餅乾，用馬克杯裝燒酒的話，一瓶燒酒大約能倒兩次。差不多喝到這個時候，素珍就會有些醉意，必須把剩下的餅乾一口氣解決掉。品嘗一瓶燒酒與一包札嘎其餅乾的時間，大約是一個多小時。素珍的視線雖然始終固定在畫面上的吃播影片，腦中卻不斷回想過去的時光。

素珍在木浦這座港口出生、長大，卻不吃生魚片。從小她就無法適應生食的腥味與軟爛的口感。大人們不斷追問她不吃的原因，反而讓素珍對生魚片更是敬而遠之。媽媽總說哥哥們都很愛吃生魚片，不懂爲何素珍就是不吃；爺爺則斥責她，說生在海邊的人怎麼能不吃生魚片。所以每次提到生魚片，素珍都會很害怕。

每每到餐廳吃生魚片料理，素珍也只能一個勁地夾旁邊的小菜來吃。唯一會照顧素珍的人只有爸爸。每次去餐廳時，爸爸總會買一包札嘎其餅乾給素珍。就算爺爺說這樣會慣壞孩子、媽媽說這樣對身體不好，但爸爸還是沒忘記要給素珍買一包札嘎其餅乾。

「這樣素珍就也能吃魚了，對吧？」

「嗯。」

就是從那時開始，札嘎其餅乾成了素珍的靈魂食物，應該說是靈魂點心才對。後來素珍才知道，札嘎其餅乾的形狀其實不是魚，而是章魚，但這無法撼動札嘎其餅乾在素珍心中的地位。

後來之所以會吃餅乾配燒酒，則要追溯到素珍大學畢業後的第一份實習工作。當時的組長在聚餐時表示，酒量也是一種競爭力，不顧眾人阻攔硬是強逼實習生喝酒。他甚至擺出一副喝酒高手的架式，意圖來教大家怎麼喝酒，逼著所有人一下燒酒、一下啤酒，甚至將兩種酒混合在一起。素珍爲了獲得組長的認同，於是非常努力配合，如今的酒量就是那時候練出來的。不過組長最後沒有提拔努力加強酒量的素珍，而是選了另一個不太會喝酒，卻能主導酒席氣氛的美女實習生轉爲正職。

或許是因爲這樣，素珍感覺這口感苦澀的燒酒，彷彿應和了她那遭到上司淘汰而苦不堪言的心情。同時她也覺得，爸爸以前應該也是這樣一邊喝著酒，一邊在職場上努力。每當想到這裡，燒酒的綠色瓶身總會浮現爸爸的臉。

吃著爸爸小時候買給她的札嘎其餅乾，搭配爸爸喜歡的燒酒，素珍覺得自己彷彿能將所有的煩惱拋諸腦後，身心都變得無比放鬆。眞露配海鮮餅乾，眞露、海鮮餅乾，眞……鮮……可惡！好想吃新鮮的鮪魚啊。素珍不吃生魚片也不愛吃魚，只有鮪魚是她唯一會碰的魚類。二十歲那年第一次嘗到鮪魚，發現鮪魚生魚片不像其他的魚會有腥味，而且像一般的肉一樣有很多油脂，鮮甜又美味。

不過即使鮪魚是她唯一能吃的魚，現在的她卻無法吃鮪魚。鮪魚這種高價位魚類，對現在的素珍來說，實在是負擔不起。那個便利店職員竟然把她最愛的眞露和札嘎其海鮮餅乾亂取什麼「眞鮮」的名字，害她忍不住聯想到鮪魚，不管怎麼想這傢伙都很可惡！

問題是，附近有賣札嘎其餅乾的便利店就只有那一間。她其實可以先去大賣場買一堆回來囤貨，但她知道自己絕對會一天之內就把存貨吃光，所以實在不敢這麼做。最近她在求職上遭遇挫折時，總是要靠一瓶燒酒跟一包餅乾來撫慰自己，如今就因爲一個多管閒事的店員，讓她面臨失去這個樂趣的危機，素珍不禁氣惱起來。一想到這裡，原本還因爲酒精而感到渾身輕飄飄的素珍，便又開始擔心了起來。

求職一再遭遇挫折，下個月存款就要見底，房子的押金也已經都拿去抵扣月租了，如今她是必須放棄一切回到故鄉的失敗者。失敗的首爾生活、被擊潰的自尊、必須回老家看家人臉色與前途茫茫的未來，都讓她感覺自己二十多歲的青春年華，彷彿就要這麼虛耗過去。素珍的擔憂如雪球般越滾越大。算了，睡覺吧。她趕緊起身整理了一下，隨後躺進被窩裡沉沉睡去。

素珍似乎就連在夢中都無法放下擔憂。那一晚，她的睡眠品質奇差無比，隔天早上的她並沒有屈服於宿醉，而是勤奮地早起，維繫日常作息的規律。她先是從住處散步到孝昌公園，回家沖了個澡之後，再替自己煮了碗醒酒用的黃豆芽湯。媽媽親手醃的泡菜配黃豆芽湯就是她的一餐，但宿醉的她吃了卻感覺暢快無比。

她想起了媽媽。能夠爲她解決存款問題的人，想來想去也就只有媽媽了。現在已經到了不能計較面子，該使用媽媽貸（媽媽＋貸款）的時候了。雖然來到首爾後，她便下定決心不向家裡伸手，但每年總會不得已要動用媽媽貸幾次。媽媽總會記錄下來，也叫她一定要還。而且雖然口中總是說要明算帳，但不管素珍開口借多少，媽媽也從來沒有拒絕過。她告訴媽媽，等自己找到工作之後，一定連利息一起還。即便這張空頭支票一直沒有兌現，但素珍也實在是走投無路了。

沒想到這次媽媽竟讓素珍吃了閉門羹。媽媽先是說素珍的哥哥正在準備結婚，很多地方需要用錢，接著就要素珍別繼續在首爾浪費時間，乾脆趕快搬回家裡。媽媽對素珍說：「不是只有妳找不到工作，現在大家都說找工作很困難，而且首爾疫情又那麼嚴重，在染疫之前趕緊整理一下搬回家吧。」

素珍則一如既往搬出同樣的答案，說她想再挑戰一年看看，隨便搪塞個幾句便掛上了電話。雖然她也想過，絕對不可能每次都能這麼順利伸手跟媽媽借錢，只是沒想到這一天竟然會來得這麼快。

她也想過要不要聯絡從小一起長大的好友。這個朋友去年找到工作，現在手頭上應該會有一些多餘的錢，而且素珍以前也曾經借過錢給她應急。只是待業中的自己向有工作的朋友借錢，實在讓素珍覺得沒面子，最後只好放棄。對，沒錢再賺就是了。就算不是上班族、不是正職，過去這幾年不也是靠著各式各樣的打工撐過來了嗎？

素珍再一次堅定信心，打開電腦連上兼職徵才網。原本想找平日的兼職，但因爲平日必須求職、準備面試，所以她決定放棄平日兼職。唯一的選擇只有週末兼職了。可以的話希望能找家附近的工作，這樣才能省下一些交通費。素珍輸入自己的篩選條件，開始認真看起兼職徵才網。

沒想到就連找個兼職都不容易。職缺沒有想像中多，現在又剛好是暑假期間，所有兼職工作幾乎都被大學生占走，實在沒有合適的工作能給素珍這樣處境尷尬的待業青年。怎麼辦？焦急的素珍開始看起她原本不想嘗試的工作類型。

其中也有便利店的職缺。自從大學時期在便利店打工，遇到一個無比難纏的客人後，便利店兼職就成了她敬而遠之的工作。當年那名客人是位沒禮貌的中年大叔，每次結帳都會把錢跟卡隨便丟在桌上，還會要求素珍提供免費的塑膠袋，更會動不動拿些小事來找店員麻煩。那樣痛苦的經驗，讓素珍決心再也不要到便利店打工。但她現在實在沒資格挑工作，她找了又找，才終於發現附近的便利店要找週末兼職的訊息。

AWLAYS 便利店青坡洞分店。

等等，這地方……不就是那個不知是員工還是店長的大叔，對自己胡扯什麼「真鮮組合」的地方嗎？這該怎麼辦？素珍皺眉煩惱了起來。雖然那是間有賣札嘎其餅乾的好店，卻也是間有個怪大叔，讓人不太敢隨便去消費的店。

不過那位大叔也有可能不是店長吧？那樣就沒什麼問題了。反正是週末兼職，應該也不會遇到他。最重要的是，素珍現在可沒資格挑三揀四，她決定試著聯絡看看。

幸好接電話的聽起來像是一名中年女性。她說自己是店長，再以非常愉快的聲音指示素珍明早十點帶著履歷到店裡去之後，便掛上了電話。素珍心想，幸好那位大叔不是店長。隨後她寫下筆記提醒自己，今天要去學校把履歷印出來。

隔天上午十點，素珍準時抵達ALWAYS便利店。她推開門入內，櫃檯卻空無一人。她緊張地四處張望，隨即看見一名魁梧的男子從倉庫走出來。呃……竟然是前天那個眞鮮大叔！

「歡迎光臨！」

男子大聲喊出歡迎詞，幸好他似乎沒有認出素珍，戴口罩就是有這點好處。沒見到可能是店長的人，讓素珍有些手足無措，但她最後還是選擇鼓起勇氣提問。

「請問店長在嗎？」

「妳是來面試兼職的嗎？店長有打電話來，說她今天會晚一點到，要我代替她面試。等等喔……」

男子拍了拍手上的灰塵後走進櫃檯，擺出一副面試官的嚴肅神情。素珍尷尬到想立刻離開現場，但一想到所剩無幾的存款，她還是咬著牙把履歷遞了出去。

男子接過履歷後開始仔細閱讀。不知他是不是有老花眼，竟然整張臉貼在履歷表上，一邊念念有詞的樣子實在非常滑稽。竟然是這樣的人來面試她，素珍覺得自己實在很悲慘。

「妳是淑大畢業的啊？那現在是在待業中囉？」

「對。」

「很辛苦吧？加油！」

男子眨了眨眼睛，一手握拳替素珍加油。雖然是很感謝他鼓勵自己，但這種行爲實在讓人很有壓力。

「我看妳做過很多打工，有美妝店 Orange Young，還有麵包店多樂吃日……」

「是 Olive Young 跟多樂之日。」

「啊，我是故意那樣唸的啦。妳不覺得 Olive 跟 Orange 很容易搞混嗎？還有那個多樂之日的店名不是取自義大利文嗎？我有個朋友很呆，居然用英文的發音去讀，聽起來就像『多樂吃日』，所以我才會這樣說啦。妳不覺得很好笑嗎？哈哈哈！」

笑死人了，眞的笑死人了，這位大叔，「多樂之日」＊的店名不是取自義大利文，是法文「每天」的意思。眞的好想告訴這個大叔，他跟他朋友兩個人簡直就是「阿呆與阿瓜」。

這個情況，簡直就是面試官蓄意對面試者施加不當壓力，但她還是要求自己試著接受。

「咦！妳做過便利店耶。既然這樣，那妳應該很清楚便利店的工作囉？」

「對。以前雖然沒待過ALWAYS便利店的體系，但我相信我能勝任這份工作。」

「那我要問問題囉。妳爲什麼要辭掉之前那個便利店的工作呢？」

男子放下履歷表，看著素珍問。剛才還在胡言亂語的這名男子，突然換上認眞的神情，讓素珍感覺怪極了。

「老實說，是因爲有個難纏的客人，給了我很大的壓力，所以我才辭職。一起工作的同事沒有問題，我要辭職的時候店長也很捨不得我走。」

「喔，是奧客的問題啊，嗯，這是很常見的情況。我來便利店工作才剛滿半個月，也常遇到奧客，我懂妳。」

什麼啊？素珍努力維持面無表情。「奧客」是什麼東西啊？更重要的是自己竟然淪落到被到職不過半個月的人面試，素珍只得再一次在心裡告訴自己要冷靜。

＊原文「TOUS les JOURS」，為韓國的連鎖麵包店名，也是法文「每天」的意思。

「第二個問題，妳覺得便利店的工作裡頭，妳最擅長什麼？」

「我都會記得檢查食品的有效期限。很多工讀生都會忘記檢查，但我覺得商品沒有賣出去就過期，實在非常可惜，所以我都會好好檢查。」

「嗯，這個態度非常好。一直把商品的有效期限放在心上，這可不是一般工讀生會有的態度，非常好。」

看男子點頭如搗蒜的樣子，素珍趕緊補充了幾句。

「我也都會做到『先入先出』，光是能夠做到這點，就可以有效避免商品沒賣出去就過期。」

男子瞪大了眼睛看著素珍。

「妳剛剛說什麼？」

「『先入先出』啊。就是先入庫的商品要先賣出去的意思。」

「是喔？先入先出……也就是說，把快到期的商品排在貨架的最前面，方便客人拿的意思囉？」

「對啊，這是基本常識……」素珍難掩驚訝地說。

「沒錯！我就知道！果然，打好基礎最重要。我只是想說考妳一下啦，嘿嘿。」

男子趕忙點點頭，做出「ＯＫ」的手勢。不管怎麼看，他都像是不知道什麼是先入先出。可是就算才到職半個月，也不可能不知道這個吧？這間店到底是怎麼做員工訓練的啊？這讓素珍開始覺得，萬一眞的被這間店錄取了，說不定會給自己帶來麻煩，一時間內心感覺很複雜。

「好，那最後妳有什麼想說的嗎？」

男子說完這句話的瞬間，素珍渾身僵硬。過去接受過這麼多次面試，每到最後階段，總會以這個問題做結，而她從來不曾好好回答過。面試者最後會想說的話還會有什麼呢？當然是「拜託請錄取我」啊。但這句話必須經過妥善包裝才行。這個問題彷彿是在測試一個人懂不懂得好好包裝自己的眞心，而緊張的素珍總是結結巴巴，再不然就是一五一十地老實說出自己未經包裝的想法。

這次她想好好說出自己要說的話。至少在應徵這個便利店兼職工作時，她想要毫不猶豫地表達自我。素珍深呼吸，然後直視著眼前的男子。

「我眞的很會做事，錯過我是你們的損失，請務必錄取我。」

素珍雙眼炯炯有神地看著男子，男子則是將視線移開，並把手上的履歷放在桌上。感覺不太妙啊。接著男子把一直滑到鼻子底下的口罩重新拉好，很認眞地看向素珍。現在是怎樣？到底是怎樣啊？也太緊張了吧！

「合格！恭喜妳!!」

就像剛才說「多樂吃日」一樣，男子用相同的怪腔怪調哼著歌，恭喜素珍被錄取，同時還用他那雙跟鍋蓋一樣大的手拚命鼓掌。素珍雖然覺得男子的反應很荒謬，但仍拚命控制自己的感情避免露餡。她趕緊低頭向男子道謝。而就在這時，她聽見叮鈴一聲，有人推開門走了進來。回頭一看，發現是一名身材圓潤的中年女性，一進店裡就筆直朝櫃檯走來。

「妳是來應徵兼職的人嗎？金寶你覺得怎樣？面試完了嗎？」

這名女子一邊朝素珍走來一邊問問題，素珍趕緊讓出一條路給她過。

「哈哈哈，她錄取了，她是個很棒的人才，我給她滿分一百分！」

「唉唷，你太誇張了啦！同學，妳叫什麼名字？」

「她不是同學，人家大學畢業在找工作了啦，她叫田素珍。」

「抱歉，戴著口罩大家看起來都變年輕了，妳看起來好乖。」

「她以前也在便利店打工過喔。店長，妳知道什麼是先入先出嗎？」

「先出？什麼先出？」

「就是快到期的東西要陳列在前面，這叫做先入先出啊。」

「唉唷，我不知道這種用語啦。對了，金寶，你檢查過商品的有效期限沒？」

「我正打算要去。」

「眞是的，你應該在八點鮮食到之前就做啊，怎麼可以現在才做？」

「現在做也沒關係啦，反正又沒進多少。」

接著這名看似是店長的中年女性便對男子發起牢騷來，男子則趕緊離開櫃檯逃難到貨架旁。店長跟在男子身後，拚命嘮叨唸個不停。眼前這幅情景，眞的活像是阿呆與阿瓜來到自己眼前一樣，讓素珍內心五味雜陳，剛剛找到工作的那股喜悅瞬間消失無蹤。

稍後店長回到櫃檯來，跟素珍說明時薪跟幾項店規，並問她既然住得這麼近，平日有沒有可能來代班。素珍告訴店長，只要時間允許就可以。店長滿意地點了點頭，並要素珍這星期五八點來上班，隨後便逕自往倉庫走去。

錄取了，但素珍一點也不開心。

這間便利店有個超愛管閒事的大叔，還有一個超神經質的大嬸。但幸好週末不會遇到他們，而且素珍還是認爲自己被錄取，是一項很有意義的進展。無論如何，週末兼職跟平日代班，應該就能賺到每個月在首爾生活所需的資金，再靠過期的便利店食品，還能省下週末的餐費。

不過在這間實在沒什麼商品的便利店，究竟能有多少過期食品能給她呢？素珍開始希望這個才剛明白什麼叫先入先出的傻氣大叔，可以繼續忘記確認食品的有效期限了。

一如預期，便利店的工作並不輕鬆，第一天上班便不斷遇到荒唐事。在過去許多的打工經驗中，素珍接觸過許多討人厭的客人，也承受過很多壓力，這些經歷讓她得以在實習期間不易受同事跟上司的影響。她自認抗壓性很高，可是卻在這間便利店遭遇新的難題。

星期五早上八點，她跟替她面試的那名大叔交接。但大叔交接完後也不下班，而是繼續整理便利店的環境，還拿報紙沾水開始擦起便利店的玻璃。這人晚上都在幹麼？爲什麼現在才在打掃？難道他無家可歸嗎？還是想監視我上班才故意這樣？五萬個想法閃過素珍腦海，讓她難以專注工作。

男子打掃完，便從報廢區將素珍早已鎖定的便當拿出來，帶到戶外用餐區坐下，一口氣吃個精光。看著他那布滿汗水、塞滿山珍海味便當的肥厚雙頰，素珍氣極了。

本以爲他吃完飯後就會離開，沒想到男子接著又坐到店內的高腳椅上看起書來。雖然不知道他在看什麼書，但那書又厚又重，似乎是什麼精裝本，那讓素珍覺得大夜班大叔實在有夠老氣。天氣這麼熱，他爲什麼選擇在室外吃飯、在室內看書呢？正當素珍感到好奇時，一名年輕男客人走了進來。男子似乎認識這名客人，便主動跟對方攀談。他到職不是才半個月嗎？居然跟客人這麼熟，顯然也是住在附近？既然家住這麼近，爲什麼不趕快回家呢？素珍實在無法理解夜班大叔的行動。

男子一直坐到快中午才起身，然後進到倉庫去拿著自己的包包出來。他對素珍說：

「接下來就麻煩妳了，素珍。」

「好。不過我想問你，你剛才爲什麼要在外面吃飯啊？天氣很熱耶。」

「因爲在裡面吃會有味道啊，對客人不太禮貌，對在上班的妳也不太好意思。」

「但客人都在裡面吃泡麵啊，我也不在意。」

「但還是不太好，小心一點總是比較好嘛，哈哈哈。」

他是很愛管閒事沒錯，但似乎也是個懂分寸的人。素珍稍稍鬆了一口氣，接著又問男子以後該怎麼稱呼他才好。

「就叫我斤培吧，我的名字叫黃斤培。」

「但我剛才看你名牌上是寫『洪金寶』，上次店長好像也叫你金寶。」

「那只是一個小玩笑啦。有個香港演員叫洪金寶，那也是我小時候的綽號。哎呀，素珍妳這麼年輕，應該不知道這個人吧？店長那個年紀的人應該都知道洪金寶，所以才會叫我金寶。妳知道周潤發嗎？劉德華呢？」

「都不知道。」

「我小時候，香港演員就像現在的韓流明星一樣，在亞洲各地都很受歡迎。周潤發！劉德華！張國榮！張學友！還有洪金寶也很紅，雖然他是其中最胖的一個，哈哈哈哈。」

唉唷，又開始在話當年了。素珍怪自己不該一時大意，問了多餘的問題讓夜班大叔打開了話匣子。但不知道是不是她的不耐煩都寫在臉上，男子趕緊乾咳了幾聲打住話題，並對素珍露出笑容。

「總之，既然妳不知道洪金寶，就不要管我的名牌，叫我斤培吧。」

「……知道了。」

有洪金寶這個外號的黃斤培先生，終於登出了便利店。素珍這時才像擁有個人空間的孩子一樣，感到無比的自由，同時她也聽見自己的肚子發出咕嚕咕嚕的叫聲。店長跟她說過，要吃飯的話，就從鮮食當中找快到期的商品，直接報廢拿來吃。

素珍往冰櫃裡的報廢箱走去。想先看看下班時要帶走哪些報廢品，中午要選不同的品項來吃。

沒想到報廢箱裡面空空如也。怎麼回事？山珍海味便當被那個叫金寶還是斤培的大叔給吃掉了，但她剛剛還看到有海苔飯捲、漢堡、牛奶之類的東西啊……她瞬間明白，肯定是大叔把剩下的報廢品全拿走了。

什麼貼心啊？笑死人了！素珍決定下禮拜一來上班時，就要先把報廢品都拿走。

時序來到七月底，又濕又熱的天氣讓仍在認真找正職工作的素珍，變得像遇到乾旱的農作物那樣有氣無力。素珍現在已經不再計較是不是大企業的職缺、是不是公開招聘，即便是跟企管不相關的內容企畫公司、出版社、網路平台公司，她都試著投遞履歷。不過就連這些公司都在書面審查這一關就把她刷掉，這讓素珍感到無比狼狽，忍不住感嘆，是否自己社會新鮮人的身分也即將過期。

這天素珍一來到便利店，立刻去查看報廢箱。雖然沒有山珍海味便當，但有她第二喜歡的「媽媽味便當」，她趕緊拿了起來，還拿了一瓶牛奶。現在裡面只剩漢堡跟三明治了。大叔應該會自己挑一個去吃吧？素珍將媽媽味便當放進包包並拉上拉鍊，短暫地沉浸在勝利的喜悅之中。

交班後，斤培似乎仍沒有回家的意思。他在店內徘徊，一會兒把貨架上的商品排整齊，一會兒又跑去擦窗戶，然後再擦擦滿身大汗的自己。接著他進去倉庫，拿出山珍海味便當。咦？那不在報廢箱裡啊！斤培沒有理會素珍的視線，逕自將便當拿去微波加熱，然後往戶外用餐區走去。

輸了，輸給那個大叔了。素珍很確定，大叔是一早就把山珍海味便當從報廢箱裡拿出來了，這位大叔眞不是普通人。

這時有一名客人推門走了進來。是五十多歲的男子，身穿登山裝，頭戴棒球帽，口罩拉到下巴的地方，鼻子嘴巴全部露在外頭。素珍很煩惱究竟要不要提醒客人把口罩戴好，沒想到這名男子已經走進店內開始挑選商品。由於錯過了提醒的時機，素珍開始煩惱結帳時該如何面對這名客人。依照原則，應該要提醒他把口罩戴好，但這名客人的眼神看起來莫名討人厭，渾身散發著難纏的氣息。

在素珍得出結論之前，男子已經來到櫃檯前準備結帳。素珍頓時緊張了起來。口罩戴在下巴的這名男子，用力把一包糖果、一包巧克力丟到櫃檯桌上，然後掏出信用卡，隨手扔在櫃檯上。素珍被這一連串的動作給激怒，忍不住抬起頭來看著男子並用力地說：

「客人，請您把口罩戴好。」

「什麼？」

「這是政府的規定，請您看一下門外的公告……」

「妳是誰啊？管那麼多幹麼？妳是政府官員喔？」

男子瞪著素珍沒好氣地說。不知道他是不是前一天喝了很多酒，緊皺著眉頭的那張臉似乎有些泛紅。沒有口罩的阻隔，那經過一夜發酵的酒臭味，就在男子開口的同時朝素珍迎面撲去。

素珍當時就決定，既然重回便利店工作，就絕對別再任由奧客欺負。但眼前這個一臉凶神惡煞的男人狠瞪著自己，還是讓素珍怕得渾身僵硬，動彈不得。

「妳知道我是誰嗎？一個小小的打工仔，還在那管東管西？戴口罩就不會得病喔？笑死人！」

「這位客人……」

素珍鼓起勇氣開口回應。

「妳還頂嘴？」

「您沒戴口罩，請您離開，我不能幫您結帳。」

「唉唷，區區一個店員還敢教訓我啊？小心我揍妳！」

男子高高舉起右手，素珍怕得抖了一下，接著就聽見男子猥瑣的笑聲。

「妳以爲我好惹啊？妳根本就是欠人教訓！哼！」

這傢伙沒有動手，只是嘲笑素珍，讓素珍覺得自己好丟臉。

就在這一刻，斤培推開門走了進來。他同樣也沒戴口罩，難道是吃完便當就立刻進來了嗎？

斤培朝著男子走去，接著把手放在男子肩膀上。

「欸，大叔！」

「幹麼？」

「大叔，我有……肺炎……咳咳咳。幫我叫一下救護車，咳咳，呃，我快要呼吸不過來了……」

「X，是怎樣啊？」

男子趕緊拿起自己的信用卡並向後退了開來，斤培卻仍緊抓著他拚命對他吐氣。

「大叔！咳，幫幫我！我得了肺炎，救……救護車，拜託!!」

就在男子驚恐地把口罩拉起來時，斤培整個人撲了過去，雙手抓住那名男子。男子被高出自己一個頭的斤培抓住，一時間慌張得不知該如何是好。

「咳哈，咳，我不能呼吸了！幫幫我!!」

「啊，神經病！走開啦!!」

男子拚了命把斤培推開，逃命似的衝出便利店。斤培則發出奇怪的呻吟聲，像殭屍一樣跟在他身後。

素珍只能呆看著這一切。一方面是這場荒謬的騷動讓她看到出神，另一方面是斤培模仿殭屍實在太像，甚至讓素珍懷疑他會不會是真的得了新冠肺炎。

稍後，斤培戴著口罩走了回來。

「素珍，辛苦妳了。」

「……謝謝你趕走他。」

「哎呀，這種人才應該要得肺炎啦。還有，以後再遇到這種不戴口罩亂亂跑的人，就當面咳給他看。看妳咳到口水狂噴，他們就會自己戴上口罩了。昨天晚上也有個喝到爛醉的客人，看我在咳嗽就趕快爬起來，掏出口罩來戴上呢。哈哈哈。」

「好，我知道了。」

斤培做出他那奇特的「ＯＫ」手勢，接著便走回戶外用餐區繼續吃便當。素珍則還是有些驚魂未定。

「素珍，今天有酪梨沙拉喔。」

見素珍走進店裡，斤培趕緊跟素珍報告今天的報廢品，整個人像是獲得額外加菜一樣開心。酪梨沙拉，就算素珍再怎麼喜歡，也都只是報廢品。斤培絲毫沒察覺素珍的心情，只顧著開心。看在素珍眼裡，只覺得斤培實在是無憂無慮。共事了一段時間，斤培依舊很愛管閒事，依舊是那個愛話當年勇的大叔。

而且他很容易被周遭的人利用。店長總是叫斤培去修理店裡壞掉的東西，還有個老奶奶常常纏著斤培要他送東西到家裡，而斤培也總是會幫忙。就連今天也是，附近一間在大馬路邊的烤肉店要裝潢，來請斤培過去幫忙，他竟然眞的去了。

素珍似乎有點搞清楚斤培是個怎樣的人。他就是顆軟柿子，成天臉上掛著無憂無慮的笑容，又是個愛管閒事的老好人，在社會上就是會被當成好欺負的軟柿子。對行事謹愼的素珍來說，被當成軟柿子是她最不願意看到的結果。素珍把斤培當成負面教材，提醒自己要把這個教訓牢記在心。

前天，一間名叫黃金時間創意的公司跟素珍聯絡。對方表示自己是某某組長，並說幾個月前素珍投遞的履歷已經通過書面審查，請素珍去做最終面試。素珍根本忘了自己曾經應徵過這間公司。只好趕緊搜尋一下，看了求職網站上的公司簡介和徵才公告後，她才終於想起這間公司是在做什麼的。公司喊出「一種資源多種用途」的口號，是個主打要以創意內容撼動世界的新潮創意集團。資本額三十億韓元，共有二十名員工，辦公室位在三成洞的一棟大樓，就在 COEX 購物商城對面。

面試落榜也不會通知的做法素珍早就習以爲常，所以遲遲沒收到這間公司的回應，也讓素珍早早放棄希望。沒想到現在竟然要她去做最終面試，素珍踏出家門前暗自下定決心，今天絕對不要緊張，要好好發揮。

面試沒花太多時間，甚至比她搭車到舍堂站，換地鐵到三成站所耗費的交通時間還要短。會場裡坐了三名面試官，中間那名抹上大量髮油將頭髮分線的男子是公司總經理，左右兩旁分別是撥電話跟素珍聯絡的組長及公司的理事。總經理似乎看出素珍的緊張，便主動開口告訴她，這次面試不是要她跟別人競爭這個職缺，而是正式聘用之前的面談。

「素珍小姐運用自己的企管專業，針對我們公司的網頁內容所提出的評價，讓我覺得很新鮮。我認為妳可以跟我們一起發掘、開發出有創意的內容。所以今天的面試，只是想要確認一下妳是個正常人而已。只要妳別當場站到桌子上跳舞，妳就正式錄取了。」

總經理說完，組長跟理事咯咯笑了起來。素珍也笑了，只不過是尷尬的笑，因為總經理這番裝模作樣、自以為幽默的言論，讓她感到尷尬無比。而且竟然這麼輕易就被錄取，素珍有些無所適從。過去這兩年始終擠不過求職這道窄門，現在這道門竟然自動對自己敞開，讓素珍一方面感到開心，一方面又有些空虛。

才剛走出會議室，素珍就被組長叫住。他跟素珍說明了公司的內規與報到程序，並告訴素珍接下來有三個月的試用期。她主要的工作是搜尋韓國所有的網路小說網站，找出還沒有受到關注的潛力作家。組長強調，比起作品能不能紅，他們更看重作家的潛力，並表示他們很需要素珍這種年輕人的直覺和眼光。

正當素珍心想先別談工作內容，趕快聊一下最重要的薪資問題時，組長便開始講起薪資的事。組長用一副公司真的很善待員工的態度，告訴素珍雖然試用期一個月不到兩百萬韓元，但試用期滿晉升為正式員工之後，就會立刻調整為一個月兩百五十萬韓元。

素珍回到家後放鬆下來，瞬間感到一陣疲憊。大熱天出門面試，來回總共花了兩小時，會累也很正常。她因為終於找到工作而感到安心，卻也同時開始擔心起通勤問題。

止不住的睏意襲擊素珍，她連飯都沒吃，便躺在床上睡著了。

素珍睜開眼睛一看，發現太陽已經下山了。不知是不是餓醒的，她感覺肚子咕嚕咕嚕叫個不停。爲了感受找到工作的喜悅，素珍決定叫外送，簡單幫自己慶祝一下。

素珍拿起手機想叫外送，才發現收到了幾則訊息。素珍告訴好友自己被錄取的好消息，好友在下班回家路上才回訊。素珍打開視窗看朋友的回覆，瞬間楞在原地。

朋友說那間叫黃金什麼的公司，是出了名的黑心。他們總是僱用剛畢業的求職者當實習生，叫人調查東西、寫報告，還要求照三餐加班。三個月實習期結束後，很少有人眞的獲得轉正職的機會，就算眞的轉正，工作壓力也非常大，此外辦公室氣氛也很差，逼得很多人主動辭職。

素珍懷著忐忑的心情回撥電話給朋友，電話一接通，朋友就拚命說那間公司有多糟糕，叫素珍千萬不要接受這個機會。

「不，我很需要這份工作，只要能按時拿到薪水，我就會去上班。」

素珍堅定地說。

「笨蛋！那裡的實習生薪水比打工的最低時薪還低，他們開多少給妳？」

朋友說的是眞的。不到兩百萬的月薪，平均下來跟在便利店打工一個月的最低時薪差不多。但轉正職之後，應該就會不一樣了吧？素珍幾乎可以想像這句話要是說出口，朋友會怎麼回應，於是她決定把到了嘴邊的話收回去。見素珍沒有回答，朋友便更進一步地嚴厲警告。

「喂！妳要當冤大頭喔？就跟妳說那間公司很黑心了！妳知道我有個教會的朋友夏恩吧？她之前就是在那間公司被利用啊！」

又聊了一陣子之後素珍掛上電話，打開電腦輸入關鍵字開始搜尋。首先是輸入公司名稱，接著再輸入「實習」「薪水」「仗勢欺人」「黑心」「等不到轉正」等相關字詞。

每個關鍵字都有好幾篇文章可以看，素珍根本不需要一一點開。但她似乎還不想放棄，最後以顫抖的手在搜尋欄位裡輸入新的相關關鍵字。

「冤大頭」

黏膩的夏夜，素珍在濕熱空氣包圍之下推開 ALWAYS 便利店的玻璃門。室內空調吹出的冷風，隨著推門的叮鈴聲迎面而來，包覆了她的全身，卻無法吹熄她的怒火。斤培一邊喊著「歡迎光臨」，一邊從貨架之間走了出來。一見到素珍，他便興沖沖地上前。不知爲何看在素珍眼裡，興高采烈朝自己走來的斤培就像滿臉嘲諷在笑自己是個傻子冤大頭，素珍忍不住打了個冷顫，她沒想到之前覺得斤培是個被大家吃定的冤大頭，如今這想法卻像迴力鏢一樣飛回來打中自己。

素珍沒理會斤培，逕自往冰箱走去。她拿了一瓶眞露燒酒，再走到餅乾貨架拿了包札嘎其海鮮餅乾。見素珍的動作中帶著怒火，斤培摸摸腦袋沒說什麼，直接朝櫃檯走去。

看見素珍放在櫃檯上的眞露燒酒跟札嘎其海鮮餅乾，斤培竟忍不住笑了出來，然後舉起手指著素珍說：

「眞鮮！哎呀，素珍，我當初還覺得好像在哪見過妳，原來妳就是那個買眞鮮的人啊？哈哈哈。」

「快幫我結帳啦。」

「妳怎麼了？發生什麼事了嗎？哎呀，酒要在心情好的時候喝才——」

「好了啦，趕快結帳啦！你到底爲什麼那麼多話啊？眞的很煩人！爲什麼每個中年大叔都喜歡廢話一大堆？我一定要聽這些廢話嗎？」

「素珍，冷靜，我只是說酒應該要在心情好的時候喝——」

「這個忠告就是多管閒事!!你是不是也覺得我很好欺負？沒錯吧？你也覺得我是個冤大頭吧？全世界的人都知道我是冤大頭!!但你知道嗎？你也是！超級好欺負，根本就是個傻子!!可惡，眞是氣死我了……」

素珍哽咽，不知該如何是好的斤培用手搔了搔額頭。雖然戴著口罩，但她還是反射性地用手摀著嘴，忍不住啜泣了起來。

斤培趕緊遞上衛生紙，素珍接了過去把眼淚擦掉。這時客人進門，素珍便往倉庫走去。斤培服務客人的期間，她就在倉庫裡擦眼淚平復心情。

過了一段時間之後，素珍才稍微冷靜下來並回想剛才的舉動，她完全不知道自己爲什麼會這樣，明明沒有喝酒卻還這麼情緒化，她也對斤培感到抱歉，完全不知道該怎麼面對他才好。愧疚跟羞恥感瞬間湧上心頭，甚至讓素珍覺得也許必須辭掉便利店的工作，放棄唯一的收入來源。

叮鈴，素珍聽見客人離開的聲音。但她實在沒臉面對斤培，於是便輕輕推開倉庫的門，小碎步朝門口走去，想趁著斤培不注意趕緊開溜。

「等等！」

素珍反射性地停下腳步，聽見有開瓶蓋的聲音傳來，她轉頭一看，才發現斤培正拿著一瓶已經開瓶的飲料對著她笑。

「這妳拿去喝吧，我就不多說什麼了。」

素珍自己也不知道爲什麼，竟然就這麼接受了斤培的提議。她站在櫃檯邊，將斤培倒在紙杯裡給她的飲料喝光。眞的好舒暢喔。斤培開了一包札嘎其海鮮餅乾，素珍便自動自發地伸手拿來吃。餅乾的鹹與香刺激著味蕾，也激發素珍開始述說起自己的事情。

素珍首先向斤培道歉，然後開始敘述今天荒唐又丟臉的遭遇。斤培一邊喝著飲料，一邊專心聽素珍說話。令人感激的是，就連斤培這樣專心聽自己說話的樣子，看起來都像個好欺負的冤大頭，逗得素珍忍不住笑了出來。不明白素珍為何而笑的斤培摸了摸自己的臉，然後看著素珍。瞬間，素珍想到斤培當初亂說什麼「多樂吃日」的那幅情景，又忍不住爆笑出來。

看素珍笑成這樣，斤培沒多說什麼，便起身往貨架走去，又拿了一包札嘎其餅乾回來結帳。

「冤大頭再多請妳吃一包。」

素珍沒有接過去，讓斤培感覺有些洩氣。

「嘎烏其。」素珍說。

「嘎烏其？那是什麼？」

「就是『札嘎其』，我爸都叫它『嘎烏其』，他始終搞不清楚這東西到底叫什麼。」

「札嘎其……嘎烏其……哈哈哈，的確有可能搞混。」

「我爸爸在首爾工作，但我家住在木浦。他每個週末都會回家，每次都會帶一包這個餅乾回來。然後他都會說：『素珍啊，爸爸抓嘎烏其回來囉。』所以這個札嘎其，不對，是嘎烏其，每次都會讓我想起我爸爸。」

瞬間，素珍差點又哭了出來。斤培嘗試轉換氣氛，便趕緊說那他要試吃看看這個餅乾好不好吃，接著便抓起幾塊餅乾往嘴裡塞。

「妳爸爸應該會很開心。我想他看到妳長大之後喝燒酒配嘎烏其，應該會很高興才對。妳爸眞的很懂，海鮮口味的餅乾就是好吃。我喜歡吃蝦味先，札嘎其當然也很好，螃蟹餅乾也很不錯，但是最好吃的當然是鯊魚餅乾！根本是綜合海鮮的味道。妳要不要吃吃看鯊魚餅乾？」

「不用了。」

「妳知道嗎？嘎烏其，在韓文裡其實是烏魚的意思，烏魚是掠食者喔。以前韓國的烏魚可以輸出到美國，結果竟然把美國河流裡面的魚都給吃光光了，簡直是生態破壞王，『K-FISH』*的力量眞是不容小覷。」

「我才剛覺得你好像沒那麼多話，看來是我搞錯了。眞的是……」

素珍沒繼續說下去，只是瞪著斤培。

＊新冠疫情開始之後，韓國政府以「K防疫」來宣傳優秀的防疫政策，之後開始流行在各種名詞前面冠上「K」來代表韓國。

「眞的是怎樣？」

斤培有些委屈地看著素珍。

「眞的是……謝謝你啦。」

「不客氣。」

斤培又塞了幾片餅乾到嘴裡。素珍把紙杯裡淡褐色的飲料喝完，然後便起身對斤培鞠了個躬，轉身朝便利店的門口走去。

「嘎烏其小姐！」

斤培高聲一喊，讓原本正準備拉開門的素珍停下動作。

「以後我都要叫你嘎烏其小姐，妳是最棒的嘎烏其小姐，沒人能打敗妳。妳不要當冤大頭，要當個掠食者，好嗎？」

素珍以用力推開便利店的門代替回答。她堅定地走出店門，有如三溫暖般熱氣蒸騰的夏夜空氣瞬間包圍了她。素珍想把這股熱氣與勇氣當成前進的燃料，就在那一刻，她的內心也湧出了一股傲氣。她堅定地下了決定，要是有任何人敢欺負自己，絕不會善罷甘休。她彷彿眞的成爲一條掠食其他小魚的烏魚，即便面對深夜漆黑的巷弄、南營站人煙稀少的人行隧道橋，她都無所畏懼。她不會再害怕這一座爸爸曾經在此辛苦賣命的城市。

素珍抬頭看著夜空，在心中對著天上的爸爸說話。

「爸，札嘎其餅乾的造型不是魚，是章魚喔。」

爸爸沒有回應。

「知道這件事之後我覺得很神奇，一直很想跟你說，但那星期你沒有回家，然後我就再也沒機會跟你分享了。」

爸爸沒有回應。

「這個事我一直找不到機會跟你說，到現在才告訴你，札嘎其海鮮餅乾其實是章魚餅乾。」

爸爸沒有回應。

「我以後不要當被人吃的章魚餅乾，而是要成為像烏魚一樣的掠食者。」

爸爸說，我的乖女兒真棒。

素珍聽到了。

一個月之後，素珍辭去了便利商店的工作。她找到了一間專門為其他公司做品牌宣傳的行銷公司。這次她徹底調查過，那間公司雖然工作業務繁重，但不是黑心企業，大家都說那是一間規模雖小，卻非常勤懇實在的公司。

素珍在最後面試的時候以烏魚介紹自己，她大聲告訴面試官，說自己是個擁有超能力的人才，只要吃了最愛的札嘎其海鮮餅乾，就會變身成爲掠食者烏魚。接著她再仔細敘說自己與父親的那段回憶，讓面試官了解整個故事的來龍去脈。

公司代表說，一個好故事能夠造就好品牌，於是便錄取了素珍。

星期五早上八點，素珍來到 ALWAYS 便利店上最後一天班。她走進店內，發現斤培正在打瞌睡，素珍靠了過去，在他耳邊大喊一聲：「冤大頭！」斤培整個人嚇醒，揉著眼睛看著眼前的素珍。

「嘎烏其小姐，聽說妳找到工作，要離職囉？」

「對啊，都是多虧了你。」

「別這麼說，我這個冤大頭哪有做什麼？對了，今天有酪梨沙拉喔。」

「謝謝，我等等再去吃。對了，今天也沒有山珍海味便當嗎？」

「那個是我的啊。韓式料理是我的，西式料理是妳的。」

「我現在才發現，你很有腦袋，根本不是什麼傻子冤大頭嘛。」

「哈哈哈，妳到了要離職才發現啊？妳不知道店長使喚我之前跟我說過什麼吧？也不知道店長瞞著老闆偷偷給我薪資津貼吧？是不是也以爲我免費幫烤肉店老闆做事？我幫他修了幾張桌子，就換到第二級的韓牛，還有俗稱老饕牛排的肋眼上蓋肉喔。妳口中的冤大頭，其實是這樣子的人呢。」

素珍心想，這個大叔眞不是普通人。她翻了個白眼，用手勢示意斤培快點離開櫃檯準備下班。斤培卻始終沒有要移動的意思，而是板著一張臉看著她。

「幹麼？」

「妳說妳找到工作，還說是託我的福，對吧？」

「那只是場面話啦。」

「不管啦，妳要請我吃眞的鮪魚啦。南營站附近開了間吃到飽餐廳喔。」

「你在說什麼？趕快出來啦！」

斤培嘟囔著走出櫃檯。素珍忍著笑走進櫃檯，開始檢查收銀機裡的現金。

「至少請我喝眞露燒酒配札嘎其餅乾吧。」

哈哈。素珍終於忍不住笑了出來，對著那睜著一雙大眼，向自己討要報酬的斤培比了個「ＯＫ」的手勢。

老番顛中的老番顛

崔老闆往透明玻璃杯裡倒了半杯的啤酒，然後再倒入燒酒混合。他才不管什麼混合的黃金比例，對他來說，燒酒就只是用來中和苦澀啤酒的調味料。這種不在乎比例的調配方式才是「燒啤」喝法的真諦，也是唯一能讓他從暑氣與壓力中釋放的方法。他用兩根手指夾起玻璃杯輕輕搖晃杯中的液體，隨後將帶有白色泡沫的燒啤一口氣喝下肚。哈！就是這個滋味！憑感覺調製的燒啤微苦卻清爽，有如人生的滋味。

他抬起頭來看了看四周，下班時間路過的行人都在偷看坐在便利店戶外用餐區享用燒啤的他。他再低頭往地面一看，發現一隻螞蟻正沿著他的拖鞋向上爬到他的腳趾。崔老闆奮力踢了踢腳甩開螞蟻，然後拿起手機看時間。九點五十五分。他該整理一下準備回家了。夏日夜晚，他穿著汗濕的短袖T恤坐在便利店戶外用餐區，享受爲這一天畫下句點的儀式。只是整個儀式也未免太短了。

今年春天時還不是這樣的。春天時，他能在關店後到便利店的戶外用餐區，配著春風中的櫻花香氣，品嘗燒啤直到深夜。只是隨著天氣逐漸炎熱，確診者也越來越多，無論是他的店還是便利店，一過晚上十點，就成了不能用餐的空間。這該死的保持社交距離強化措施，讓原本就很孤獨的崔老闆感覺更加孤立。

眞是生不如死。

去年春天新冠肺炎疫情爆發時，他還在想到了年底應該就會穩定下來。美國或是英國之類的先進國家，應該就會開發出疫苗、治療用藥什麼的，他們會靠這些東西賺大錢，疫情也會很快平息。誰曉得直到二〇二〇年底，疫情不僅沒有趨緩，反而還更嚴重。限制店家營業與保持社交距離的階段政策持續修改，規定變得越來越嚴苛。

今年，也就是二〇二一年初，年長者開始施打疫苗。很快也會輪到崔老闆，於是他再度燃起希望，相信一切即將回歸日常。就像打完流感疫苗後便能自由行動一樣，他相信打完新冠疫苗之後，人們就能夠四處活動、盡情吃各種美食好料。形形色色的人們必須相互交流、接觸，才能夠形成一個社會、維持社會運作，總不可能要大家永遠遵守保持社交距離政策吧？現在這情況哪裡像是個社會？根本就是大型監獄。

誰能想到進入夏天，單日確診者數破千人之後，政府竟然進一步強化隔離政策。在不斷加強限制的過程中，像崔老闆這樣的自營業者越來越撐不下去。緊急補助金、營業損失賠償金都只是杯水車薪。對自營業者來說，政府的這些補助就像是勸一個正在失血的人多喝水。人都快要失血而死了，不是應該要趕快輸血才對，光喝水有什麼用呢？

崔老闆不自覺咬緊了牙根，那已經蛀掉的臼齒傳來一陣刺痛。能幫助他忘記現實痛苦的方法，就只剩下大口喝酒把自己灌醉了。他得靠醉意遺忘牙痛、靠醉意安撫生活的痛苦。

保持社交距離政策上調至第四級之後，崔老闆開始羨慕起隔壁朴老闆早早宣告停業，跑去濟州島度假的決定。朴老闆勸他，反正開門也是虧錢，何必繼續堅持？還要他趁早關店休息。朴老闆說他跑去濟州島的海邊找了個地方住，讓自己人模人樣地「活一個月」，還說自己每天不是吃就是睡，再不然就是去釣魚。

雖然崔老闆很羨慕朴老闆，卻沒辦法像朴老闆這麼灑脫。朴老闆跟老婆一起經營壽司店，將唯一的女兒養大送進職場就業後，便不再有經濟壓力；可是，崔老闆卻還有兩個在讀大學的兒子得養，經濟的壓力如腳鐐般牢牢拴住了他，讓他無法關上店門說走就走。

崔老闆也曾經在關門之後，一個人坐在自己的店裡喝酒，希望能藉著酒精稍稍平復悲慘的心情。但當他像遊魂似的坐在空蕩蕩的店內，看著窗外一片漆黑的街道時，不僅怎麼喝也醉不了，甚至還感到一股寒意要將他吞噬。這時的酒喝進嘴裡是毫無半點滋味。最讓他難過的是一整天都沒有客人，自己一個人坐在店裡喝酒，只會越喝越氣。

因此崔老闆這幾個月來，總會在晚上拉下店門後來到便利店，坐上一個小時享受燒酒加啤酒，然後回家倒頭大睡以結束鬱悶的一天。只是最近這一陣子每到晚上十點，崔老闆都覺得好像有人朝酒席丟了顆炸彈，讓酒客們有如敗兵殘將，帶著還未盡興的表情紛紛散去。政府因應新冠疫情限制晚間十點後不得聚餐，就連便利店的戶外用餐區也不例外。對酒鬼來說，這個規定可真是殘忍。

每當推開這間便利店的門，總會聽見店員以莫名開朗的聲音高喊：「您好，歡迎光臨！」好個屁，新冠肺炎把大家搞得烏煙瘴氣，誰在那裡你好我好的啊？崔老闆一邊嘀咕著一邊喝下最後一杯燒啤。

他用力撐起身子，將空酒瓶與零食的外包裝放在籃子拿進店裡。

明亮的日光燈下，便利店冷颼颼的空調迎面撲來。燈亮得崔老闆睜不開眼，空調又冷得他渾身顫抖。他慢吞吞地拖著步伐，走到店裡的回收箱前，將空酒瓶丟了進去。

「喝得還盡興嗎？」

崔老闆回頭一看，發現櫃檯那個胖嘟嘟的小伙子正朝著自己笑。這傢伙，你還真是無憂無慮啊。

崔老闆往櫃檯走去，把玻璃啤酒杯和開瓶器遞了出去，一句話也沒說。酒杯與開瓶器，是這名店員特地爲了崔老闆這位戶外用餐區常客而準備的。他一邊跟著店內廣播流洩出的老流行歌哼唱，一邊收下崔老闆拿回來的酒杯與開瓶器。就在這一刻，崔老闆心裡冒起一把無名火。

「你到底在開心什麼？」

「什麼？啊，今天常客崔老闆也來提升我們店裡的業績，我當然開心啊。」

「開心個鬼！我就說一句，這個新冠肺炎搞得大家都不好過，所有自營業者都很苦好嗎？而且我是來喝悶酒的，你幹麼自己笑那麼開心？難道你是有什麼好藥，能對肺炎免疫嗎？」

「對肺炎免疫的藥嗎？要我告訴您嗎？」

「嗯？還眞的有？快說！快！」

「那就是笑容啊，哈哈哈。人一笑，身體就會分泌一種叫腦內啡的東西，不但能提升免疫力，還可以讓人精神變好喔。」

「你這小子是在耍我嗎？」

「我哪有！崔老闆，您可能是覺得我吃了什麼才笑得這麼開心，但其實不是這樣，是因爲我笑得很開心，所以才會讓您感覺我好像吃了什麼。」

「拜託，少在那裡鬼扯什麼腦內啡還是腦外啡的。」
「哇，您剛那句話很幽默耶。」
「我又不是要搞笑！我眞的很討厭你這個嘻皮笑臉的樣子，以後不會再來了！」
「唉唷，您昨天也這樣說，還不是又來了。」
「明天眞的不來了！」
「除了這裡之外，也沒地方給您喝酒啦。別這樣嘛，要再來喔。明天我一定會跟您一起喝的啦，今天是因爲進貨量比較大，我有點忙。」
「臭小子！還敢拉客！氣死我了！我不來了啦！」
崔老闆怒氣沖沖地推開玻璃門走出去。這個時間酒鬼們早就都回家了，路上一個人也沒有。嫌口罩麻煩的崔老闆，把口罩拉到下巴的位置，大搖大擺地走回家。便利店到他的烤肉店距離不到五十公尺，從烤肉店到家裡距離則不到一百公尺。
即使不戴口罩而且又是晚上，但酒氣與熱氣仍讓崔老闆有些喘不過來。是不是該重新開始服用控制血壓的藥呢？今年都還沒去做健康檢查，明天他要是猝死，老婆有辦法一個人顧店嗎？兩個乳臭未乾的兒子有辦法順利畢業找到工作嗎？這些事情都令崔老闆煩惱。靠酒精也無法甩開的擔憂，就像病毒一樣環繞著他，揮之不去。

隔天，搞不清楚自己前晚究竟喝了多少的崔老闆，被宿醉折磨得不成人形。他拖著宿醉的身體來到店裡，開始處理肉品準備開店。他曾經在馬場洞從事屠宰業二十年，後來才決定轉行開烤肉店。這十年來他靠著經營烤肉店維繫生活，這間烤肉店就是他的一切。開了烤肉店之後，他終於有錢買下一間老舊卻完全屬於自己的小公寓，還有能力送兩個兒子上大學。以往，光是走到烤肉店附近，都會讓他感到非常自豪；光是看到自家店面的招牌，他更是一臉開心藏也藏不住。他這間店就叫做「青坡第一烤肉餐廳」。

但現在他總是垂頭喪氣，走進店裡的第一個反應就是嘆氣。過去他一度樂觀地想，雖然目前還沒有客人，但相信客人很快就會上門，誰曉得一眨眼就這麼等到了下班時間，店裡依然沒有半桌客人。他也只能摸摸鼻子關上店門回家。

肯定就是那個可惡的新冠肺炎跟該死的保持社交距離政策害的。

但眞的只是因爲這樣嗎？

崔老闆開始懷疑起自己，也漸漸不再以自己的烤肉店爲傲。生意因爲疫情一落千丈，一起經營烤肉店的太太一直要他想點辦法，以前常來店裡幫忙的兩個兒子則是避談這件事。過去因爲待遇不錯而做了好長一段時間的店員，也都因爲沒事可做、沒有收入而離開。大家一起完成工作、一起烤肉來吃，笑談店裡生意有多好的日子，彷彿是很久很久以前的事了。

客人去哪了呢？

從十年前剛開店就經常來用餐的老客人，現在因爲年紀大了沒法常來；附近的大學教授跟教職員等主要客源，也都逐漸轉往附近新開的知名餐廳。最重要的是，這個商圈的主要消費族群都是大學生，但對大學生來說，牛肉是一種太過昂貴的料理，當然不是他們的首選。

崔老闆認爲，店不應該只是賺錢的空間，更應該是人生的立足點，是要讓員工和客人都能感到幸福的地方。但現在這些全都消失了，店家倒閉之前的各樣徵兆像成群的毒菇，一個個冒出頭來。

這三十年來崔老闆靠賣肉維生，挺過金融危機、SARS、口蹄疫、狂牛病牛肉風波、MERS等眾多難關，但面對如今這前所未有的全球災難，他實在看不見任何一絲光亮。

就在前幾天，崔老闆失去了最後一個員工。那是他店裡最早一批招募的員工，也是十年來跟他一起打拚的廚房負責人趙女士。他開口對趙女士說因爲營收不好，沒有辦法再一起工作時，眼裡還閃著淚。對崔老闆來說，趙女士就像自己的大姊，靠她的好手藝做出的美味小菜與燉菜，也成了烤肉店的賣點之一。因此要資遣趙女士，絕不是件容易的事。趙女士說，其實她知道差不多該輪到自己，在這間店做了十年，也差不多夠了。臨走前還鼓勵崔老闆，說他店裡的肉眞的很棒，相信生意一定很快就會好轉。

「到底要不要開始做外帶？」

在廚房裡做小菜的太太，今天又再度提起要做外帶生意的事。崔老闆一言不發，埋頭處理手上的那塊牛後腰肉。只聽見太太嘆了口氣，隨後打開水龍頭，好像在洗什麼東西。

「妳等著吧，等疫情結束，營業額就會回來了啦。」

太太露出一個無奈的表情。

「勝民的爸，我就跟你說我們要開始做外帶啊。我覺得這波疫情沒那麼容易結束，就算要結束，也是我們這間店會先結束。」

「我就一直跟妳說了，牛肉就是要現烤才好吃，這要怎麼外帶呢？牛骨湯也是啊，冷了就不好吃啦。老婆，我可是崔老闆耶，這裡是青坡第一烤肉餐廳，這附近有誰沒來我們店裡吃過飯？大家哪可能忘記這種美味？要是開始做外帶，味道就會跑掉，這樣大家也會對我們失去信心。現在只是因爲肺炎疫情導致生意不好，只要情況好轉、只要限制放寬，大家還是會來吃牛肉的，對吧？」

「你不要再進貨了啦，現在剩下的都是我們在吃啊。我們吃這些肉不是因爲生意好很開心，而是因爲賣不出去，我們只能自己吃掉。第二級韓牛又怎樣？大家現在也不吃了啊！」

「這些人根本是嫉妒我家牛肉好吃！對了，妳有沒有叫勝民晚上來店裡？」

「他要去打工啦！他沒辦法來店裡幫忙，要我講幾遍？」

「眞是怪了！趙女士離開之後不就沒人幫忙，我們一家人就該要團結，不是嗎？除了自己家人，還能靠誰？我可是靠賣牛肉把他們養大的！他們不來家裡的店幫忙，反倒跑去幫別人做生意？這孩子究竟是跑去哪裡打工？」

「不知道啦，聽說時薪超過一萬韓元，現在要找這種願意給超過最低時薪的工作也不容易，好嗎？我能說什麼？我們也沒辦法按時給他零用錢啊。」

「零用錢？給他吃給他睡還幫他繳學費，養他養到現在，還要零用錢？那傢伙在哪？我今天非得要好好教訓他，讓他搞清楚狀況才行！」

崔老闆脫下料理用的手套，拿起放在砧板旁邊的手機。

「不准打給他！」

太太一聲喝斥，嚇得崔老闆差點把手機掉到地上。太太不知何時走到他面前，狠狠瞪著他說：

「兩個月前他剛退伍的時候，我就提醒過你不要跟兒子亂講話，結果你那時候跟他說什麼？是不是說『你現在也退伍了，該要幫家裡減輕一點負擔了』，對吧？所以他現在才跑去工作，想賺一點自己的學費啊，你懂嗎？」

「不是啊，來幫忙家裡的話，學費我就會幫他出啊，幹麼這樣？」

「你出不起。」

「爲什麼不行？」

「你明知故問嗎？」

「……呃……」

「現在學費都要貸款才繳得起，所以他才會去打工，說他要自己賺學費。」

「……臭小子，我就叫他去申請獎學金了嘛，眞是太不像——」

「如果要來店裡幫忙，又要怎麼拿獎學金？如果你沒在他考大學那年叫他來店裡幫忙，他就不會這麼討厭來店裡啦！你都沒有想過自己做了什麼，只顧著怪你兒子！眞是老番顚！」

「什麼？老番顚？」

「對！老番顚！就是因爲這樣，孩子們才不喜歡待在家，也不喜歡來店裡。你都不聽我的話，固執得像頭牛，這樣生意做得起來嗎？跟你說做外送，你不理我！跟你說要增加菜單選項，你也當耳邊風！這就叫做老番顚啦！這樣你自己做就好啦！」

太太脫下圍裙往旁邊一扔，就像連續劇裡在討人厭的老闆面前放話要辭職的主角一樣，頭也不回地轉身離開。

崔老闆待了一會兒，然後才回過神來，對著走出店門的太太大喊：

「對，我就是老番顚！有什麼意見嗎？老番顚犯法了嗎？我打人了嗎？就只是固執了一點，想要繼續認眞堅持下去而已，這樣不行嗎？我就番顚又怎樣？呃啊！啊啊啊!!」

回過神來一看，崔老闆才發現自己像顆枯萎的白菜，垂頭喪氣地站在店裡。他既委屈又憤怒，一股怨氣不知該往哪裡去，又沒有人願意聽他訴苦。最後他只能自己開一瓶汽水，咕嚕咕嚕地一口氣喝光，然後打了一個大大的嗝，才稍稍平息心中的怒火。

午餐時間，崔老闆沒有開門做生意，而是坐在店裡，看著店裡的一切。店內一角刻意用透明壓克力窗隔開的備肉區裡，還放著切到一半、透著鮮紅色的牛後腰肉。廚房裡放滿了太太爲了做小菜而切好的食材和醬料。他轉頭看了看座位區，一眼就看見掛在店中央的相框。相框裡是崔老闆與另一名帥氣青年的合照，照片裡的兩人臉上都掛著大大的笑容。相框一角，還放了那名青年的簽名。

這名青年叫做車武英，九年前還是位偶像歌手，現在已經是一線演員了。當時他開店還不到一年，一天，他接到在馬場洞工作時帶他入行的師父打來，說有個年輕人想學要怎麼去牛骨，希望崔老闆能教教他。崔老闆雖然不情願，但畢竟是師父說的話，也只好照辦。沒過多久，一名臉頰瘦削，看起來像隻長頸鳥的青年，跟一群扛著攝影機的人一起來到崔老闆店裡。那個人就是車武英。

車武英說自己很愛吃肉，想來學學該怎麼修整分切的牛肉，還說近來紐約人都流行學習怎麼自己分切牛肉。這傢伙對去骨分切一點概念也沒有，卻突然跑來說什麼要學紐約人流行的事物，讓崔老闆覺得他狂妄又自大，沒給他什麼好臉色。幸好他們一行人之中有個人還算懂禮貌，那個不知道是製作人還是節目企畫的傢伙，私下跑去請崔老闆體諒一下節目拍攝需求，崔老闆也念在這是師父的請託，盡力配合節目的需求。

一切準備就緒之後，有著一雙大長腿的車武英站在崔老闆旁邊，提出各式各樣的問題。原本崔老闆只要適度回答問題，再好好教他怎麼替牛肉去骨、分切就好，偏偏崔老闆因爲第一次錄電視節目而緊張得不得了，原本要去牛肉的筋膜，卻差點切到自己的手指頭。一想到鏡頭正對著自己，他實在無法不緊張。總之，節目花了兩個多小時才終於拍完，最後他跟車武英拍了合照，太太則跟車武英要了簽名。

錄影過程很繁瑣，讓崔老闆感到很煩躁，但車武英演出的這檔綜藝節目很受歡迎，播出隔天便開始有客人循線來店裡吃飯。車武英後援會的人紛紛來到店裡用餐拍照，店門口開始大排長龍，連帶地讓社區裡的人也聞風而來。崔老闆的生意一帆風順，沒過多久便成了社區名店。

車武英轉型成演員之後發展更好，近來聲勢水漲船高，躋身一線演員的行列。每次崔老闆看到人氣高漲的車武英，都會提到是這間店帶給車武英好運。但現在想想，應該是當年車武英的意外到訪，才讓這間店打響名號。崔老闆一直沒認清這點，還以爲是因爲自己堅持提供優質肉品，才吸引這麼多客人上門。堅持自家的食物最好吃，實在是件很可笑的事。也許生意會變差，根本不是因爲新冠肺炎疫情，而是因爲這間店已經過氣了，再加上他固執己見、倚老賣老的個性，才會讓太太、兒子，甚至是客人都不願意再來店裡。想到這裡，崔老闆頭痛了起來，彷彿有人拿著針在刺他似的。

崔老闆手扶著後腦杓嘆了口氣。他感覺心臟很不舒服，今天的高血壓藥吃了沒？如果眞的這樣倒下去，那這間店怎麼辦？太太跟兒子呢？鄉下的父母呢？連串的擔憂令他喘不過氣。崔老闆想起了車武英，他深吸一口氣想讓自己平靜下來，同時也在心裡祈禱能再次碰上好運，希望能再有像車武英這樣的明星來造訪，讓他的餐廳起死回生，他懇切期盼自己在那一天來到之前，能夠好好活著。崔老闆大口大口深呼吸，在心裡暗自祈禱著。

幸好沒過多久，太太便回來幫忙準備做晚上的生意。太太的臉頰微微泛紅，刻意不理會崔老闆，自顧自地備好小菜之後，便去整理外場的座位區。看來太太應該是跟一起上美容院的朋友去吃了頓午餐，喝了點小酒才回來。就像崔老闆在下班後會到便利店喝一杯，太太偶爾也會跟美容院認識的朋友一起去吃飯、喝酒。這是他們各自的生活樂趣，兩人很有默契地沒對此多說什麼。

幸好，晚上接了五桌客人。只是每一桌都只有兩個人，營收還是不怎麼好看。烤肉店這種地方，就是要一群人來吃才會吃得盡興，店家也才能賺到錢。喧囂的氣氛能刺激客人多叫肉、多點酒，如果只是兩個人來吃，反而不會加點太多。

眼見差不多到了該關門休息的時間，崔老闆便拿出快到期的腰臀肉，做成太太最喜歡的調味烤牛肉給她吃。兩人就這麼一言不發地吃著調味烤牛肉，結束這頓遲來的晚餐。不知道是不是因爲牛肉的關係，太太的態度似乎稍稍有些好轉，但口氣依然冷淡。吃完飯後只說了句要先回家，便離開店裡。

崔老闆清洗完餐具之後，確認隔天的訂貨量便拉上鐵門準備回家。他拿出手機看了看時間，發現時間才剛過八點。明天又該怎麼做生意呢？他決定暫時放下排山倒海而來的擔憂，朝著孝昌公園走去。

公園裡，有許多人戴著口罩在散步。崔老闆知道自己是該做點運動，畢竟他體重過重，又有高血壓的問題，他應該要想辦法讓自己恢復健康，避免身體超過極限而倒下。崔老闆喘著氣加入運動的行列，才走沒多久，口罩便被汗水浸濕。他埋頭走著，什麼也沒想，卻在不知不覺間感到呼吸變得順暢許多，思緒也更清晰了。繞了公園一圈出來，他身上的 T 恤已經被汗水完全浸濕，更感到口乾舌燥。

他忍不住想喝口清涼的啤酒。該死，今天已經決定不要去那個地方了！但是，口渴得不得了的崔老闆，仍下意識地走進那間便利店所在的巷子裡。

叮鈴。

「歡迎光臨。」

崔老闆忽視那個開心地對著自己打招呼的小伙子，直接拿起放在入口處的購物籃往冰箱走去。便利店的冷氣溫度調得非常低，彷彿瞬間就能讓他身上那件汗濕的 T 恤結凍。崔老闆拿了兩瓶啤酒跟一瓶燒酒，以及一些充當下酒菜的零食去結帳。來到櫃檯，那個叫洪金寶的傢伙對崔老闆露出大大的笑容。

就算生意不好、就算肺炎疫情肆虐全世界，這個叫做「洪金寶」的傢伙依然會傻呼呼地露出開朗的笑容。眞羨慕他啊。有這樣無憂無慮的個性，也算「含著金湯匙出生」的一種吧？他看起來絕對已經超過四十歲，卻在便利店上大夜班，顯然家裡的經濟情況很不錯，讓他沒有什麼賺錢的壓力。

「喂，洪金寶，你到底是誰啊？」

「我嗎？我是便利店的大夜班啊。」

「不是啦，你原本應該不是做這個的吧？你原本是幹麼的？白天都在幹麼？你家住哪？名牌上爲什麼是寫洪金寶？」

「嗯……我原本就一直是靠打工維生啊。以前也有去做過工地啦。白天都在睡覺，晚上工作白天睡覺的話，睡眠品質會很不好，所以必須睡久一點。我家在那邊南大門市場再上去的南倉洞……你還問了什麼？啊，洪金寶是我小時候的綽號啦。我本名叫斤培，黃斤培，哈哈哈。」

「有什麼好笑的啊？你怎麼看起來這麼輕鬆啊？你都不用擔心生活嗎？家人很會賺錢嗎？」

「我沒有家人，生活也沒有很好，但我也沒什麼煩惱。啊，應該是因爲沒有煩惱，所以看起來才會這麼輕鬆吧。」

「沒有煩惱？要是出事怎麼辦？你要是出了意外，例如哪天生病了怎麼辦？要是哪天需要用一大筆錢呢？你要怎麼辦？你有保險或存款嗎？」

聽完崔老闆的話，洪金寶吞了口口水，然後又嘻嘻笑了起來。

「崔老闆，你眞的不用擔心我啦，光是擔心你自己的事情就夠你受的了。」

「什麼？你會讀心術喔？你怎麼知道我有很多事情要擔心？」

「你每天都跑來我們戶外用餐區喝酒啊，我看就知道了。但你不要太擔心啦，人家不是說擔憂就像毒藥嗎？難怪我一直覺得你臉頰鼓鼓的，看起來就像一隻毒蛤蟆。」

「毒、毒蛤蟆？」

「哎呀，你不要往不好的地方想，以前眞露燒酒的商標上，不是都有一隻毒蛤蟆嗎？那隻蛤蟆超可愛的，只要沒有毒那就更好了。」

「臭小子，你到底在講什麼？」

「我只是認眞回答你的問題而已啊……哎呀，很抱歉，讓你不開心了，請你趕快回你的洞穴去吧。」

「洞穴？」

「就是戶外用餐區啊。國外不是有句話叫『男人的洞穴（Man's Cave）』嗎？就是說男人都要有一個屬於自己的避難所。美國電影裡不是常會看到，男人把地下室或倉庫弄成屬於自己的空間，有煩惱的時候就會窩在裡面嗎？」

「我不知道，我不看電影。」

「總之，在我看來，崔老闆你就是有煩惱，所以才會跑來我們的戶外用餐區。簡單來說，你就是來找你自己的洞穴，哈哈哈。」

「我自己的洞穴啊……」

「對。你不要再擔心了啦，趕快去洞穴療傷一下吧。」

洪金寶提起購物籃領在前頭，崔老闆不自覺地跟在他身後，很自然來到戶外用餐區坐下。瞬間，角落的戶外用餐區感覺變成一個洞穴，而他彷彿成了都市裡的原始人。

崔老闆用牙齒打開啤酒瓶蓋，好像在致敬那個不需要任何工具的原始時代。接著他對一臉驚訝的洪金寶伸手討要玻璃杯，豪邁地將啤酒倒入杯中，接著再加入大量燒酒。洪金寶對崔老闆比出大拇指表示讚賞。

崔老闆用嘴巴喝掉溢出杯子的啤酒泡沫，然後咕嚕咕嚕大口地將燒啤灌下肚，最後再用手背抹去沾在鬍子上的泡沫。瞬間，他感覺自己彷彿成了赤身裸體的野蠻人，徹底甩開那些煩人的生活重擔。他好想立刻把黏在身上的T恤跟短褲給脫了，直接睡在這裡。

崔老闆又給自己倒了杯燒啤，這一次他似乎聞到什麼香味。低頭一看，發現有人在他腳邊點起了綠色的螺旋狀蚊香。上次他跟洪金寶抱怨過，說戶外用餐區有太多蚊子，沒想到這傢伙今天便替他點上了蚊香。崔老闆邊喝酒邊想，這傢伙說不定其實人還不錯。

啤酒喝完了，燒酒卻還剩下大約兩杯量。崔老闆通常會控制好份量，讓啤酒跟燒酒能一起喝完，但今天可能是太渴了，所以喝了比較多啤酒。崔老闆起身往店內走去。

他從冰箱再拿了罐啤酒到櫃檯結帳，發現洪金寶正靠在椅子上打瞌睡，即使有口罩遮著，崔老闆都還能聽見他低沉的打呼聲。這傢伙還眞有本事，剛剛才說睡眠品質不好，白天都在睡覺，沒想到晚上來上班竟然還能睡得著？崔老闆決定等等再叫他幫忙結帳，便拿著啤酒逕自往用餐區走。

他又爲自己調了杯燒啤，舉起杯子正想開喝，太太白天說的那些話突然自他心底湧現，就像從杯底不斷冒上來的泡泡。一想到太太要他別再固執下去，別再對別人的建議充耳不聞，他就覺得心裡有些難受。太太說他「老番顛、愛沒事找事做」更是讓他氣得七竅生煙。崔老闆氣惱的不是被說老番顛，他不是不承認自己老，也不在意別人說他年紀大，問題在於「愛沒事找事」這幾個字。太太不僅認爲崔老闆老番顛不知變通，還說他堅守原則是在「沒事找事做」。過去這三十年來，自己堅持對店內肉品品質把關，以耿直的態度來經營，卻被說成是沒事找事做，這點令崔老闆氣得不得了。

現在因爲生意不好，所以太太要崔老闆做出一些改變。但如果眞是因爲自己太堅持，那過去因爲秉持原則而換來的好結果該怎麼解釋呢？崔老闆覺得自己多年來累積的經驗被全盤推翻，實在滿腹委屈，無處發洩。

跟孩子的關係也是個問題。他雖然是個木訥又固執的父親，卻總是爲家庭盡心盡力，孩子需要什麼他就給什麼，盡力讓孩子的生活不輸給其他人。但當他對孩子多說幾句、叫孩子做事時，卻會惹太太生氣。奇怪，自己難道有叫孩子別去上學，到店裡來幫忙嗎？既然每個大學生都在打工，兒子又為何不乾脆到自己家來打工呢？到自家的店裡打工有這麼糟嗎？他雖然沒給兒子薪資，但還是有給零用錢啊。

最重要的是，經營餐廳就是家族事業，是崔老闆無法一個人獨力撐起的工作。營收好的時候他會多請幾個人，減少妻兒來上班的次數。但過去這幾年營收逐漸下滑，現在又受到新冠肺炎疫情的影響，正是大家應該攜手共度危機的時候啊。他實在不能接受太太說自己使喚孩子、占孩子的便宜。

哼。崔老闆輕輕哼了一聲，便把剩下的燒酒一口氣倒進杯子裡。這時，洪金寶推開玻璃門走了出來。手上拿著一個漂亮的鬱金香造型玻璃杯，裡頭裝滿了啤酒，他坐到崔老闆對面的那張空椅子上並脫下口罩。看到他胖嘟嘟的雙頰跟大大的嘴巴，這長相還眞是跟洪金寶有幾分神似。

洪金寶對正在打量自己的崔老闆舉起杯子。

「本來說要陪你喝酒的，有點遲了，哈哈哈。」

「你上班時可以喝酒嗎？」

「這不是酒。」

「這明明就是啤酒，我剛剛還看你在打瞌睡，你到底有沒有認眞上班？」

「我沒有打瞌睡，你剛才拿了一罐啤酒，對吧？」

「哈，你是看到這邊的空罐子才發現的吧？你不顧櫃檯，跑出來幹麼？」

「欸，我看你今天也在這裡哼哼唉唉的，所以就過來啦。來，乾一杯吧！」

哼哼唉唉這幾個字聽得崔老闆很不痛快，但他還是盡力要求自己別露出不悅的表情，舉起杯子和洪金寶乾杯。他一口氣將杯中的液體喝光。恰巧他也有些厭倦一個人喝酒了，身旁有個人能陪自己一起喝，其實挺不錯的。

崔老闆將剩下的啤酒倒進杯子裡。洪金寶也在這時從自己的工作褲口袋裡，掏出了一瓶東西往杯子裡倒。仔細一看，才發現那竟是玉米鬚茶。

「喂，你剛倒來的東西又不是酒，還跟我乾什麼杯啊？」

「我有說那不是酒啊，但很像，對吧？味道也很爽口，想喝啤酒的時候可以用玉米鬚茶代替喔。」

「拜託，少在那邊鬼扯什麼玉米鬚茶！」

「你又來了！這眞的很好喝啦，你要不要喝喝看？」

見洪金寶要幫自己倒玉米鬚茶，崔老闆趕緊把杯子拿走。洪金寶一臉哀怨，只好轉而將玉米鬚茶倒入自己的杯中。頓時，崔老闆覺得眼前這個小伙子的行爲實在有些滑稽。身爲便利店店員卻願意陪客人喝酒，實在是很奇特。

「我看透你了。」

「什麼？」

「你其實是個懂禮數的傢伙。」

「懂……懂禮數？對啦，我算是懂禮數，確實是可以這樣說啦。」

「那我呢？你也覺得我是個老番顛嗎？」

洪金寶歪了歪頭，停頓了一下才點點頭。崔老闆瞪著洪金寶，忍不住提高音量說：

「老番顛有很糟糕嗎？我是按照自己的信念在做事，以此賺錢養家，我說的話也都是我覺得應該要說的，難道這樣就是愛發牢騷、愛倚老賣老嗎？」

「這個嘛，有信念的老番顛是還不錯啦……問題應該是在於你總是自顧自地說個不停吧？會被別人說是老番顛、倚老賣老的話，通常都是愛自說自話，不聽別人的建議。」

「我不是不聽，是因爲我一直以來有我做事的方式，聽了也沒辦法照做啊。」

「就是這樣啊，聽完別人說的話，如果有該改進的地方那就要改，這樣才會有成長啊。」

「都這把年紀了，我還要成長什麼啊？當然是把我原本在做的事做好啊，就是要堅守這點信念，我才會這麼頑固啊。不要這麼貶低我好不好！」

「哪有貶低？你很了不起啊！我很尊敬韓國的自營業者喔。只是即使是家人，大家也都會有不一樣的想法。對家人來說，老闆不是老闆，而是爸爸、是老公。所以你不能光用老闆的角度，要用爸爸或老公的角度來聽家人說話。如果沒辦法換個立場聽家人說話，那就恭喜啦，你確定是個老番顛。」

「拜託，剛剛就說了我有聽，只是沒辦法改變嘛。要是變了還是不好呢？要是倒閉了呢？誰要負責？我太太？我兒子？還是你要負責？」

「看吧，你就是在擔心，擔心變了之後還是不好。但我剛剛也說啦，擔心是一種毒，有時間擔心的話，不如認真思考一下大家給你的建議，稍微做一點點改變就好。就算真的不行，你的家人會罵你嗎？會對你怎樣嗎？」

「這……這誰知道？」

「每個人都是有良心的，你都已經聽家人的話努力做出改變了，如果他們還是有意見，那未免太說不過去！你太太不是這種人，對吧？」

「我不知道！你沒有家人又無憂無慮，當然說得出這種話，但我可不行!!」

崔老闆撂完幾句話便起身走進店內，洪金寶也趕緊跟了進去。

洪金寶走回櫃檯，崔老闆把信用卡遞給他。

「我剛多拿了一罐啤酒，快結帳吧。」

洪金寶先是刷了崔老闆手上那空啤酒罐的條碼，接著又刷了自己的玉米鬚茶條碼，再用崔老闆的卡結帳。見崔老闆一臉不解，洪金寶便解釋說既然他都陪崔老闆喝酒了，那讓崔老闆請客應該不爲過。崔老闆心想，這傢伙簡直就是在胡扯。

「喂！你把我當冤大頭喔？」

「不，你是老番顛。」

「什麼？我以後真的不來了啦！」

崔老闆怒瞪了洪金寶一眼便轉身離開，洪金寶則對著崔老闆的背影喊：

「仔細一想，我覺得老闆你不是老番顛。」

崔老闆停下腳步。

「你不是老番顛，你是超級老番顛！愛生氣又老番顛，那可真的是老番顛到了極點，哈哈哈。」

崔老闆連嘆氣的力氣都沒了。居然會覺得這種沒家教的傢伙很懂禮數，自己實在錯得離譜，不該跟他說那麼多的。崔老闆像是要提醒自己別再多說什麼，趕緊戴上口罩，離開了便利店。

回到家後，他直接進到房間裡躺下。那是小兒子的房間，一年前太太說無法忍受他的打呼聲，便提議要分房睡。自從他變胖之後，打呼的問題就一直無法解決，恰巧大兒子去當兵不在家，崔老闆便搬到他房間去睡。兩個月前大兒子退伍回家，崔老闆只好改搬去在外縣市讀大學的小兒子房間。小兒子似乎也知道爸爸平時住在自己的房間，於是即使學校放長假，他也藉口要上寒暑修，一直待在自己的租屋處沒有回家。

四個成年人無法長時間一起生活在只有三房的老公寓。要崔老闆搬回主臥室跟太太一起睡，也不是件容易的事，所以只好讓大兒子或小兒子其中一人搬出去住。如果兩個兒子大學畢業後都不打算搬出去的話，那就只能是崔老闆自己離家了。

無止盡的擔憂令崔老闆夜不成眠。對他來說，以往回家前喝的燒啤就像是安眠藥，但今天就算喝了酒，也依然睡不著。這時，他聽見有人按下密碼鎖打開玄關大門的聲音。是兒子回來了。他在黑暗之中打開手機來確認時間，晚上十一點三十五分。在政府的防疫規定之下，所有店家都得在十點打烊，兒子到底是去哪裡工作，怎麼會現在才回來？而且他下班之後也不可能到其他餐廳去喝酒，真擔心這傢伙是不是在做什麼違法的事。崔老闆很想立刻衝出房門抓著兒子問個清楚，但還是忍住了衝動。

換成是以前的他，肯定會不由分說先訓斥兒子一頓，但現在他實在是做不到。他想起洪金寶的話，老番顛就是只會自顧自地說個不停，還說愛生氣的話就是超級老番顛。可惡，以前被別人說是老番顛，崔老闆還不當一回事，現在竟然要被一個便利店的大夜班店員說是超級老番顛，讓崔老闆實在有夠沒面子。

難道下半輩子就只能這樣了嗎？要放下自己一家之主的身分，對妻子跟孩子言聽計從，只顧著把錢賺回來就好了嗎？要是像現在這樣賺不了多少錢，那是不是乾脆死一死比較好？崔老闆像條煮熟的蝦子縮起身子，希望能快快入睡。

隔天，崔老闆下班後沒再去便利店。他決定要戒掉一個人喝酒的習慣。因爲即使一個人去便利店喝燒啤，依然沒辦法讓苦悶的一天有個爽快的結尾，而且他也不想看到那個聒噪又自以爲是的洪金寶。

客人宛如瀕臨絕種的動物那般難得一見，白浪費電開冷氣卻毫無收入的狀況日復一日持續著。這天的午餐時段，崔老闆也只做了兩桌客人的生意就打烊休息。雖然他這間烤肉店沒有午休，但已經有好長一段時間下午兩點到五點都不見客人上門，崔老闆也自然而然有了午休時段。這會兒，崔老闆又開始擔心起他要是把店收了，以後該靠什麼維生才好。

到了傍晚，終於有客人上門了，崔老闆聽見太太招呼客人的問候聲，從廚房裡探頭一看，發現是一名獨自上門用餐的客人。既然是一個人來吃飯，那當然不可能點烤肉，應該會點牛骨湯之類的餐點。崔老闆一邊想一邊打量著客人，隨即發現上門的竟然是那個傢伙。

唉唷！這傢伙居然敢來我的店裡吃飯？崔老闆皺著眉朝洪金寶走去。

「你來幹麼？」

「老闆你好，因爲你最近都沒來便利店，所以我才來看看你。」

「你來餐廳就只是爲了看我？你這傢伙也未免太不懂事了，人都來了，當然要吃飯啊，想吃什麼，你說。」

「我當然會點餐！我正要去上班，想先來吃個晚餐再過去。」

「你不是都吃便利店的便當嗎？」

崔老闆的口氣雖然不是太好，但洪金寶依然滿臉笑容。崔太太見兩人似乎認識，便退到一旁去，沒有繼續招呼洪金寶。

「我應該要點一些牛肉，但我實在負擔不起……請給我一份牛骨湯吧。」

「好啦，討厭鬼，我會多給你一塊肉。」

「哎呀，謝謝啦。」

崔老闆走回廚房，做出一碗加了大量牛肉的牛骨湯。崔太太把那碗牛骨湯端去給洪金寶，洪金寶一看到碗裡滿是牛肉，立刻發出類似歡呼的聲音。接著一邊吃著牛骨湯一邊大讚湯頭鮮甜、肉質軟嫩。嗜嗜呼呼的洪金寶讓崔太太感覺很新奇，崔老闆也不覺得這樣不好，便沒有制止洪金寶誇張的反應。

但吃完飯要結帳時，問題就來了。洪金寶站在櫃檯前問崔老闆，店裡的牛骨湯就已經這麼美味了，不知道里脊肉會有多好吃。崔老闆得意洋洋地一邊聽著洪金寶稱讚自己店裡的食物，一邊替他刷卡結帳。就在崔老闆把信用卡還給洪金寶時，洪金寶拿起一旁的牙籤，一邊剔著牙一邊問：

「老闆，既然你店裡的東西這麼好吃，爲什麼都沒有人來排隊呢？」

「你這臭傢伙，還不因爲那個新冠肺炎，大家都很慘啦，誰會來餐廳排隊啊？」

「什麼？沒有啊，我每天晚上都會經過南營站，那附近的店排隊排得超誇張！尤其是烤肉店，客人超級多……」

「你在胡說八道什麼？哪裡有店在排隊？這附近的炭火烤肉店也倒了啊！」

「沒有喔，老闆，從淑大入口站到美軍基地那附近的生意都很好啊，根本沒被疫情影響。」

「騙誰啊！那邊只有賣鐵板烤肉跟部隊鍋的店，整個商圈都很沒落，少騙人了！」

「唉唷，老闆，看來你只顧著守著自己的店，沒有去看看別人的店？現在去看看吧，看一下最近的烤肉店都流行什麼——」

「喂！你顧好你們店裡的生意啦！幹麼來管別人要怎麼做生意啊？」

崔老闆氣到伸出手，指著洪金寶的鼻子大罵。

洪金寶即使戴著口罩，依然舉起雙手遮著嘴巴，露出一副很抱歉的樣子，然後向崔老闆鞠了一個九十度的躬便離開了。

崔老闆嘆了口氣，唰唰兩下，把洪金寶沒拿走的消費收據給撕碎。這時，他聽見後方傳來笑聲，轉頭一看才發現，太太正在自己身後笑得合不攏嘴。他問太太到底在笑什麼，太太立刻回答他說：

「我本來以為你只是不聽我的建議，沒想到外人的建議你也一樣不肯聽。那個人講的話一點都沒錯，結果你還氣成這樣，這不是很好笑嗎？」

「他講的話哪裡沒錯了？怎麼連妳都這樣！」

崔太太沒有回話，只是轉過身去開電視，因為她喜歡看的連續劇播出時間要到了。崔老闆想跟太太繼續辯，但又怕把場面弄僵，只好悻悻然回到廚房，拿自己的手機看棒球轉播。即使他支持的隊伍領先，他依然無法專心。他擔心今晚的業績就只有一碗牛骨湯，也害怕事情真如洪金寶所說，即使在肺炎疫情肆虐之下，其他店家依然高朋滿座。可惡，那些生意很好的店家，最好客人多到出現確診者啦！

崔老闆夫婦有固定星期一休假，並且安排那個晚上外食的習慣。他們通常會去隔壁朴老闆的壽司店吃飯，一方面是因為崔太太喜歡吃壽司，另一方面也是因為一整個禮拜都與肉為伍，放假的時候反而想吃海鮮。

新冠肺炎疫情爆發之後，他們開始頻繁地叫外送。他們會點炸雞或中式料理來吃。

但就連這個習慣，都因爲生意不好而沒辦法繼續維持下去。現在崔老闆夫婦的放假日晚餐，經常會用餐廳剩下的食材來解決。

也許正是因爲這樣，崔老闆的活動範圍都在自家店面附近。而且在首爾這邊，會跟崔老闆相聚的老朋友，大部分要不是過世，就是回老家務農了。簡單來說，他們如果在首爾生存不下去，就只剩下回老家一途。唯一一個比較成功的朋友，自從在江南置產之後，就幾乎不再到江北來了。那傢伙還曾告訴崔老闆，說未來要是賺了大錢，會多來給崔老闆捧捧場，現在卻已經許久未曾聯絡，不知跑哪去吃更高級的美食了。就這樣，只剩下崔老闆被困在青坡洞，許久未能看看外面的世界是什麼樣子。青坡洞顧名思義就是「綠色的山丘」，崔老闆卻覺得現在的自己不像在山丘上，而像是一隻困在漆黑井底的青蛙。

洪金寶的話始終揮之不去，讓崔老闆很不好受。於是一到星期一，崔老闆便跟太太提議要外食。他告訴太太，想去看看在這種情況下，生意還是很好的餐廳。太太雖然嘴巴上說崔老闆太反常，讓她覺得很奇怪，但還是趕緊起身換上外出服準備出門吃飯。

兩人行經淑大前面那間知名的中式餐館，那是他們外食最常選擇的店家。朴老闆的壽司店已經休息兩週了。想到他當初說要去濟州島住一個月，崔老闆就有些火大，那傢伙就是一副好命的臉，看了就來氣。

接下來他們經過一間很受大學生歡迎的西餐廳，但也沒有走進去。崔老闆一邊走，還一邊用手把一直往下滑的亞麻長褲往上拉。他平時無論到哪都穿著短褲，但今天出門之前太太卻告訴他，出去外面吃飯還是要穿得體面一點，他無奈只好換上長褲，只是這條褲子實在讓他很不自在。不過也許是因為崔老闆有好好聽太太的話，所以即使天氣這麼熱，太太依然願意讓他牽著手並肩走在一起。雖然天很熱，手汗又流個不停，但崔老闆並不討厭太太透過手掌心傳來的溫度。

兩人來到淑大入口，發現雖然還只是傍晚，店家前面卻已經擠滿了人，只是人並沒有多到像洪金寶說的那樣大排長龍。崔太太說要過馬路，往美軍基地的方向去看看。於是兩人走過一條大馬路，往滿是餐廳招牌的巷子走了進去。

夏日黃昏，太陽逐漸西沉，酒鬼們一一來到他們固定會去的餐廳坐定位，開始拚命喝起酒來。這條巷子裡大多都是賣鐵板牛排跟部隊鍋的餐廳，主要的消費族群似乎還是以熟客居多。客人要不是在地居民就是中年男子，鮮少有外地人或年輕人到訪。這裡對他們夫婦來說也是相當熟悉的區域，於是崔老闆便拉著太太往反方向的巷子走去。

才不過走了五十多公尺，崔老闆就明顯感覺到這裡的氣氛不太一樣。原本都是老店的巷子裡，不知何時開滿了專賣外國啤酒的時尚酒吧、咖啡廳，還有不少年輕人喜歡的東南亞餐廳與日式居酒屋進駐。其中一間店入口處裝了一扇厚重鐵門，門上雖沒有掛招牌，外頭卻有不少年輕人聚集。咦，這裡到底是賣什麼？

店門口放了一個類似樂譜架的東西，上頭擺的竟不是菜單，而是讓客人塡寫名字跟電話的排隊表。崔老闆一看就知道，只要把名字跟電話登記在上面，店員就會在有空位的時候打電話通知客人。上頭至少有七到八組客人在排隊，光是排隊的人數，就讓崔老闆看得目瞪口呆。

「有好吃到會讓人願意這樣排隊？不管再怎麼好吃，這也太誇張了吧？」

崔老闆低聲對著太太嘀咕，太太則低頭看著手機。

「那間店到底是賣什麼啊？怎麼會排隊排成這樣？外面又沒放菜單，這樣看得出來是賣什麼嗎？」

崔太太沒有回答，而是直接把手機塞到崔老闆面前。原來是一間主打融合異國元素的韓式酒館，有賣肉也有賣海鮮，菜單內容是創意韓式下酒菜與傳統酒。仔細看別人分享在網路上的照片，發現都是一些適合拍照上傳的精緻料理。

崔老闆嘀咕說，這種東西根本就吃不飽，只是把菜弄得很好看而已，根本沒人知道實際上到底賣得好不好。崔太太立刻就回他，就是因爲這樣所以人家生意才會好。太太的話讓崔老闆很是傷心，他實在無法理解這種風潮。

飢餓加上炎熱，讓崔老闆渾身無力，他向太太提議，不如先決定要吃什麼。太太說想吃生魚片，兩人便往他們較熟悉的淑大入口方向轉了過去。就在這時，兩人看見眼前的路被人群擠得水洩不通，瞬間還以爲是在辦什麼遊行集會呢。一間餐廳門口擠滿了形形色色的人，其中有許多上班族在排隊，還有些年輕人站在外頭，更有剛吃完飯走出餐廳的情侶。

那是間專賣豬肉的烤肉店，店內不斷飄出不輸盛夏炎熱高溫的熱氣與濃煙。兩人透過敞開的窗戶探頭往內看，豬肉在鐵盤上烤得滋滋作響，客人們開心地享用著餐點。

「那個人講的地方應該就是這裡了。」

眼前的情景讓崔老闆沒得反駁，只能點點頭表示同意。

這無疑是一間超級熱門的餐廳。滿滿的客人把整間店擠得難以動彈，一個個像古代等候君王欽點的臣子，都在盼著店員叫號喊自己，彷彿疫情根本不存在。

崔老闆先是不知所措，然後內心湧現一陣羨慕之情，最後是被自責浪潮給吞噬。自己既愚蠢又頑固，把疫情當成藉口，固執己見不聽勸，不是老番顚還會是什麼呢？那天太太對自己的斥責在耳邊揮之不去，讓崔老闆腦子發暈，幾乎就要厥過去。

崔太太似乎發現崔老闆心中的恐慌，便趕緊拉著他說去吃生魚片、海鮮、蔬菜加辣醬拌成的水拌生魚片。聽見太太安慰自己說天氣這麼熱不該吃烤肉，而是該吃水拌生魚片消暑，崔老闆露出一個虛弱的笑容。是啊，我們是不是乾脆別賣烤肉，改賣生魚片好了呢？崔老闆帶著點敷衍，隨口回了一句。

「只有夏天不適合烤肉啦，其他季節還是要烤肉啊，而且說到烤肉就是應該吃烤牛肉！」

聽完太太這番安慰的話，崔老闆才終於稍稍回過神來。

兩人過斑馬線，往更熟悉的街道走去。但剛過了馬路，崔太太便停下腳步。不知道眼前這間生魚片店是什麼時候開的，她竟從來沒見過。她探頭往店裡看，發現裡面一個客人也沒有，便提議進去消費一下，崔老闆也同意了。

兩人點了綜合生魚片跟水拌生魚片，還有燒酒跟啤酒，打算享用豐盛的晚餐。水拌生魚片最先上桌，太太吃了幾口，便要崔老闆調一杯燒啤給她，崔老闆很快調了一杯燒酒比例較少的燒啤給太太。其實太太一向只喝啤酒，今天竟然願意一起喝燒啤，讓崔老闆既是新鮮又是感激。

「其實我都知道，最近南營洞有很多餐廳很受年輕人歡迎。」

崔老闆低著頭，專心吃著水拌生魚片。

「淑大附近也有幾間店很出名。大家雖然都是賣豬肉、賣牛肉，但作法都很不一樣。相同部位的肉，他們會用不同的切法、取不同的名字，甚至還會加一些特別的配菜。像是牛腿骨泡麵、里脊炒飯之類的，大家都會以肉為主開發新菜色。」

「既然妳都知道，那就應該要建議我們店裡也這樣做啊！」崔老闆這句話都已經到了嘴邊，卻無法輕易說出口，只能靜靜地喝著燒啤。

「你知道嗎？勝民也在烤肉店打工。」

正往啤酒杯裡倒燒酒的崔老闆瞬間僵住。

「聽說是在漢南洞一間很多明星會去的店，是採訂位預約制，只賣韓牛。」

韓牛、漢南洞、明星……還眞是會搞噱頭，實在了不起。即便感到無比落魄，崔老闆還是努力按捺自己的情緒，抬頭看向太太。

「他在那裡做什麼？外場？洗碗？他都在幹麼？」

「他幫忙烤肉、在廚房當助手，什麼都做、什麼都學。」

「那我也能教他啊。」

「不，不一樣，他說經營的方式不一樣，跟在我們店裡幫忙的時候完全不一樣。我們沒有年輕人的生意頭腦，所以勝民才會決定不跟你學，而是去漢南洞學。」

「他爲什麼都不跟我說？他就這麼討厭我嗎？」

「不，你只是死腦筋，講了也不聽。」

「又來了。」

「你啊，連我的話都不聽。勝民去當兵之前不是有到店裡來幫忙，還給過你很多意見嗎？說要你弄個吧台、加一些新菜色，不要只賣生拌牛肉絲，也可以賣生牛肉片或大邱式生肉片，你還記不記得你那時說什麼？」

「不知道，不記得了。」

崔太太瞪著他，眼神像是在說最好快點回想起來。崔老闆不知該如何是好，只能看著太太猛眨眼。

「你說了很多傷害兒子的話。居然連這個都不記得？那你當然不會明白爲何兒子要疏遠你了。」

太太放下手上的筷子。

「好啦，對不起。」

崔老闆突然眼眶泛紅。對不起這幾個字就像個開關觸動了他，讓他忍不住哽咽，但因爲不想讓太太看見自己脆弱的一面，所以他死也不願意哭出來。崔老闆深吸了一口氣，拚了命忍住眼淚。崔太太看著咬著唇，奮力壓抑情緒的崔老闆，主動開口說：

「出來吃飯還說這種話，我也眞是的。」

「我會怕……」

崔老闆能感覺到，太太此刻很專注聽他說話。他開始吐露自己一直沒能說出口的眞實心聲。

「每件事情都讓我好擔心。即使別人罵我老番顛，我也要守住這間店，但我很擔心自己能不能守住這間店、保護我們一家人……我一直以來都用這種方式生活……但現在這個方式卻行不通了，這也讓我更加擔心、害怕。」

崔太太握住他的手，崔老闆努力睜大了眼，不願意讓眼淚掉下來。

「別擔心，你有我，有兩個兒子啊。我們一直都是支持你的。一直以來你都是一個人走在前面，我們追在後面。現在你只是有點累了而已。既然現在你累了，那就把擔子交給我們吧，不要再那麼固執了。」

「這樣生意會好一點嗎？店就不會倒嗎？」

「可能會比現在好啊。勝民的爸，不管是烤肉店還是孩子，我們都不要放棄，好嗎？」

崔太太舉起酒杯，崔老闆也舉起自己的杯子。

兩人在生魚片店暢談到晚上十點才離開。也許是因爲整間店只有他們一桌客人，一位看起來應該是老闆娘的女性，一直不停送上一些小菜給他們吃。作爲回報，兩人點了一堆啤酒來喝。看在崔老闆夫婦眼裡，這間也是由一對夫妻經營的生魚片店，處境就跟自家的烤肉店十分類似。

崔老闆對這間店產生了奇異的認同感，結帳時順口鼓勵了一下老闆娘，只見她臉上的表情有些複雜。

「政府只管制自營業者，眞是快撐不下去了。」

「我懂，我們也是開店的。」

崔太太跟著補上一句。生魚片店的老闆娘剛才似乎聽見了崔老闆夫婦的對話，對兩人的處境也很有共鳴。

「難道只有自營業要開門做生意嗎？我們不做生意，房東有錢賺嗎？如果眞的要大家共體時艱，那就把上班族跟房東也一起納入政策規範嘛！」

老闆娘忍不住抱怨。

「就是說啊，房東也應該要共體時艱。我們自營業者遵守政策，晚上十點就關門，但房租又不可能只算到晚上十點！工廠也應該要在晚上十點以後停工！上班族也應該做二休一才對！」

崔老闆接著說下去。

「沒錯！沒錯！」

回頭一看，原本在廚房裡切生魚片的老闆走了出來，握著拳頭氣憤地答腔。

「計程車、公車、地鐵，也應該在晚上十點以後停止營運，參與保持社交距離政策啊！難道這些地方就沒有病毒嗎？政治人物晚上十點以後還到處造勢跑行程，那就不叫群聚嗎？不用保持社交距離嗎？為什麼只針對我們啊？」

崔老闆越說越激動。

「就是說嘛！你這樣的人才該去從政！」

生魚片店老闆點頭附和崔老闆的話。

就在獲得認同的崔老闆還想多說點什麼時，崔太太把手放到他的肩上，輕輕拍了兩下。崔老闆像是明白太太的意思，便沒接著說下去，而是向後退了一步。

「老闆，我們就在淑大附近開烤肉店，叫青坡第一烤肉餐廳，有空來坐一坐吧。今天您這樣招待我們……我們也會好好招待二位的。」

崔太太邀請老闆夫婦有空來自家店裡走走。

「哎呀，謝謝您邀請我們，店裡休息的時候，我會跟我老公一起去拜訪的。」

老闆娘帶著微笑回應。

「要是沒有客人，就讓我們來當對方的客人！」

老闆皺著起那有如毛毛蟲一般粗的眉毛說道。

「哈哈，老闆眞是會講話，沒錯，我們來當對方的客人！」

崔老闆豎起大拇指表示贊同。

離開了生魚片店，崔老闆的內心終於出現睽違已久的舒暢感。雖然他知道剛才在店裡說的那些話，都是些行不通的歪理，但這樣說出來之後，心裡暢快許多。而且在這苦悶的時期，遇到正受相同問題所苦的同志，瞬間就有了想和對方共患難的革命情感。這難道就叫做同病相憐嗎？甩開傍晚時沉重的心情，崔老闆與崔太太踩著輕盈的步伐，穿越悶熱的夏夜街道，踏上返家的路。

沖完澡走出浴室，崔老闆發現太太已經切好了西瓜和香瓜，還開了兩瓶啤酒放在旁邊。他都不知道家裡竟然有酒，太太說自己都把酒放在專門用來冰泡菜的冰箱裡。

「你下班後去便利店喝酒的時候，我會自己在家喝個兩杯。」

「眞是的，我都不知道，還怕妳不喜歡我喝酒，就跑去便利店戶外用餐區餵蚊子……」

崔老闆像是逮到機會似的，開始跟太太說起自己這段時間在便利店戶外用餐區喝酒，晚上十點一到就被趕回家的事情。他也告訴太太，上次來店裡吃牛骨湯的男子，就是那間便利店的大夜班，是個超級愛管閒事的傢伙。

太太卻笑著說，也是多虧了他，兩人今天才有機會再出門用餐，也才能認清現實。

崔老闆心想，確實是因爲洪金寶，今天才有機會跟太太談心，這樣算是幸運嗎？是不是該去便利店消費，回報他一下呢？

崔老闆乾笑兩聲，大口咬下太太切好的西瓜。太太替他倒了杯啤酒，他的心情好極了。生意不好又怎樣？光是能跟太太一起在家喝酒，就已經是幸福了吧？

崔老闆大膽提議跟太太喝個交杯酒，太太擺了擺手，結婚都這麼多年了，從來沒做過這種事，她有些不太願意。

「有什麼不行的？反正我都已經到了被人喊老番顛的年紀，想做什麼就做，喝一下交杯酒吧！」

崔太太拗不過他，只好伸出自己拿著酒杯的手，崔老闆也勾住太太伸出的手，做出喝交杯酒的手勢。

就在這時，兩人聽見外頭有按密碼鎖的聲音，他們趕緊將勾在一起的手鬆開。很快地大門打開，兒子走了進來。他看著坐在地板上，手上拿著啤酒杯的爸媽，一臉驚呆地楞在原地。

「兒子，你回來啦？」

太太裝出很自然的語氣。

「今天……是什麼特別的日子嗎？」

崔老闆沒有說話，只是對兒子招了招手要他過來。兒子脫下鞋子，一屁股在桌子旁坐了下來。

「今天店裡休息啊，休息的日子，家人就應該一起喝一杯。你今天怎麼這麼早回來？不是每天都半夜才回來嗎？」

「我今天也休息啊，晚上跟朋友出去吃飯。」

「有喝嗎？」

「有啊。」

「還要喝嗎？」

「喔，好啊。」

崔老闆把太太拿來的啤酒杯遞給兒子，並替他倒滿啤酒。三人乾了杯之後，一口氣把杯中的酒給清空。崔老闆一家已經好久沒有這樣坐在一起喝酒了。

那天，崔老闆跟太太和兒子說了很多話。一方面是酒精的催化，一方面是洪金寶的建議起了作用。就像那傢伙說的一樣，他不是以老闆的身分，而是以一個爸爸、一個老公的身分，用心聽了兒子和太太說的話。

兒子之所以都深夜才回來，是因爲他從漢南洞走路回家。晚上十點打烊後還得整理，整理完已經超過十一點了，他想省一點車錢，順便運動一下，於是才會走路回家。他從漢南洞出發，穿越梨泰院、廣興倉與三角地後抵達南營洞，最後才回到青坡洞。這樣走在夜晚的街道上，他也有機會思考許多事情。崔老闆試著想像了兒子下班後，從漢南洞走回家的情景，忍不住眼眶泛紅，但最後還是用力忍住沒哭出來，不肯在家人面前示弱。

當崔老闆問起漢南洞的韓牛時，兒子回答說眞的不怎麼好吃，只是包裝得很好，所以才賣得很貴。兒子打工的店家主打「韓牛無菜單料理」，採完全訂位制，吸引許多藝人與名流上門消費。崔老闆聽不懂什麼叫無菜單料理、什麼叫名流，但他決定不懂裝懂，畢竟這也是老番顚的特色之一。

兒子說，他也覺得崔老闆店裡賣的里脊才是最美味的，而且車武英也同意這個觀點。車武英？從兒子嘴裡聽到這個名字，讓崔老闆有些訝異。兒子解釋說，車武英前幾天到他打工的店裡吃飯，一聽說他是青坡第一烤肉餐廳老闆的兒子，便熱絡地跟他聊了幾句。車武英跟同行的友人介紹，說自己曾經去那間店拍節目，學了如何爲牛肉去骨，還在那間店吃了一頓飯。接著說雖然漢南洞這間韓牛無菜單料理很好吃，但說到牛里脊，還是青坡第一烤肉餐廳的最美味。

崔老闆問兒子有沒有跟車武英合照，兒子告訴他，車武英因爲喝了酒，爲了顧及形象所以沒有同意合照。崔老闆馬上露出驕傲的神情，告訴兒子說自己可是跟車武英拍了照還要了簽名，比他厲害多了。見崔老闆這副模樣，崔太太忍不住插嘴，吐槽說當時的車武英和現在哪裡能比。兒子告訴崔老闆，他邀請了車武英有空再到青坡洞來走走，說完後便露出希望崔老闆能稱讚他的神情。那模樣讓崔老闆聯想到兒子小時候，在跆拳道館拿到獎狀後，興高采烈回家報告的情景。

崔老闆藉口要去上廁所，便起身離開。離開的時候，還能聽見太太繼續追問車武英的事，兩人聊得非常開心。這臭小子，到底是像到誰，話怎麼會這麼多……老了以後肯定也會變成固執己見又愛自說自話的老番顛。

崔老闆上完廁所後洗了洗手，順道洗了一下臉，也把剛才忍住的眼淚一起洗掉。他對著鏡子，只看見一個髮量稀疏，雙頰下垂的落魄中年男子，雙眼紅通通地看著自己。兒子跟太太在外頭聊得很起勁，聽著兩人的對話，他的嘴角也跟著上揚，很快大笑了出來。

夏天快要結束的時候，崔老闆才又再次於夜晚造訪了便利店。洪金寶依然跨坐在椅子上打瞌睡。崔老闆拿了購物籃，裝滿了啤酒和燒酒走回櫃檯，這時洪金寶才睜開眼睛露出傻笑，意圖讓人以爲他剛才只是短暫閉眼休息，沒有睡著。

「老闆，最近過得好嗎？」

「你還沒被炒啊？」

「哎呀，這間便利店可不能沒有我啊。唉，你今天拿很多耶。要我幫你在外面點個蚊香嗎？」

「你眞是的！我有家可回，幹麼還要委屈自己，可憐兮兮地坐在戶外用餐區啊？」

「喔喔！喔喔喔！」

洪金寶豎起大拇指，做出非常誇張的反應，讓崔老闆忍不住翻了個白眼。

「我今天買了很多喔，幫你做了不少業績，所以你要聽我說幾句話！」

崔老闆秉持著老番顛的特性，沒等洪金寶同意便自顧自地說了起來。他說都是多虧了洪金寶，他才有機會去附近走走，看看大家都是怎麼做生意的，也才終於能夠看清現實。他也明白，就算守不住這間店，但能守住家人才是最重要的。還有，現在兒子決定辭掉打工，回到家裡來幫忙。此外，他也終於知道什麼叫做「韓牛無菜單料理」，現在正在練習配合這種服務規畫菜單，做起來還挺有趣的。另外，酒還是跟太太一起喝最好喝。最最重要的是，他現在終於能夠甩開擔憂這要命的毒藥了。

「而且我幫我的店取了一個新的名字。」

「叫什麼？」

「『小・確・幸』。你猜猜看是什麼意思。」

「小……跟燒的音很近？是諧音『燒・確・幸』＊，也就是燒啤才能帶來最確實的幸福嗎？」

「你的想像力眞的很薄弱耶！」
「你喜歡燒啤，每天都在喝，這麼聯想很正常吧？」
「那都已經過去了啦！總之，店名的意思是『牛肉才能帶來最確實的幸福』*。怎樣？」
洪金寶張著嘴豎起了大拇指。
「這是我兒子取的，讚吧？」
「咦？你居然聽兒子的話，把店名改了喔？哇，堅持不改名才算是固執之王啊……你已經離開老番顚的行列了嘛！」
洪金寶這番話，不知爲何讓崔老闆感覺有些激動。但他還有話沒說完，可不能被情緒給影響了。
「謝謝你啦，面對我這個超級老番顚，還願意把該說的話都說給我聽。多虧了你，我才能做出改變。」
聽完崔老闆如此眞摯的道謝，洪金寶仍然傻呼呼地笑著，不知爲何崔老闆看他這樣

---

*這邊提到的「小」「燒」「牛」在韓文發音都是「소」。

有些惱火。

「我也要謝謝你。」

「謝什麼？」

「能聽你說這些話，我很開心，是真的。」

洪金寶滿足地說。而他突然這麼迸出內心話，反而讓崔老闆有些害臊，於是推了一下洪金寶的肩膀。

「謝什麼啊！對了，我有件事想拜託你，你之前說你做過工地，對吧？星期五的時候我店裡有些東西要修，還要裝新的吧台，你可以來幫忙嗎？只靠我跟兒子兩個人好像不太夠。我會給你薪水。」

「薪水就不用了。」

「不，這怎麼可以？」

「你請我吃第二級韓牛，我要八百克的里脊，這樣就好啦，哈哈哈。」

「好！」

崔老闆點點頭，然後提著酒往門口走去。他能聽見身後傳來洪金寶愉快哼歌的聲音。崔老闆決定，他可不只要請洪金寶吃里脊，還要請他吃新規畫的韓牛無菜單料理。

買二送一

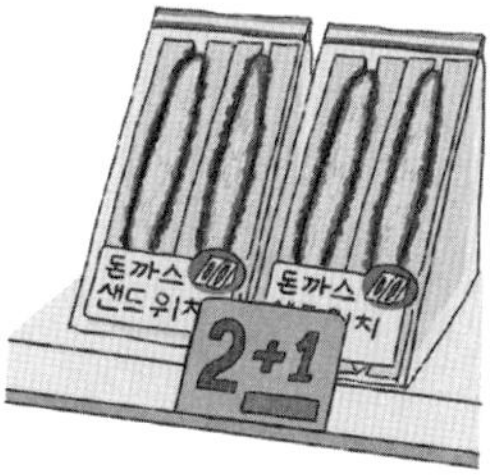

這世界很不公平，看看在工地工作的爸爸就知道了。

除非下雨，否則爸爸都得去工地，賺回來的錢卻不多。爸爸說這是因爲他在二次承包商叔叔手下打雜才會這樣……雖然聽不懂這是什麼意思，但爸爸老是在罵那個叔叔。說他做人無恥又糟糕，說完這句後，爸爸每次都會接著說：「民奎，你要好好讀書，要是書讀不好，就會像我一樣，夏天得在外面曬太陽，冬天得在外面吹冷風。」

這世界眞的很不公平，看看在當清潔人員的媽媽就知道了。

媽媽被人力派遣公司派去工作，但相較於實際在現場工作的媽媽，派遣公司的老闆和員工賺的錢反而更多。而且媽媽還說，無論是派遣公司還是她負責打掃的大樓，每個人都對她大呼小叫，讓她很難過。媽媽又要打掃，又要被別人呼來喚去，以此爲代價換錢回來，眞是不公平到了極點。

如果這樣民奎還是不相信這世界很不公平，那他還可以看看自己。其實這也是最能讓他認清事實的方法。在這個熱到頭頂都要著火的天氣，哥哥不知道躲在有冷氣的房間裡讀書還是玩遊戲，民奎卻只能抱著電風扇，還得一天沖三次冷水澡，才有辦法勉強撐過這有如蒸籠一般的酷暑。

對民奎來說，這樣的不公平似乎從他一出生就注定了。因爲哥哥像爸爸一樣高，又有著跟媽媽一樣的聰明腦袋，而他呢，腦袋像爸爸一樣不聰明，身材像媽媽一樣圓滾滾。到底是怎麼選的，能夠把不好的東西都選到自己身上來呢？面對這一出生就不公平的現實，民奎只能嘆氣。

退一百步來說，哥哥讀高三，正需要專心讀書，再加上他功課也很好，所以他房間裝台冷氣，讓他能有舒適的讀書環境，那也是無可厚非。即使民奎沒辦法享受冷氣，但至少應該給他一台功能好一點的電風扇吧？可是就算民奎抱怨，媽媽仍然不願意替他換台電風扇，逼得他整個夏天都只能跟這台脖子斷掉，根本無法調整方向，啓動時葉片還會嘎吱作響的電風扇爲伍。跟媽媽拜託，她也只是一再重複去年夏天登場過的台詞：

「再撐一下夏天就過去了。」

民奎討厭這個不公平的世界，也討厭爸媽不公平的態度。他討厭爸爸、討厭媽媽，而最討厭的就是哥哥。再加上現在新冠肺炎疫情爆發，他只能在家裡遠距上課，跟家人相處的時間增加，讓他更是覺得壓力倍增。

不用上班的日子，爸爸會躺在沙發上看電視，不但使喚民奎去跑腿買酒，還一下要民奎拿冰箱裡的燒酒出來，一下要民奎去倒菸灰缸，隔一會兒又要民奎拿魷魚絲來當下酒菜，彷彿他是朝鮮時代貴族養在家裡的長工。

媽媽下班之後，總是會跟整天在家喝酒的爸爸吵架，家裡的氣氛因此瞬間降到冰點。而爸爸出門工作的日子，則是回到家後吃完飯立刻倒頭就睡。最近經常下雨，爸爸待在家的日子多了，幾乎天天都跟媽媽吵架。兩人一吵架，向來還算會照顧民奎的媽媽，就變得對民奎的舉動反應特別大。

民奎不知道要逃去哪裡，才能躲開爸爸的使喚、不被媽媽跟爸爸吵架的颱風尾掃到。他很想到哥哥房間吹冷氣睡午覺，但哥哥在家中可是地位最高的人，民奎不敢冒險越雷池一步。小時候還會陪他一起玩的哥哥，現在成了只在乎自己的超級無恥討厭鬼。

哥哥說他的目標，是要考上知名大學的法學院，未來要當檢察官或法官。其實，哥哥就是那個告訴民奎這個世界很不公平的人。哥哥說這個世界很不公平，所以必須要有一份好的工作才能夠享有優勢。哥哥的目標是找到好工作，爲了達成目標就要做出犧牲，所以他全心全意讀書。可能是因爲這樣，無論是家事還是弟弟民奎，也都不在他關心的範圍之內。爸媽似乎也很支持哥哥的想法，對他的要求照單全收。至於民奎，既不會念書、考不上厲害高中，體重又直逼百公斤，臉上還長滿青春痘，便逐漸成了受冷落的對象。

這個世界眞的很不公平，連自己的家都很不公平。民奎很想逃離這個充斥著不公平與熱氣的家，最後他還眞的找到了一個好去處。

從民奎家的巷子走出去，有一間位在三岔路口的便利店。這個地方的冷氣，會公平地分給每個進到店裡的人吹。雖然東西的價格都比社區的小超市貴，但也是一視同仁對所有人都公平的貴。最重要的是，無論外表如何、成績如何，民奎都會被當成一名客人公平地對待。從這個夏天正式開始變熱的那天起，民奎就會在吃完晚餐後跑到這裡來避難，逃離不知何時會吵起來的父母。

他推開玻璃門入內，看了看店裡買二送一的商品。今天他選了買二送一的巧克力牛奶，走到櫃檯結帳，然後坐到便利店最裡面的椅子上。他拿出手機看了看時間，現在是晚上六點半。一個小時喝一瓶牛奶，那他就能在便利店待到九點半。九點之後爸爸就會睡死，所以他只要在這裡喝完牛奶再回家，就能躲開所有的災難。民奎打開第一瓶牛奶喝了一口。

上個月買二送一的商品是洋芋片、上星期的是海綿蛋糕。他喜歡的熱狗一直是熱門商品，可能是因爲這樣，所以才始終沒有買二送一的活動，不過巧克力牛奶也不錯。因爲一口氣吃三包洋芋片會火氣大到嘴破，一口氣吃三塊海綿蛋糕，則是乾得好像快要噎死。喝巧克力牛奶不僅有飽足感，更不會口渴。

民奎小口小口慢悠悠地喝著牛奶，一邊看著 YouTube 上的影片。便利店的無線網路密碼，是現在値班的這個哥哥告訴他的。這個很快要去當兵的哥哥雖然話少，但總會聽民奎的請求，還把兼職人員專用廁所的門鎖密碼告訴他。民奎眞的很希望自己的哥哥也趕快去當兵，讓他能占用那個有冷氣的房間。

到了八點，新進的大夜班來交班了，民奎全神貫注地聽著櫃檯的動靜。晚班的兼職哥哥完成交接之後，還交代了很多事情，但那個新來的人好像聽不太懂。他是上班才第三天的菜鳥，是個看起來比民奎大上二十歲的大叔。昨天和前天來幫大叔做教育訓練的店長阿姨，也是在訓練過程中不停罵他。目睹整個過程的民奎，費了好大的力氣才忍住沒笑出來。

「不是啊，昨天已經教過你了，但你連一半都沒學會，這怎麼行？你喝了孟婆湯嗎？明天你就要一個人上班了耶，你眞的可以嗎？」

民奎上網搜尋店長阿姨說的孟婆湯是什麼意思，結果差點害他笑死。雖然被數落，但菜鳥大叔還是搔著頭說不會有問題，不過就連民奎都覺得這保證完全不可信。果不其然，店長阿姨離開沒多久，民奎就看到他為了幫客人找一包菸而手足無措。而且他塊頭很大，走起路來搖搖擺擺的，總是會不小心弄掉貨架上的商品，還曾經算錯啤酒折扣商品的數量，讓客人白等了好久，實在是慘不忍睹。

民奎來這裡避難已經有半個月了，差不多掌握了便利店的運作狀況。看在他眼裡，這個大叔的工作能力實在太差了，想必他書也讀得不是很好。民奎自己雖然書也讀得不太好，但他還算機伶，懂得察言觀色，所以他認為自己絕對能夠勝任便利店的工作。只是媽媽不讓他在放假期間去打工，因為他年紀還小，要專心讀書。民奎真想趕快高中畢業，就可以去便利店打工。等到高中畢業，他就能申請身分證，是個有投票權的大人，媽媽再也沒辦法阻止他做任何事。而且便利店工讀看來挺不錯的，不是爸爸口中那種糟糕的工作。爸爸說要是書讀不好，夏天就要在很熱的地方、冬天就要在很冷的地方上班，但便利店可是冬暖夏涼呢！

於是高中一年級的第一個暑假，民奎就決定好自己未來的志願。雖然便利店給的薪水應該不多，但幸好民奎沒什麼嗜好，也沒朋友，所以不太需要花什麼錢。而且聽說已開發國家薪水很高，光靠打工就能養活自己。韓國幾乎就快要是已開發國家了，民奎非常希望等到自己成年要打工的時候，薪水已經漲到能讓他靠打工就養活自己的程度。

民奎喝完第一瓶巧克力牛奶後便起身，一邊在店裡閒逛兼舒展筋骨，一邊觀察櫃檯菜鳥大叔的工作表現。每天晚上八點都會進很多新商品，大叔卻沒有立刻處理，而是埋頭在櫃檯底下不知在做什麼。他得趕快把商品上架，才不會堆在通道阻礙客人通行啊，到底還在磨蹭什麼？真是讓人看不下去！

這時，店裡開始播起了音樂，那是民奎完全聽不懂的外國流行歌。大叔這才從櫃檯下探出頭來，跟著音樂哼了起來，肩膀也跟著擺動。他難道是為了放音樂，才蹲在櫃檯底下而沒有立刻整理商品？這時，民奎跟大叔對上了眼。

「怎麼樣？這些老流行歌不錯吧？這是皇后合唱團的〈Radio Ga Ga〉！」

「什麼？」

「你不知道皇后合唱團嗎？前幾年還有一部叫《波希米亞狂想曲》的電影，就是在講主唱佛萊迪．墨裘瑞啊！」

什麼狂想曲、什麼墨裘瑞，聽在民奎耳裡都像謎語。現在大叔一邊跟著節奏點頭哼唱的〈Radio Ga Ga〉又是什麼？他只知道「Lady Gaga」，不知道什麼〈Radio Ga Ga〉。

「搖滾！」

大叔一邊比出奇怪的手勢一邊大喊。民奎只覺得這大叔肯定是瘋了，但他花了今天的零用錢買了三瓶牛奶，可不能輕易撤退。民奎趕緊回到位置上，打開他的第二瓶牛奶。接著連上 YouTube，戴上耳機繼續欣賞偶像團體 Oh My Girl 的音樂節目表演。他沒有再聽見奇怪工讀大叔播的吵鬧歌曲，取而代之的是他最喜歡的〈海豚〉。

再次濺起水花，嗒嗒嗒嗒嗒嗒嗒嗒嗒。

這個才對嘛！眼睛跟耳朵終於得到淨化了。

YouTube 會一直有類似的影片能看，民奎今晚就成了一隻在 YouTube 這片大海裡悠遊的海豚。他濺起了水花，接受 Oh My Girl 的加油打氣。

最近民奎對歷史很有興趣。網路上跟歷史有關的內容非常多，而且也都很有趣。民奎總是能夠幫自己找到新的興趣，現在是看 YouTube，以前則是看書。

他們家是雙薪家庭，媽媽沒有多餘的時間照顧他跟哥哥，所以媽媽總叫他放學後回家就看看書。那時家中的書只有全套世界名著，以及一些什麼學習漫畫百科。哥哥有了智慧型手機之後，就不再像以前那樣愛看書，只剩下民奎一個人繼續把家裡的書看完。

喝完第二瓶牛奶，民奎關掉 YouTube 並拿下耳機，從包包裡拿了一本書出來。這本書叫做《我親愛的甜橙樹》，是閱讀社團的老師送的，老師希望大家能在放假期間讀完這本書。民奎從上星期開始讀，除了主角幫甜橙樹取的名字很有趣之外，整本書的內容都很苦悶，民奎怎麼讀也沒法快得起來。而且大叔一直在播很吵的音樂，害民奎無法專心。民奎氣呼呼地轉頭往櫃檯看去，才發現大叔不知何時已經走到他旁邊。

「同學，這個是才剛過期十七分鐘的報廢三明治，不介意的話要不要吃？」

大叔手上拿著炸豬排三明治來到民奎面前，他注意到大叔身上的制服背心太小件，稍一不小心就可能把使勁扣上的鈕子給撐得噴飛開來。這時，民奎感到有些為難。眼前的三明治是他最愛的炸豬排口味，但媽媽曾告誡他別拿陌生人給的食物，面對這個情況，民奎拚命思考該如何是好。

「這個很好吃，我也很喜歡吃。」

大叔的一句話，讓民奎有了戒心。

「那你為什麼要給我？」

「嗯，因為……我有一個剛過期十分鐘的炸豬排便當啊，哈哈哈。」

「是喔……」

民奎快羨慕死了。炸豬排便當才是便利店裡最好吃的東西，這大叔竟然可以免費吃到幾近全新的炸豬排便當！民奎不自覺地吞了口口水。

「而且你在讀一本我喜歡的書，我就想送你一點什麼。」

民奎默默點了點頭，沒把「那你把炸豬排便當給我」這句話說出口。大叔笑著把炸豬排三明治放在他的巧克力牛奶旁邊。

「謝謝。」

「現在的小孩都不太看書，但你不太一樣耶，這樣很好。這本書是你自己挑的嗎？」

「喔……對啊。」

「這本書的作者是巴西人，在我小時候很紅喔。書的主角不是都只跟甜橙樹說他的心事嗎？我覺得這很棒。每個人都需要能分享心事的對象。」

「嗯……」

「能分享心事的對象就是朋友啊。你也有朋友吧？」

「……沒有。」

「怎麼會？那你可以像這本書一樣，找一棵樹幫它取名字，再把那棵樹當成朋友。往首爾車站路上的銀杏樹不錯，不然就到孝昌公園去挑一棵樹當朋友。」

「我再看看啦。」

「啊，我話太多了，哈哈哈。我想說你愛讀書，還以爲能跟你聊得很開心呢。因爲讀完書以後，都會想跟別人分享心得，所以讀書的人喜歡組讀書會。」

「我有參加讀書會，我在學校是閱讀社團的。」

「哇，你真的很棒耶！很好。那你以後的夢想是什麼？圖書館館員？閱讀課老師？還是……想當作家？」

「我想當便利店工讀生。」

「什麼？」

「我想跟你一樣，到便利店打工。」

「哈！」

「大叔，這個報廢品要趕快吃掉，對吧？那我就開動囉。」

「嗯，好，快吃吧。」

大叔有些出神地走回櫃檯。民奎覺得自己拿了個免費的三明治，就必須聽這個大叔說話。但他認爲需要找一棵樹當朋友的人不是自己，而是菜鳥大叔。

炸豬排三明治果然沒讓民奎失望。麵包夾炸豬排本來就很好吃了，配上巧克力牛奶更是一絕，民奎忍不住一下子把剩下的牛奶都喝光。吃完之後，民奎把書收進背包裡，從位置上起身。

「謝謝你的招待。」

民奎站在門口對著櫃檯的大叔道謝。大叔拿筷子的手正夾起一塊沾滿醬料的超厚炸豬排，他用空著的那隻手對民奎比出一個ＯＫ的手勢，表示不用謝。接著他把炸豬排塞進嘴裡，吃得津津有味。

果然，便利店打工是最棒的工作。

隔天、大隔天，民奎都到便利店去讀《我親愛的甜橙樹》。他一邊讀一邊偷偷觀察大叔的動靜。這名大叔對愛讀書的學生讚譽有加，總是不忘分享報廢品給民奎。麵包買二送一，他就分享報廢的牛奶；餅乾買二送一，則會送上報廢的果汁。民奎覺得這筆交易還挺划算的，只是他沒有書能讀了。現在是暑假，特地跑學校借還書實在很麻煩，他也不想拿家裡那些老舊的世界名著來看。可是零用錢又不夠多，更是不可能去書店買新書。

這時大叔來到民奎身邊，問他把《我親愛的甜橙樹》讀完沒有。民奎一說已經把整本書讀完，大叔便瞪大眼睛，問他有什麼感想。民奎沒做準備，只能隨便想到什麼就說什麼。接著大叔開始分享自己的讀書心得，還說這本書雖然是小時候讀的，但現在依然清楚記得內容。他說得很認真，讓民奎很有壓力。對民奎來說，被迫聽大叔分享心得，就像是他獲得報廢品必須付出的代價。

討論的過程實在有些無聊，要不是大叔花錢買優酪乳請他喝，民奎可能會聽到一半就起身離開。社區裡的便利店到了晚上，生意應該要很好才對，但這間店的客人並沒有很多，而且比起店裡的工作，大叔反倒花更多時間在跟民奎說話。民奎再一次體會到，到一間生意不好的便利店打工就是他的夢想。

大叔問民奎，下一本想要讀什麼書，民奎說還沒決定好，便拿起背包要回家了。大叔叫他等一等，然後人就進倉庫了。這是怎麼回事？難道便利店的報廢品裡面，也有二手書這個品項嗎？民奎雖然有些期待，但一想到讀完之後又得跟大叔開兩人讀書會，就又覺得有點膩。

稍後，大叔帶著笑容朝民奎走了過來。

「這本很好看，也帶給我很多幫助，你要不要讀讀看？」

大叔把書遞給民奎，那是一本精裝本，一看就知道已經很舊了。民奎接過了書，發現上頭沾滿了灰塵，讓他懷疑這可能是從廢紙箱裡撿來的。封面上有個用蠟筆畫成的粗糙火箭，看起來就像幼兒園的小孩隨手畫出來的。火箭上方寫著書名：

文學的香氣，青少年小說軌道修正

文學、香氣、火箭與軌道？這些看起來很厲害的東西拼湊在一起，讓民奎一時猜不出這本書的內容究竟會是什麼。

「書有點舊了，不過內容可一點都不老套喔，你想看嗎？」

「喔，好。」

民奎趕緊打開背包把書塞進去，向大叔道了謝之後，才開口說出自己的疑問。

「對了，大叔，你叫什麼名字啊？」

「我？我叫黃斤培。」

「但你的名牌怎麼寫洪金寶？」

「黃斤培唸快一點，就會有點像洪金寶啊。洪金寶是個我很喜歡的演員。」

「不是因爲你們長得像喔？」

「我們是有點像，而且我也很喜歡他，所以才會把這個綽號當成名字來用，哈哈哈。」

其實民奎偷偷上網搜尋過大叔名牌上的名字，畢竟洪金寶這名字怎麼聽都像中國人。搜尋以後才發現，原來是個不知道是中國還是香港的演員。還有……他們兩個長得眞像。

「那你叫什麼名字？我們是書友，應該要互報姓名吧？」

「我叫高民奎，我也想要跟你一樣取個綽號。」

「你想叫什麼？」

「我剛想到一個……我想叫民大圭。」

「民大圭？民奎？哇，很棒耶！嗨！民大圭，哈哈哈。」

民奎很滿意自己取的新綽號。這個靈感是來自大叔說黃斤培的發音很像洪金寶，而民大圭則是拼起來就會變成民奎了。

民奎覺得，跟金寶大叔變熟也沒什麼壞處。跟大叔變熟之後，他更能夠安心窩在便利店，還可以拿報廢品來吃，大叔也會借他書看，眞是好極了。

當然，他得忍受金寶大叔拚命來找他講話，播一些很吵的音樂。

東鉉就讀首爾麻浦區的一所人文科高中，一直到國中時他都還是模範生，但上了高中後卻成了不良學生。東鉉總是任意蹺課、蹺掉晚自習，跑到校外閒晃。自從他把頭髮留長，卻被訓導主任剃成高速公路頭（用剃刀從中間把頭髮剃掉，看起來像是鋪了一條平坦的高速公路一樣，所以叫做高速公路頭）之後，他就開始逃學。

他把被主任亂剃的頭修剪成平頭，之後就再也不去上學，開始四處遊蕩。一天，東鉉在新村的一條小巷子裡，跟附近工業高中的小混混起了衝突。幸好他跟那群小混混的老大是讀同所國民學校（當時國民學校還沒改稱爲小學，這樣多少能推測這本書有多舊了吧？），雙方才沒有打起來。後來東鉉就跟這群人混在一起，幹下了一堆壞事。到店裡偷東西、搶別人的錢、離家出走之類的事，對他們來說都是家常便飯。

其實東鉉家並不窮，也不是單親家庭。看在別人眼裡，他家很富有，過著很優渥的生活。他爸爸是在大田一間科學中心研究火箭的博士，媽媽事業有成，經營一間很棒的服飾店。但東鉉怎麼也無法靜下心待在家。爸爸總是忙於火箭的研究開發，一個月都不見得會回家一次。也因爲爸爸太過忙碌，夫妻間的關係不是太好。而且自從東鉉上國中之後，媽媽經營的服飾店生意越來越好，以致媽媽也越來越忙於工作。正因爲這樣，媽媽常常要應酬到很晚，或是在外頭吃完飯才回家，東鉉的晚餐完全由家事阿姨幫忙準備。

究竟是從哪裡開始出錯的呢？

生長在這個父母疏於照顧孩子的家庭裡，東鉉失去了夢想與希望，成爲一個不良少年。一天，他出了車禍，當時他騎的是偷來的摩托車。撞斷腳的東鉉被迫住院，父母也放下工作，爲了收拾他闖的禍而東奔西走。這並沒有讓東鉉產生罪惡感，反而很開心因爲自己受了傷，父母才把心思放在他身上。

媽媽哭著要東鉉下次別再做這種事，她願意減少一點服飾店的工作，多花時間陪陪東鉉，希望東鉉能夠健健康康，回學校去上學。東鉉覺得很對不起媽媽，卻又很擔心自己無法適應苦悶的學校生活。爸爸則是什麼都沒說就回去大田了。

出院那天，爸爸開著車載東鉉跟媽媽去了大田。這是東鉉第一次到大田。他們去看了爸爸租的套房，亂得跟東鉉的房間沒兩樣。爸爸覺得很不好意思，便提議趕快去研究室看看。

研究室十分氣派，研究員也都很好、很親切。大家非常關心東鉉打著石膏的腿，也不忘鼓勵他。看見爸爸的後輩們，東鉉覺得爸爸了不起的程度可能超乎他所能想像的。

爸爸帶著東鉉跟媽媽，去看他正在研究的火箭模型。眼前的火箭令東鉉驚嘆，爸爸也向東鉉解說一旁白板牆上寫著的內容。上頭畫有火箭行進的軌道與發射的角度，都是些複雜的符號與數字。爸爸講了一堆推進器、氧化劑、接軌之類的困難詞彙，嘗試讓東鉉和媽媽理解自己在做什麼，兩人卻完全聽不懂。爸爸又覺得有些丟臉，還說自己不太擅長跟人聊天和說明，希望他們能夠諒解。接著他深吸了一口氣說：

「簡單來說，火箭有時候需要軌道修正。爸爸覺得這就像東鉉、像我們家需要軌道修正一樣。」

後來爸爸告訴東鉉，現在是軌道修正的最後機會。如果不立刻軌道修正，未來名叫東鉉的這支火箭，會在行進軌道上發生比車禍更嚴重的事，到時可不只是斷一條腿而已，說不定還會更嚴重。

爸爸還說，他跟媽媽都會一起改變。媽媽接著說，她已經和爸爸討論過，希望可以全家人一起搬到大田生活，並問東鉉的想法如何。

爸爸說，雖然不知道這次軌道修正後，一家人會抵達什麼地方，但如果繼續走在現在的軌道上，最後所有人都會撞上一顆巨大的行星並炸毀。仔細想想，這是能夠預測的結果。而現在正是改變方向的機會，希望大家能夠重新接軌。

東鉉可以感受到爸爸是多麼認眞地在解釋軌道修正的事，也能感覺到決定跟爸爸重新團結在一起的媽媽有多麼懇切。東鉉覺得自己也想要重新出發，想要用他的雙腳好好走在對的路上，想要改變自己前進的方向，轉進正常的軌道。

東鉉答應了爸媽的提議，決定搬到大田重新開始。東鉉跟爸爸要了一支原子筆，並用爸爸給的原子筆在腳上的石膏寫下：軌道修正，第一天。

「你整理得眞好，也很會寫文章。」

「我已經放棄數學了，所以往後也只能選人文相關的科系……」

「人不可能同時精通很多東西，沒關係的。這本書不錯吧？把不良少年內心獲得治癒的過程描述得很好。」
「我很羨慕東鉉。」
「嗯？」
「東鉉家很有錢，也當過不良少年，闖了禍之後父母還會幫他收拾善後，所以他才能下定決心改變。」
「嗯，這個觀點很新鮮，我從來沒這樣想過。」
「應該是因爲你的家境也很好吧。」
「不，我家窮到我屁股都要炸開了。」
「屁股怎麼可能炸開啦！」
「總之，看到東鉉最後同意父母的提議，決定重新修正人生軌道時，我很感動。」
「那大叔，你修正人生軌道了嗎？」
「不，我修正失敗，只能緊急迫降。」
「咦？」
「難道是愛的迫降，哈哈哈。」
「唉唷，金寶大哥，你眞的很幼稚耶！哪有這種讀書會啦？」

「抱歉，跟你相比，我的心得眞的太沒水準了。你的想法眞的很有深度。」

「但我身邊的人都不這樣想。我在學校是超不會讀書的蠢蛋，在家又只能給媽媽的寶貝哥哥當墊背。」

「不，你別太擔心，就從現在開始修正自己的想法跟行爲，往正向修正。剛剛也說過了，我的青春期眞的很荒唐，但我讀了書之後開始有夢想，所以就開始朝夢想前進。雖然現在短暫迫降，可是我相信總有一天，我會站上自己夢想的舞台。」

「你的夢想是什麼？」

「這是祕密，想知道的話……就付我五百韓元。」

「什麼啦！」

「對了，我想應該很多人問過你，你的夢想是什麼？」

「我喜歡看書、看歷史影音頻道。但我媽說這不叫夢想，要我學學哥哥，以當上檢察官或法官爲目標，她說那樣才能算是夢想。」

「民大圭。」

「是。」

「人家都說年紀越大，越能看清自己所處的位置。你必須先知道自己擅長什麼，然後知道自己想做什麼，最後則是要弄清楚自己該做什麼。」

「嗯……」

「假設這裡說的『擅長』是指特長，『想做的事』是指夢想，『該做的事』是指職業。我覺得肯定有一件事情能同時兼顧這三項，而你只要找出它們的交集就好。也就是說，讓你的特長成為夢想，並把這件事情當成職業，要是還能夠賺錢的話就再好不過了。」

「欸，哪有這種事情？」

「你看孫興慜，他的特長是足球，夢想是當足球選手，現在的職業也是足球選手，並且賺了很多錢。」

「唉唷，孫興慜是天才才能這樣！我很普通，我就只是個敏感的胖子。」

「不，敏感不完全是壞事，也可以是一種特長。而且你會讀書，這也是一種特長。如果喜歡看歷史影音頻道，那就當個歷史學家怎麼樣？這也可以是你的夢想喔。」

「歷史學家感覺會很窮。」

瞬間，金寶大叔露出吃炸豬排吃到一半不小心噎到的表情。沒錯，賺錢果然不是件容易的事。大叔清了清喉嚨，好像是一時想不到該怎麼接話所以在拖時間。

「我說啊，要找到同時兼顧這三項的事情並不容易，所以我……現在就……先在便利店打工啊。」

「結論還是當便利店工讀生嘛。」

「對……對啦。」

「眞浪費時間。」

「但我還是很努力探索我自己。只要找出我擅長的事跟我喜歡的事，就能夠稍微活出自我。」

「結合特長跟夢想嗎？」

「沒錯！就像對別人來說很重要的事，對我來說可能不重要。簡單來說，就是每個人的價值觀不一樣。我願意到便利店打工領最低時薪，因爲對我來說錢沒有那麼重要。」

「天啊！錢怎麼可能會不重要？」

「眞的不重要。所以我才會因爲大圭同學在今天的讀書會上表現得很好，而買東西請你吃。來，你想吃什麼？」

炸豬排三明治仍然是民奎的首選。

民奎吃三明治時，大叔就去爲客人結帳，把剛才因讀書會而延宕的工作做完。他把冰箱的飲料、貨架上的餅乾和泡麵補滿，然後又說要把沒賣出去的炸雞處理掉，便把炸雞拿去微波爐加熱。炸雞都還沒熱好，民奎已經開始流口水了。炸雞熱好後，大叔雖然有意讓給民奎吃，但民奎很識相地拒絕，並起身離開便利店回家。

家裡很安靜，雖然才快晚上十點，但爸爸似乎已經睡了。民奎希望明天也不要下雨，這樣爸爸會在清晨出門，不會跟媽媽吵架，家裡會安靜很多。

隔天起床，外頭竟下著傾盆大雨。雖然是大白天，但天空黑得像是晚上。烏雲密布，暴雨下個不停。民奎很擔心可能會像前幾年某次下大雨時一樣，下水道的水逆流，淹進公寓的半地下室裡。開著電視躺在沙發上喝酒的爸爸，也讓他很擔心。

爸爸會辱罵每個出現在電視上的人。在爸爸眼裡，不管是政治人物、企業家、領優秀學術獎的人、疾病管理廳的相關人士，全部都是混蛋、王八蛋、骯髒齷齪、該死的東西。就算轉到動物頻道，爸爸依然罵個不停。狗是瘋子、貓很懶惰、馬很奇怪，雞腦子不正常，電視裡出現的動物都被他罵了一遍。民奎只覺得，這些動物當然是既特別又有問題，所以才會上電視，拿這點來罵會不會太莫名其妙了？民奎忍不住說：「動物就是既特別又奇怪才會上電視啊。」爸爸卻回他說小孩子不懂事就閉嘴。喝醉了的爸爸果然沒辦法溝通。

下午媽媽回來，問題就開始出現。媽媽才到家，爸爸就關上電視撤退到房間去。不知是不是因爲上班很辛苦，所以媽媽的心情一直不太好。

兩人在吃晚餐時開始吵架，爸爸看見電視上一個叫徐敏俊的藝人，便不耐煩地說，那傢伙不知道有什麼靠山，不然怎麼會被抓到賭博還能繼續上電視。民奎知道媽媽很喜歡徐敏俊，因此偷偷看了媽媽一眼。媽媽果然沒有忍下這口氣。

「他不是賭博！只是在打高爾夫時跟人打賭！」

「那就叫做賭博啊！」

「只是朋友之間玩玩而已，這有什麼問題？高爾夫本來就是要打賭的運動啊。」

「妳喔！就算在我們這種小社區玩花牌，只要金額稍大一點就會被抓啦！」

「扯什麼花牌啊？你沒打過高爾夫，根本就不懂！不懂就別說話啦！」

「要我閉嘴？妳現在是叫我閉嘴嗎？」

「我哪有叫你閉嘴？我只是說你不懂高爾夫打賭的規則而已。況且你在那裡說人家賭博，都不覺得丟臉嗎？你敢不敢說你買運彩花掉多少錢？」

「神經，我都多久沒買運彩了，幹麼現在又翻舊帳？」

啪地一聲，哥哥用力把湯匙放下，絲毫不理會父母的注視，逕自走回房間。哥哥的碗已經空了，民奎覺得自己眞慘，沒能像哥哥一樣趕緊吃完逃離現場。他只能低著頭，關上耳朵，專注地把炒鮪魚夾到自己的碗裡，專心吃著飯。

「我有辦法不翻舊帳嗎？當時你要不是把存款全花在運彩上，我們根本就不用住在這種地方！就因爲你去買運彩，我才要每個月辛辛苦苦賺房租！你整天只會在家喝酒，都不出去賺錢！」

「妳沒看到外面在下雨喔？沒下雨時我就出去了啊，我有哪一天請假了？我還不是很拚命在賺錢！少在那邊講得好像只有妳很辛苦！」

「好啦，我是在講得只有我很辛苦。不然你是在忙什麼？忙著躺在沙發上罵電視裡的人喔？罵那些優秀的人，你就會比較好過，是嗎？」

「妳說完了沒？」

「還沒！下雨天爲什麼不能做事？只有到工地才算是工作喔？還可以去做宅配、去做代理駕駛啊！再不然就幫忙做點家事！我去上班之後衣服如果洗好了，你有幫忙晾起來過嗎？每次我回來衣服都還是在那裡！氣死我了，是想要讓衣服發霉嗎？我們家連台烘衣機都沒有——」

「夠了！烘衣機是要多少錢？去買啊！我出錢就好了！一台多少錢？」

「現在的重點是多少錢嗎？你就是這種態度，我不想跟你吵都不行！」

兩個人的聲音幾乎要蓋過外頭的大雨。雖然飯還沒吃完，但民奎也只能起身離開現場避難。看來今天似乎也會吵很久。他們老是拿一些雞毛蒜皮的小事來吵架，實在是連國中生都不如。眞不知道那個徐敏俊幹麼沒事跟人家拿高爾夫球來打賭，搞得媽媽生氣，爸爸也抓狂。

雨越下越大，就算拿著長柄大傘出門，民奎身上的短褲還是會被雨水濺到濕透。打雷的聲音，聽起來就像爸媽相互叫罵的聲音。所謂的悲傷，會像下雨、會像雷鳴嗎？

民奎出門前往他唯一的避難所，邊走還得邊小心別讓拖鞋從腳上飛出去。他腰部以下全濕，很狼狽地來到便利店，店裡的空調讓他渾身發抖。天啊，原本是為了躲避炎熱而跑來這間冷氣開得很強的店，現在卻快把他給冷死。

金寶大叔一看到民奎，便立刻從櫃檯裡走了出來。民奎牙齒打顫，渾身發抖地看著大叔。大叔轉身走進倉庫，拿了一件長袖格子襯衫出來，披在民奎的肩上。衣服上散發出一股淡淡的霉味，雖然民奎不是很喜歡，但卻像毯子一樣溫暖，讓民奎很快停止打顫。

「天啊，今天這種天氣，就應該待在家裡吃綠豆煎餅，你怎麼跑出來了？」

「……今天的買一送一是什麼？」

「今天？等等喔，這星期好像都是飲料買一送一比較多……你現在不能喝冰的。好！泡麵怎麼樣？」

「泡麵也有買一送一嗎？」

「你可以只吃一碗啦，要在這裡待多久都沒關係。」

大叔對民奎眨了個眼，好像是在對民奎說他什麼都知道。瞬間，民奎有些激動地咬緊了牙。他不知道自己是因為安心而鬆了口氣，還是因為自己太可悲而感到難過，總覺得似乎有什麼情緒快要爆發出來，讓他不得不咬牙忍住。

「你看看你都冷到牙齒打顫了，快去坐著，我泡好再拿去給你。」

民奎像個會自己行動的玩偶，照著大叔的指示到角落位置坐下。後來他才想到自己應該要付這碗泡麵的錢，但是他一點也不想離開椅子。比起去付錢，他更需要安撫自己激動的情緒。

民奎想，自己一路走來都好好忍下來了。小學被人取笑說是胖子，他從來沒有做出過任何反擊。國中時被排擠，他也從來沒有缺席過一天。隨著新冠肺炎疫情爆發，學校改成網路遠距教學的形式之後，最讓他感到開心的是，終於不必再被使喚去幫班上的人買麵包。不過今年他升上高中，卻仍是只能待在家，這開始讓他覺得喘不過氣來。爸媽三天兩頭就吵架、時不時要幫爸爸買菸酒，還要承受哥哥對他的輕視，這些都令他喘不過氣。

民奎爲了躲避炎熱而來到這間便利店，在這裡享受沒有人干擾、沒有人關注的幾個小時，成了他一整天唯一的樂趣。

這個大叔卻開始一直干涉他。一開始是拿報廢品給他吃、跟他搭話，後來又拿書給他，強迫他參與讀書會，現在竟然還拿衣服給他穿、拿泡麵給他吃。民奎不熟悉這樣的關心與協助，心裡一方面很不自在，一方面又很感謝，實在不知道該如何接受這樣的好意。

「來，拿去。」

不知何時，大叔端著泡麵來到民奎身旁，泡麵上頭用一個黑色三角形的東西壓住，仔細一看，竟然是炸豬排口味的三角飯糰。瞬間，民奎的眼皮開始顫抖。

「驚喜！最近出了新的炸豬排三角飯糰喔。民大圭，你喜歡吃炸豬排，對吧？開心到要笑出來了吧？咦？你怎麼哭了？哎呀呀，又哭又笑，羞羞臉！羞羞臉！」

金寶大叔唱起了奇怪的歌，肩膀還跟著節奏抖動。民奎趕緊用襯衫的袖子把眼淚擦掉，惡狠狠地瞪著大叔。

「我哪有哭？還有，我已經吃飽飯了，三角飯糰我吃不下啦！」

「你不吃喔？喂！民大圭，我們就不要再裝了，你我這種體型的人，哪裡會因爲已經吃飽飯就吃不下其他東西？只是你選擇要不要吃而已，跟吃不吃得下一點關係也沒有，對吧？還有，這炸豬排三角飯糰用料超實在，比三明治好一百倍！」

聽著大叔的敘述，民奎垂涎三尺。

「還有，剛才我也是因爲覺得有點冷，所以就泡了一碗麵配了一個三角飯糰，超好吃！你知道有一種東西叫炸豬排日式火鍋嗎？」

「不知道。」

「那是一種要去日本才吃得到的料裡，大叔我就只去過日本這麼一次，不是去東京，是去大阪。大家都說大阪比較好玩，只有大阪有環球影城——」

「大叔！你不要再說那些廢話了啦，炸豬排日式火鍋怎樣？」

「喔，好啦。那個火鍋很像我們的湯鍋料理。來，我們現在就把這個泡麵的碗當成是湯鍋。」

金寶大叔把三角飯糰拿了下來，並掀開泡麵的蓋子。蒸氣一下子冒了出來，泡麵那牽動食慾的香氣，刺激著民奎的鼻尖。大叔不知何時拆開一雙筷子，稍微攪拌了一下碗中的泡麵，確認麵都泡熟了之後便對民奎笑了笑。接著他像在剝橘子似的，熟練地拆開三角飯糰的包裝。

「來，把這個丟進去，撲通！」

民奎還來不及阻止，金寶大叔就把炸豬排三角飯糰丟進泡麵碗裡。

「欸！」

「沒關係，現在你先吃麵。讓這個飯糰好好在湯裡泡一下，等麵都吃完的時候，飯糰就會被湯泡到解體。接著包在裡面的炸豬排就會被泡麵湯浸濕，然後你再吃一口被浸濕的炸豬排，叮咚！這就是炸豬排日式火鍋。即食炸豬排日式火鍋，OK？」

「呼。」

民奎小心捧起麵碗，先喝了幾口湯，感覺胃裡的寒氣瞬間被驅散，接著他聽見大叔的讚嘆聲。

「正確，就是要先喝湯！」

「請把筷子給我。」

大叔像在跑大隊接力一樣，把筷子當成接力棒交給民奎。民奎先吃了幾口麵，沒過多久便看見飯糰被泡到解體，他把裡頭的炸豬排夾出來泡在湯裡，然後繼續吃麵。最後再照著大叔說的，等麵都吃完之後，好好享受所謂的「即食炸豬排日式火鍋」。

眞是超爆好吃！

溫熱的東西進到胃裡，身上還能披著一件長袖襯衫，民奎完全不必擔心自己會感冒了。他掏出手機來打開 YouTube，因爲能用來逃避現實的方法就只有這個。他今天沒帶任何能讀的書來，只好一頭栽進演算法的世界。這時，他才想到自己還沒有結帳。

他走到櫃檯前打開皮夾，大叔卻揮了揮手說不收他的錢。民奎順從地點點頭，但心裡想的是「這位大叔眞的是個冤大頭」。

「謝謝。」

「眞要謝我的話，就讓我問一件事吧。」

民奎一點都不意外。果然這位大叔不會當什麼冤大頭，而是個逮到機會就想講話的長舌男。只不過大叔提出的問題，讓民奎有點意外。

大叔說剛才看民奎的表情不太好，問他是不是有什麼煩惱。民奎隨口胡謅說是因爲覺得太冷才會臉色蒼白，但大叔並沒有上當。大叔說，敏感的胖子在成長過程中本來就會比較辛苦，要是民奎遇到什麼難過的事，可以儘管跟他訴苦，這再度讓民奎感動。他用手揉了揉眼睛，便說出了家裡的事。包括爸媽因爲藝人徐敏俊而吵架；媽媽因爲爸爸在家遊手好閒而生氣的事；媽媽數落爸爸因爲賭博欠債，爸爸大發雷霆的事；還有爸媽就是看不慣彼此，動不動就吵架，讓他不知道該怎麼辦才好。民奎還說待在家讓他覺得既尷尬又害怕，哥哥能自己躲進房間裡吹冷氣這點，也實在很討厭。總之他就是無處可去，只好滿腹委屈來到這裡避避難。

民奎在不知不覺間放聲大哭起來，恰巧這時有客人進到店內，誤以爲是大叔做了什麼事情惹哭民奎，甚至還打算要報警，大叔趕緊把事情的原委解釋給客人聽。幸好最後沒有驚動警察，只是民奎哭到一半不小心嗆到，猛咳了好幾下。

大叔趕緊拆了瓶飲料給民奎潤喉。喝下飲料之後，民奎才終於慢慢恢復平靜。他把飲料還回去給大叔，大叔居然要他整瓶喝完。

「這是玉米鬚茶，難過的時候喝這個最好。」

玉米鬚茶喝起來有股清香，口味又清爽，喝下去之後眞的很暢快。

民奎打了個嗝，逗得大叔呵呵笑個不停。接著他開始講起自己的故事，強迫民奎當個聽眾，算是藉此付清了這瓶玉米鬚茶的錢。

大叔說，他從小就沒有會對他生氣的爸爸，是在母親獨自扶養下長大的，所以過得非常辛苦。他也是個敏感的大塊頭，沒有任何特長，在人際關係裡就像蘿蔔泡菜。民奎問他什麼是蘿蔔泡菜，大叔說就是玩遊戲的時候，那些沒有人要跟自己一隊，硬是去別人隊裡面湊數的人。民奎問，是不是就像買二送一，大叔立刻拍了拍手表示就是這個意思，並向民奎伸出拳頭，想跟他碰拳以表示兩人心意相通。民奎也趕緊伸出自己的拳頭，跟大叔的拳頭碰在一起。

度過蘿蔔泡菜一般的青少年時期後，大叔說因爲媽媽開始經營租書店，所以他也開始接觸閱讀。從漫畫、文學全集、世界名著精選、武俠小說、青少年小說與一般小說，他來者不拒，什麼都看。讀到最後他甚至看起了散文和一些勵志書，把租書店裡有趣的書全都看了一遍。

「然後呢？」

「那時我年紀跟你現在差不多大，我家是在我國二時開始經營租書店，大概經營了三年。但因爲生意不好，媽媽就沒有再進新的書了。接下來……就是我自己去找書來看。」

「去哪裡找？」

「圖書館。」

「學校圖書館嗎？」

「不，是社區的圖書館。我以前住在南大門市場那邊的會賢洞，從那邊再往上就是南山，南山有南山圖書館。那裡的書很多，也有很多閱覽室，還有很多跟你同年紀的人，而且南山山腳下很涼爽，空氣也很好，店家賣的食物都很便宜。」

聽到圖書館內還附設小餐廳，讓民奎食指大動。大叔說，南山圖書館離這裡很近，可以用走的過去。穿過首爾車站再經過厚岩洞就會到，可以在那裡讀書、在那邊的小餐廳吃碗麵，最近還會開冷氣，肯定很涼爽。

「可以在涼爽的地方看書、吃東西……那不就跟這裡一樣嘛！」

大叔又大聲笑了出來。他對民奎保證，圖書館可是比便利店還舒適的地方。民奎眞想立刻就到南山圖書館去，大叔卻說現在新冠肺炎疫情嚴重，不知道圖書館有沒有開放，民奎立刻掏出手機來搜尋。

大叔忙著爲客人結帳時，民奎查到首爾地區的防疫政策，已經上升到保持社交距離第四級，圖書館雖然沒有休館，但容納人數大幅減少。民奎得意洋洋地把查到的資訊拿給大叔看，並宣布等雨一停，他就要去南山圖書館。大叔再次把拳頭舉到民奎面前，民奎雖然覺得有點煩，但還是跟大叔碰了碰拳。

「不過，那裡應該也有像你這樣的人吧？喜歡隨便跟別人裝熟，逼別人聽一些他們不需要知道的事情。」

「沒有喔，圖書館要保持肅靜。在那裡不能聊天，電話也得到外面才能接，你只能跟書裡面的人對話。」

民奎搜尋了「肅靜」，發現是安靜嚴肅的意思。他很喜歡這個字，要是今年夏天能在涼爽又安靜的地方一個人讀書，餓了就去小吃店吃份炸豬排，那簡直是天堂了吧。民奎立刻上網註冊了圖書館的會員。

回家之前，民奎脫下格子襯衫還給大叔，大叔立刻穿在身上，還做出發抖的樣子，像是他很冷似的。民奎覺得大叔的動作很好笑，大叔也跟著笑了起來。用他獨特的哈哈哈、哈哈、哈哈哈這個節奏，笑著笑著就伸出了拳頭。這次民奎沒有回應，而是向他鞠了躬。

謝謝你，替無處可去的我想出路。

謝謝你，告訴我圖書館有書又有小餐廳。

隔天早上，刺眼的陽光照亮了民奎位在半地下室的家，空氣中沒有一點濕氣，無比乾爽。爸爸出門去上班，媽媽也出門去工作，洗好的衣服都晾在曬衣架上。哥哥似乎已經吃完媽媽準備好的早餐，進到房裡讀書去了。

民奎拿起手機，搜尋往南山圖書館的路。步行要二十八分鐘，而且是在山腳下，太晚去的話可能會超出容納人數，所以民奎動作得快一些。考慮到天氣很熱，這段路走過去可能會讓他滿身大汗，他就多帶一件衣服替換。恰巧曬衣架的邊邊，有一件民奎的T恤，雖然領口的地方已經鬆了，但民奎還是收進背包裡。

民奎下了青坡洞的山丘，經過ALWAYS便利店所在的小三岔路口，再沿大馬路一直往首爾車站的後站走去。雖是走在銀杏樹蔭下，口罩還是悶得他呼呼喘氣。行經葛月洞後搭乘電梯，終於來到首爾車站。車站裡的空調稍稍驅散了暑氣，他快步穿越車站，再搭電梯來到地下通道，找到首爾車站的十一號出口。人潮擠得他寸步難行，但還是到了出口，踏上通往南山的路。該死，竟然是上坡。民奎把自己當成進軍偏僻地區的探險家，果決地踏出步伐。雖然還沒過中午，但熱氣蒸騰，曬得民奎上氣不接下氣。但無論如何，他都不能放棄有很多書本、小吃店與空調的圖書館。

歷經千辛萬苦來到的南山圖書館，果眞宛如天堂一般。在保持社交距離的管制之下，圖書館的容納人數只有原本的三成，能搶到入場機會的人，簡直是得到了通往天堂的門票。民奎很慶幸自己早早出門，便開始探索圖書館的各個角落。這裡是個歷史悠久的地方，與其說是圖書館，民奎覺得這裡更像是一座博物館、美術館。

他可以在閱覽室讀書，也能在資料室借閱書籍。只是因爲疫情的關係，他不能坐在裡面閱讀。民奎花了一個多小時在書架之間穿梭，精挑細選出三本自己想看的書。辦完借書手續後，他坐到資料室外的空椅子上讀起書來。他不時會起身換張椅子坐坐，一下在這張椅子上讀小說，一下在那張椅子上看歷史人文書，再不然就是換到別的椅子上，讀點跟便利店有關的書。

一直到了下午，民奎才覺得餓。難道是因爲深陷書中，讓自己忘記了飢餓嗎？這就是圖書館的魅力嗎？民奎一邊驚嘆，一邊朝入館時就已經看中的附設小餐廳走去。

天啊，炸豬排只要五千韓元！

外面的飯捲天國也要六千韓元，在這邊竟然只賣五千……圖書館果眞是天堂。炸豬排天堂！民奎二話不說點了炸豬排，花了一個小時慢慢品嘗。他要在圖書館待上一整天，所以想讓自己更悠閒一些。

只不過，民奎緩慢消磨時光的計畫，最後以失敗告終。因爲他發現，在圖書館讀書，時間彷彿一眨眼就過去了。專注在書中好一會兒，裡頭的空調竟然讓民奎開始覺得冷。這時他會走到室外區，行經朝鮮思想家兼詩人丁若鏞的銅像，朝著南山公園走去。南山公園裡有鴿子、街友大叔與悠閒的人群，大家彷彿置身世外桃源一般沉浸在自己的世界裡。民奎到公園散完步後，會繼續回到圖書館看書。如果覺得無聊，他就在圖書館裡閒晃，多虧這麼做讓他知道原來圖書館裡還有很多其他的活動：例如青少年文學教室、圖書學院、作家講座，還有能跟圖書館員一起進行書本之旅的機會。

民奎決定，這些活動他每一個都要參加。

整個夏天，民奎天天到圖書館報到，他覺得自己太幸福了。今年年初，政府開始實施新冠肺炎的防疫政策，讓他才剛上高中就得展開遠距上課，根本沒機會穿上新買的冬季制服，更沒有必要購買夏季制服。他只能成天關在家裡上網聽課，還得順便當家人的出氣筒。

他原本很討厭新冠肺炎，也討厭放假，但現在卻不希望暑假結束了。下學期開始就得回到學校上課，沒法每天上圖書館報到。不過民奎決定，之後每個週末都要到圖書館來走走。除了待在家之外，還有舒適的圖書館能去，對民奎來說，圖書館就是最高等級的便利店。

八月底，酷暑也進入尾聲，這晚八點剛過，從圖書館返家的民奎，再次經過ALWAYS便利店。還記得暑假剛開始時，民奎總會在這個時間跑來躲著。他不自覺朝便利店走了過去。

叮鈴。

櫃檯空無一人，民奎在貨架間轉了一圈，在店內四處查看。金寶大叔呢？這時，一個穿著店員背心的人從倉庫走了出來，是名年輕女性。民奎第一次來的時候，金寶大叔曾告訴他，自己原本是上晚上十點到早上八點的班，但因爲店裡的狀況，所以改成晚上八點到早上八點。難道金寶大叔辭職了嗎？還是改回晚上十點上班了呢？民奎有點好奇金寶大叔的現況，但他又餓又累，實在沒辦法在店裡待到晚上十點。

民奎感到有些興奮，就像重返兒時的遊樂場，在便利店裡四處查看。商品依然很少，陳列的方式也依然很不便利。炸豬排三角飯糰不知道是賣光了，還是沒有再進貨，架上都沒看見。只剩下快要到期、看起來不太可口的炸豬排三明治。他突然懷念起大叔幫他特製的即食炸豬排日式火鍋。

民奎最後看了一下買二送一的商品，挑了一個喜歡的商品往櫃檯走去。原本猶豫要不要向結帳的工讀姊姊詢問金寶大叔的事，但不確定講「金寶大叔」，工讀姊姊會不會搞不清楚說的是誰，最後決定作罷。

大叔說「洪金寶」這個綽號，跟他本名的發音很像，但現在民奎反倒想不起來大叔的本名是什麼。一想到金寶大叔也根本不記得他叫民奎，只記得他幫自己取的綽號「民大圭」，就讓民奎感覺有些奇妙。

仔細想想，大叔就是《我親愛的甜橙樹》那棵聽主角傾訴心事的甜橙樹，而民奎自己則是書裡處境艱難的少年。民奎記不太清楚那個少年叫什麼名字，他試著回想……是澤澤。

民奎成爲澤澤，離開了便利店。

昨天爸媽又吵了一架，但民奎不害怕了。如同夏日綠蔭在陽光照耀下更顯濃密，一個夏天過後，民奎長高了，身材也大了一號，看不見的那顆心似乎也成長了一些。回到家他就注意到，爸爸一言不發地看著電視，不知道是不是顧慮媽媽，生怕再多說什麼又會吵架。媽媽知道民奎都在圖書館預習下學期的課程，所以總是很歡迎「小兒子」回家。她一邊稱讚民奎懂得自動自發去讀書，一邊準備著晚餐。但民奎知道，並不是只有預習下學期的課業才叫讀書，讀自己想讀的書也是讀書。這是民奎修正後的軌道，也是金寶大叔告訴他的人生小祕訣。

民奎雖然很想再讀一次《軌道修正》這本書，但翻遍了圖書館都找不到。怎麼會這樣呢？民奎決定，如果哪天再遇到大叔，一定要問問這本書的事。

父母入睡後客廳就熄燈了，民奎這時才從房間走出來，把剛才從便利店買回來的剩餘商品冰進冰箱裡，並在餐桌上留下一張紙條。

爸、媽，冰箱裡有玉米鬚茶。上班時帶去喝吧，聽說天氣熱、不舒服的時候，玉米鬚茶對身體很好喔。

買二送一的兩罐玉米鬚茶給了爸媽，剩下的那一罐就給「蘿蔔泡菜」民奎自己。那個夏夜，民奎一邊喝著玉米鬚茶，一邊讀從圖書館借回來的小說。

夏夜很長，故事很有趣，他的心情很愉快。

夜晚的便利店

仲夏的夜晚，沒有客人的便利店就像冰箱一樣。就像在靜謐夜裡運轉不停的冰箱，便利店也是二十四小時運轉不停。就像爲了降溫而設有壓縮機的冰箱，便利店裡也有爲了創造收益而聘僱的店員。就像會嗡嗡嘰嘰運轉的冰箱壓縮機，這一天便利店店員斤培也不停發出怪聲，「哎、呀、呼、哈」。陳列商品、驅趕睡意、伸個懶腰、偷空讀點書的時候，斤培都會發出聲音。好像爲了確認自己還活著，好像爲了要提醒自己，如今是被關在冰箱裡，他不停自言自語。有客人進來打破這漫漫長夜時，他會努力爲客人服務，證明店員存在的價值。

即便斤培如此努力，青坡洞 ALWAYS 便利店的凌晨依舊無比冷清。由於幾乎沒有客人上門，斤培感覺自己已經不像是在冰箱裡，而是身處在荒涼的北極。這麼下去會不會冷死呢？待在這裡面，就連斤培的樂觀彷彿都要跟崩裂融化的冰山一樣，逐漸消失無蹤。

叮鈴，客人上門。沒錯，就是該有深夜因爲口渴而跑進便利店買飲料的人。斤培以充滿活力的「歡迎光臨」來迎接客人。這名戴口罩的中年男子似乎嚇了一跳，瞥了斤培一眼，便趕緊往冰箱走去。

中年男子買了解酒液跟枳椇茶離開，果然是口渴的客人沒錯。下一位客人什麼時候會來呢？他來是因爲覺得渴？還是因爲餓？或是因爲發燒或消化不良，而來買些常備藥？清晨出門上班，手上都會帶個點心的那位阿姨，爲什麼最近都沒來了？昨晚十點多來店裡晃了一圈就離開的青年，到底是什麼人？

斤培腦海中的問題一個接著一個，最後冒出來的問題，也是他最好奇的一題。

一年六個月前，曾在這間便利店擔任大夜班，後來恢復記憶而離開的那名男子，如今人在何處？他說，寒冷的冬天待在這裡倍感溫暖，那麼有如熱帶夜晚的炎炎夏日，他會在哪裡？而此刻冷到宛如冰箱的便利店，在當時對他來說卻像是冬日暖爐……眞的是這樣嗎？

斤培將獨孤的身影投射在店內的各個角落。雖然很難想像，但這是他的任務。大夜班不過是兼職，就像獨孤在這裡的眞正目的是找回記憶，斤培的眞正目的則是想像獨孤在便利店裡的模樣。他必須在這間不便利的便利店裡想像獨孤這個人。

他從今年初開始注意這間店。青坡洞的 ALWAYS 便利店共有兩間，一間位在學校前的大馬路上，跟不便利幾個字實在沾不上邊。那裡寬敞、乾淨且客人不少，生意很不錯。只是不知道是不是與總公司的加盟合約到期，春天來臨時，就換掛上其他連鎖便利店的招牌了。

於是這間位在住宅區，店面小且商品品項不多的便利店，就成了這一區唯一的一間 ALWAYS 便利店。斤培虎視眈眈，一直等著大夜班的位置出缺，甚至還直接來店裡看過幾次。當時的大夜班，是一名年過六十、頭髮斑白的男子。雖然年紀大，但身體還很硬朗，斤培認爲他不會輕易離職，於是不知該不該放棄等待。只不過，遙遙無期只能等待的事情不只這一件，所以斤培決定繼續等下去。他每個禮拜都會找兩天，從位於南倉洞的家走到青坡洞的便利店來查看。看看門上有沒有貼出徵人公告、看看週末的工讀生是否換了人，也不忘上兼職網站看看是否有徵人訊息。

終於到了七月初，門口貼出了徵人公告，是平日的大夜班！斤培就像考上大學一樣開心。雖然還沒確定能應徵上這個職缺，但他已經來過這裡數十次，仔細觀察過那名負責平日日班的阿姨，推測出她應該就是店長。只要能夠凸顯自己魁梧的身軀和樂觀積極的態度，斤培認爲店長沒有理由不選他。

沒想到他竟然搞砸了面試！

他沒注意到簽帳卡裡頭沒剩多少錢，在店長面前丟了好大的臉。幸好店長臨場反應很好，才讓他順利買下衛生紙。不過面試後等了好幾天，斤培都沒有接到電話。是因爲履歷寫太多被扣分了？還是反應太誇張，讓店長覺得很有壓力？難道是有其他當過便利店大夜班的人去應徵?!一想到有可能錯失這個覬覦已久的位置，斤培就焦慮不已。

哎呀，我就是這樣。斤培不是會執著於某些事情的人，只是這次讓他有些難過。畢竟這件事跟他唯一的堅持有關，他當然會覺得遺憾。

那一週的週日晚上，他接到ALWAYS便利店店長的電話，問說如果店裡無法提供他薪資補貼，是不是還願意去上班？斤培開心得不得了，差點脫口說出就算不給工資也願意去。

「沒關係，現在景氣這麼差，大家要互相體諒才好做事啊。」

店長的語氣又是抱歉又是安慰，表示將會僱用斤培來當大夜班。這樣一來，斤培終於能夠到那個夢寐以求的空間，擔任那個夢寐以求的工作。雖然不知道能做到什麼時候，但他下定決心，任職期間要好好盡到便利店大夜班的本分。恰巧存款也快見底，夏天沒有冷氣的頂樓加蓋也讓他擔心。從結果來看，大夜班這份工作既能賺到錢，又能過一個涼爽的夏天，還可以達成他的最終目標，眞是一石三鳥。

斤培那天整晚沒睡。直到早晨陽光照進他小小的頂樓加蓋套房裡，他才終於躺上床。想到這樣也算是為了即將到來的新生活模式，改變一下生理時鐘，斤培忍不住覺得自己很了不起。

考上大學時，斤培與母親的兩人小家庭便面臨解體。他遞補進了首爾某大學在外縣市的分校，但這是好不容易才考上的大學。當時媽媽告訴他：

「大學畢業之前，你的學費我會想辦法，但你已經是成人了，生活費就得靠你自己了。」

媽媽一邊把從首爾帶下來的小菜放進斤培租屋處的冰箱，一邊提醒斤培應該要學會獨立。這是斤培的獨立，也是媽媽的獨立。二十五歲便獨自生下斤培，辛苦把孩子養大的媽媽，如今依然年輕美麗。她因為生意不好而決定收掉租書店，接下來要和男友一起回老家去種無花果。斤培要媽媽別擔心自己。當時他心中滿是要好好享受青春歲月的悸動，一點也不害怕與媽媽分攤生活的重擔。他替媽媽的新開始加油，同時也夢想著活出屬於自己的人生。

斤培不愧是租書店養大的孩子，他考上的是國語國文學系，大學期間都在看書。工讀機會不好找，媽媽為他籌措的第一筆「獨立基金」也撐不了幾個月，斤培知道自己得趕快想辦法，卻事與願違。

沮喪的斤培總是坐在系上交誼廳的角落，隨手拿起架上的書來打發時間。在交誼廳進進出出的學長姊，偶爾還會請他吃飯。原本膽小且個性謹慎的斤培，爲了生存逐漸變得會主動向學長姊打招呼。一天，一位系上的學長說要請他吃飯，帶他去了一個地方。

那裡是個很大的社團辦公室，大到辦公室角落甚至還有流理台和一些廚具，窗邊則放了行軍床。下午的陽光恰巧照在床上，上頭躺了一名長髮男子，正蓋著大衣呼呼大睡。

帶斤培去的學長在社團辦公室裡煮了泡麵，眼前的情景讓斤培覺得很稀奇，畢竟社團辦公室又不是住家，怎麼能在這煮飯，又在這睡覺呢？就在這時，又進來了幾個人。他們像是約好了一樣，一進門就立刻先去煮泡麵。雖然之前從沒見過斤培，他們卻完全不以爲意，就好像鄰居家的小朋友來搭伙一樣自然。

不久後，從睡夢中醒來的長髮男子，不滿地抱怨這群人吃泡麵竟然沒有叫醒他。但沒有人理會他，所有人都專注吃著泡麵。他氣呼呼地宣布說要自己叫炸醬麵外送，眾人才把泡麵分給他吃，並慫恿他多叫一些配菜，讓這一餐豐富一點。怎麼回事？這些傢伙好有趣喔。我也能吃他們叫的外送嗎？斤培呑著口水，一邊觀察情況一邊想。

不一會兒，社團辦公室的地板上就鋪好了報紙，上頭擺滿了糖醋肉、炸醬麵與炸餃子。有人從冰箱裡拿出有如反坦克火箭砲那樣巨大的一公升裝燒酒，並把每個紙杯都倒滿。一直到喝酒之前，斤培都還是個被莫名拉來這裡，完全搞不清楚狀況的傻大個。

就在幾杯黃湯下肚後，帶斤培來這裡的學長便開始向其他人介紹，說斤培是喜歡舞台劇的系上學弟。這介紹詞讓斤培感到荒謬，所有人卻都注視著他。有人豎起大拇指，有人則歡呼叫好，紛紛催促著斤培自我介紹。

「我只是……學長說要請吃飯，我就跟來了。」

帶他來的學長用力打了他的背一下，說這不就請他吃了泡麵加中式料理嗎？另外有位學長問斤培有沒有演舞台劇的經驗，接著有人問他以前有沒有喝過酒，又有人問他是住宿生還是在外租屋，然後另一個人緊接著問如果沒打工，他晚上都在做些什麼。正當斤培忙著回答接二連三的問題時，長髮男拍了拍桌子，然後認真地盯著斤培。

「你要不要演戲？想不想當演員？」

「我還不知道。」

「你不是自己在外面租房子嗎？加入我們社團就不怕沒東西吃。而且你是國文系吧？國文系很難找工作。你等著瞧，學會演戲，肯定就不會餓肚子。我們可以說是一種專業人士，使用身體的專業人士。聽大人的話準沒錯，當專業演員。」

他看穿了斤培是真的愛吃，並用食物來吸引斤培。果然奏效了。

那天起，斤培就成了戲劇社的新社員，每天晚餐都在社團辦公室解決。雖然真的都沒餓到，但繁重的演技練習也讓他剛吃飯不久就又想吃。社團學長姊橫跨校內各個科系：經濟、企管資訊、城市社會學、德文、環境工程、哲學、考古與藝術史學系等等，沒有一個人是戲劇系或藝術系，卻都深陷在舞台劇的魅力之中。大家很用心準備戲碼，並帶著驕傲登台演出。那位長髮學長更是位奇人。他雖然已經畢業，卻還沒離開學校，天天到社團辦公室來報到。他是城市社會學系畢業，大家都叫他「金城社」。無論是國文系，還是城市社會學系，畢業後都一樣不好找工作。

斤培羨慕社團學長姊那令人難以理解的熱情。雖然他起初是爲了解決三餐問題而加入社團，卻在不知不覺間也被那股熱情感染。

跟斤培一起加入戲劇社的八名新生中，有三人在上學期結束前就退出。剩下的五人，有兩個在秋季成果發表後退出。社團學長姐都抱怨，現在的新生只顧著爲就業做準備，都不懂得好好體驗社團活動。這也怪了，就業當然是第一要務吧？看著這些面臨退學危機，卻還是不放棄社團活動的學長姐，斤培有時感到很納悶。但隔一年，斤培同樣也找了一些看起來總是在爲三餐所苦，無所事事的學弟妹來加入社團。他跟當初那位學長一樣，煮泡麵給學弟妹吃，告訴他們，大學生活可不是就只有準備就業這個面向。

便利店的工作怎麼會這麼辛苦？

交接的第一天，斤培就忙得暈頭轉向。整個櫃檯簡直像飛機的駕駛艙一樣複雜，面前收銀機的畫面像極了儀表板，右邊的螢幕中顯示著密密麻麻的店鋪管理須知，下面則是可隨時察看店鋪管理系統的平板電腦與盤點機，另外還有監視器、數據機、無線網路接收器、廣播機、印表機等眾多器材，全塞在櫃檯裡。

左邊的咖啡機與油炸機，彷彿隨時都在做咖啡、炸炸雞。櫃檯下方還有大量的雜物堆積如山。除此之外，還有一堆公告事項將櫃檯團團包圍住，遠遠看過去還以爲是什麼馬賽克拼貼藝術。

※確認有效期限
※登記炸物賞味期限
※清理咖啡渣
※確認本週店鋪綜合方針
※熟悉突發狀況因應守則
※ＦＦ快遞經理電話
※ＣＫ宅配司機電話
※容貌服裝檢查

※練習待客十大戒律
※販售菸酒前，檢查身分證
※配戴口罩
※晚上十點後店面內外嚴禁飲食
※結帳前確認各電信公司折扣/積點
※確認常溫/低溫補貨
※商品陳列/補貨時排放整齊
※注意客人有無遺失信用卡
※塑膠袋不得免費提供

奇怪，應該要提供人們便利的便利店，怎麼會這麼複雜又不便？從店員的立場來看，確實是相當不便，要熟悉的用詞實在太多，要學習操作的機器也多到爆炸。點收現金和物流驗收很容易出錯，還得重複看好幾次 YouTube 教學影片，才有辦法熟悉收銀機的使用方式。

沉默寡言的郭先生在即將離開便利店前，就好像軍隊裡的助教，把戰鬥所需的知識一股腦地教給斤培。斤培本以爲自己做過很多不同的兼職，超商店員應該駕輕就熟才對，沒想到要記的東西堆積如山，拖慢了他工作的速度，郭先生當然沒給他好臉色看。

郭先生一口氣教了斤培很多事情，然後就用店裡的機器泡了杯咖啡，叫斤培休息一下。

「我看你很會接待客人，只要趕快熟悉基本的操作就好了。」

「眞的嗎？但要學的東西眞的好多。」

「斤培，你去過百貨公司嗎？」

「去過。我住在南倉洞，過個馬路就是新世界百貨了，再往下走一段路還有樂天百貨。以前那附近還有美都波百貨，但現在沒了，我眞的很喜歡那間店說。」

郭先生打量著斤培，來了個話這麼多的新人，讓郭先生感到很新鮮。

「簡單來說，就是我很常去百貨公司啦。當然，都只是看看而已，哈哈哈。」

「總之，百貨公司就是有上百種商品的地方，從這角度來看，我認爲便利店是『萬貨公司』。我們沒賣百貨公司那些高級品，卻有上萬種繁雜的生活必需品。」

「萬貨公司啊……眞有趣。但你說的對，這裡連漫畫都有賣，哈哈。」

郭先生似乎已經逐漸了解斤培說一句回十句的個性，所以沒太大的反應。

「百貨公司的英文是『Department Store』，那裡商品雖多，卻是分門別類，每個店員負責自己的類別就好。但便利店卻是一人負責販售很多不同的商品，工作當然不輕鬆。我也是開始做便利店兼職之後才逐漸明白，這世上雖然有很多繁瑣的事物，卻沒有任何一件是多餘的。」

斤培點點頭，心想：「這個老人家可能是嫌我話多，自己又不想輸，所以也開始長篇大論。」雖然他心裡覺得郭先生囉嗦，但還是覺得那些話有值得參考之處。斤培本來把便利店的工作想得很簡單，這時不禁開始自我反省起來。

大學讀到一半休學當兵之後，斤培如衣錦還鄉般重返校園，繼續大學生活。復學之後，他開始成天窩在社團辦公室，變得跟長髮學長金城社越來越像。他占據了那張行軍床，然後用自己到工地當苦力賺來的錢，請社團的學弟妹吃些中式料理，分享一些跟演戲有關的事情。

不過，在斤培當兵期間，世界改變了很多。

他休學去當兵之前，還有人會批評大學生不該一進大學就準備就業，但他退伍復學之後這些人已消失無蹤，如今所有大學生都只顧著準備就業、累積經歷。大學生活的浪漫、學生社團活動等等，都成了大家嘴裡「不懂事」的行爲。校園裡的社團也只剩下對就業有助益的讀書社團、對累積個人經歷有好處的志工社團，戲劇社這種必須傾注時間與努力的地方逐漸消失。不知不覺間，斤培身處的戲劇社面臨絕種危機，而斤培自己也成了瀕臨絕種的生物。

畢業前夕，多年來完全沒準備就業的斤培，根本無法去應徵像樣點的公司。他決定別把目標放在就業，而是想辦法用社團學到的演技在社會上討口飯吃。畢業之後，他離開位在外縣市的學校重回首爾，卻沒法在過去跟媽媽一起生活過的會賢洞找到合適的房子，最後好不容易才在鄰近的南倉洞租到一間頂樓加蓋的套房。

接著他把自己的資料登錄到專門招募臨時演員的公司，一邊當臨時演員，一邊尋找能夠眞正成為演員的機會。幸好他塊頭還算大，在需要大量臨演充場面的時候，他也經常能拿到一個小角色。他還曾在一齣歷史劇裡得到一句台詞，雖然那是個被配角拿武士刀殺死，從出場到結束只有「呃啊」慘叫一聲的角色。他總共NG了三次，承受不少製作團隊的白眼。

他一邊當臨演一邊試鏡，偶爾有幸得到獨立電影的工作，或是在地方政府宣傳片裡當個小配角。在這些戲劇作品中，他當過超市店員、狗肉販子、社區公車司機、課長、工程師甲、藍領勞工甲、主角的叔叔、老大的小弟丙、推銷員、賭徒乙等各式各樣的人物。但由於他長得不帥，也沒有好到誇張的演技，光是靠塊頭大，實在很難引人注意。不過斤培還是一邊打工賺錢，一邊堅持當演員的夢想。

一天，幾年來持續與他合作、提供臨演機會的公司聯絡斤培，說要安排他到一位知名編劇的新作品裡當個主要配角，條件是斤培必須先給一點疏通費。如果想付這筆錢，斤培就必須動用到相當於自己所有財產的租房押金。煩惱到最後，斤培決定找前輩金城社商量。

金城社現在不再是長髮飄逸，而是剪成及肩的中長髮，再綁成小小的馬尾。現在的他，在小劇場林立的大學路十分活躍。以前他也曾好幾次邀斤培去演舞台劇，但斤培知道金城社跟自己一樣沒沒無聞，實在無法輕易相信他。不過，如今金城社已經是舞台劇製作人，正逐漸建立起自己的事業。

金城社聽完斤培的話，便告訴斤培別被這種伎倆給騙了，有閒錢做那種事，還不如拿來請他喝酒。他說要是斤培請他喝酒，他願意介紹工作給斤培，仔細想想這筆交易似乎更划算一些，於是斤培便改請他喝酒。

酒席間，斤培忍不住抗議。

「學長，你不是說什麼當演員不會餓肚子嗎？」

「臭小子，那時候的我比現在的你還年輕好嗎？那時候的我是懂個屁啊？」

金城社一口氣喝光杯子裡的酒，還因為不小心嗆到而咳了兩聲。斤培心裡雖然埋怨，但一想到過去兩人一起辛苦打造出來的舞台，就又無法真心討厭這位學長。即便戲劇社裡的人都為演出奉獻所有的熱情，但仍然只是業餘演員。而這群業餘演員之中，最後只剩下金城社跟斤培兩人沒有放棄演戲，依然在這個圈子裡打拚。

那天喝完酒後沒過多久，金城社果眞遵守約定，介紹斤培給一個兒童劇團的老闆認識。朴老闆是位四十多歲的大叔，與其說他是舞台劇業界的人，不如說他更像是社區居民中心的公務員。兩人初次見面，他便將斤培整個人上上下下仔細打量過一遍。

「你還能再增胖一點嗎？」

當時斤培因爲三餐不繼而瘦了不少，於是他想了一想，覺得自己還有增胖的空間，便點點頭表示可以。他心想，只要能夠在劇團領到月薪，三餐按時吃的話，肯定能再增胖。朴老闆又問斤培，能不能同時身兼劇團員工跟演員。月薪是八十萬韓元，沒有額外的假日，準備演出的同時，還必須處理所有朴老闆交代的事情。斤培強調，演員的本分應該是在舞台上表演。朴老闆便告訴斤培，只要他能再增胖二十公斤，就一定讓他上台。斤培只好告訴他，現在家裡沒什麼能吃的，他又沒有錢，實在沒法增胖，但如果朴老闆能讓他預支薪水那就沒問題。

斤培的回答讓朴老闆嘖嘖稱奇，口中還唸唸有詞地說「眞不愧是金瘋子的學弟」，不知道這究竟算不算是個稱讚。接著他立刻打開皮夾，掏出一張十萬韓元的支票給斤培。斤培這才發現，原來金城社在這圈子的外號叫金瘋子。金瘋子介紹的工作……斤培煩惱了五秒，決定相信他認識的金城社，而不是別人口中的金瘋子。於是斤培就這樣成了「藍風」兒童劇團的招牌演員兼長工。

連續三天在便利店接受郭先生斯巴達式的教育後，斤培感覺自己終於完成了新兵訓練。最後一天交接的早上，斤培決定請郭先生吃頓飯聊表謝意。郭先生一開始推辭，但在斤培鍥而不捨地勸說下，還是領著斤培往元曉路方向走去。

郭先生帶斤培來到龍門市場的一間醒酒湯店。這間店似乎非常出名，一大早就擠滿了客人。兩人在角落位置坐下，斤培覺得郭先生看起來像這間店的熟客，還誇張地說感謝郭先生帶他來這種知名的餐廳。郭先生沒把他的花言巧語當一回事，只是淡淡地說自己租的套房就在附近。

兩人點了醒酒湯，又一起喝了燒酒。斤培一邊問過去交接這三天累積下來的疑問，一邊找時機問他「眞正」想問的問題。他沒有在吃飯時提出跟獨孤有關的問題，但這絕對不是因爲醒酒湯實在好吃得不得了，讓他一直捨不得停下來發問。幸好郭先生已經不像剛才那麼冷淡，他慢慢地喝著燒酒，再拿醒酒湯當下酒菜一樣配著吃。斤培趕緊吃完眼前的湯飯，再對郭先生舉杯。

「這段時間辛苦了。謝謝你爲便利店的努力，也謝謝你用心教我。」

兩人乾了杯，郭先生一口氣喝光杯中的燒酒，酒精的味道讓他忍不住皺起眉頭。人一旦上了年紀，臉上的皺紋很容易讓人感覺難相處，但郭先生臉上的皺紋卻非常適合他，也感覺挺親切的。

「謝謝你。本來以爲不會有送別會的，但多虧了你，離開之前能感受到人情味。」

不知是從昨天還是從今天凌晨開始，郭先生對斤培說話的態度便不再那麼拘束了。

「對了，郭先生，在你之前的那位大夜班是怎樣的人啊？看你把我教得這麼好，你之前的大夜班交接應該也做得很好吧？」

斤培一邊替郭先生倒酒一邊問。郭先生則拿著酒杯，短暫陷入沉思，沒過多久又皺起了眉頭。

「那個人不喝酒。還有……他可不只有跟我交接，是把整個工作都讓給我了。那還眞是我人生中很特別的經驗。」

「特別的經驗？哇，你講得我好好奇喔。」

「就說到這吧。他也有他的狀況，我實在不好說什麼。」

「這……這是當然的。你又不像我話這麼多，眞抱歉，我不該這樣多嘴問你。我就是個好奇寶寶，所以話才會這麼多，老是讓別人很困擾，哈哈哈。」

「沒有啦，你話雖然多，但不會說一些傷害別人的話。我之所以話這麼少，是因爲我說話很容易傷人。保持沉默才能避免我對別人造成傷害。」

郭先生終於想起自己手上還拿著酒杯，話說完便立刻仰頭一口乾杯。

「不過我還是得多學學，畢竟人與人的連結必須要靠話語。店長一下說這個、一下嫌那個，聽起來很像在發牢騷，但其實都是關心。而你話雖多，但我也知道你沒有惡意。只是我沒有像你們這麼會說話，再加上我的個性也不是這樣。」

郭先生將視線別開，短暫陷入令他懊悔的回憶之中，斤培則趕緊替他再把酒杯倒滿。

「哎呀，我覺得你很會說話啊。」

「來到這裡之後，我在服務客人的過程中接觸了不少年輕人，也學了一些啦。在這裡工作，真的讓我在很多方面都有收穫。」

郭先生的聲音聽起來有些顫抖。斤培想起前一天晚上，親眼目睹郭先生的女兒來店裡找他的事。他一邊整理貨架一邊偷聽到兩人的對話，那內容真是讓人感動，斤培甚至覺得自己真不該偷聽。雖然還有問題還沒問出口，但斤培決定就此打住，改而向郭先生做最後的道別。

「真的辛苦你了，無論如何，接下來我也會好好努力的。」

郭先生替斤培把酒杯倒滿，兩人乾了杯。

藍風劇團每一季都會推出新的兒童舞台劇。一齣戲的演出結束之後，劇團便會立刻投入下一齣戲的製作。忙碌且惡劣的工作環境，再加上劇團的朴老闆個性頑固，演員跟導演受不了而辭職是家常便飯。劇團就像轉乘車站一樣總是留不住人，只剩下朴老闆、斤培與劇團的總務，同時也是朴老闆的姪子苦撐。

從到街上貼傳單，到打理服裝與演出道具，打掃和處理劇團員工餐飲等問題，都由斤培一手包辦。幫朴老闆買香菸也是他的工作之一，這實在讓斤培感到非常惱火。只是斤培漸漸習慣從朴老闆那邊拿免費香菸抽，於是他將這件事情當成是替自己買香菸，才不再那麼生氣。

朴老闆雖是個冥頑不靈的老古板，在工作上卻從來不曾懈怠，幾乎可說是大學路小劇場圈的模範公務員。他原本是把在大學路有一定知名度的舞台劇，轉介到外縣市去演出的業者，後來認識了一位兒童舞台劇導演，兩人意氣相投，便決定攜手創建劇團。現在藍風劇團所推出的每一齣兒童舞台劇，都是出自這位導演之手。只是後來兩人不知爲什麼鬧翻了，現在只剩下朴老闆一人經營劇團。

對朴老闆來說，舞台劇不是藝術，也不是什麼大不了的東西，就只是工作，是賺錢的工具。他三番兩次向斤培強調，舞台劇是賺錢用的工具，舞台則是工作場所，不要放太多感情。但斤培可不甘於如此，他希望自己能以演員的姿態站上舞台，演出一個屬於自己的角色。幸好進到劇團之後半年，他便達成增重二十公斤的目標，朴老闆也無法再以體重爲由阻止斤培站上舞台表演。

從那時起，斤培便開始戴上面具，不是心靈上的「面具」，而是眞正的面具。這個月戴的是膽小老虎的面具，下個月則是乍看之下像台微波爐的機器人面具，然後再下一季則是得穿上一身恐龍裝。從那之後，他便在藍風兒童劇團戴上各種可能在兒童舞台劇中登場的面具。

斤培對這段時期並不感到後悔。雖然他演出時總是戴著面具，或是裝扮到讓人認不出來，但他依然能享受站上舞台的滿足感。朴老闆直來直往的個性，只有斤培才能承受得了，這點也讓他感覺自己成了劇團不可或缺的存在，讓他獲得一種奇特的滿足感。而且每次登台演出，台下的小朋友都對他抱以最眞誠的歡呼，讓斤培打從心底熱愛這群觀眾。斤培下了台之後，來觀看舞台劇的小朋友依然把他當成劇中的角色，一個個都非常喜歡斤培，程度不亞於少女粉絲對偶像的喜愛。

不過大學路的人私下都說斤培是朴老闆的奴隸，甚至還有人說斤培是被朴老闆操控。但仔細想想，斤培只是需要一個能依靠的人而已。舞台劇接納了一直以來都很孤單的他，而朴老闆的劇團則是接納了孤苦無依的他，讓他能演出對自己人生意義重大的舞台劇，現在他只希望能跟他們一直在一起。

有機會站上舞台表演後，斤培便無法經常下鄉探望媽媽跟媽媽的男友。由於斤培不是每個節日都有機會回去，只能由媽媽主動上來首爾看他。媽媽來劇團看斤培的那天，恰巧是他在劇中飾演鬼怪的日子。

表演結束之後，斤培和媽媽一起到大學路一間他常去的馬格利酒館。兩人吃著煎餅配馬格利酒，斤培這才注意到媽媽竟然已經兩鬢斑白，是個明年就要滿六十歲的中老年人了。斤培要媽媽去把頭髮染黑，媽媽卻反過來說他頭都禿了，要他吃點防落髮的藥、用防落髮的洗髮精。斤培本來就因爲經常戴面具頭套造成的嚴重掉髮問題而有壓力，聽了媽媽的叮嚀讓他更加難受。母子之間，竟然要互相擔心對方的頭髮問題……斤培心想，這難道就是跟父母一起老去的感覺嗎？

斤培始終無法忘記那個下著雨的日子，跟媽媽一起在大學路的小巷裡吃煎餅喝酒的事。兩人酒足飯飽之後，撐著同一把傘往惠化站走去。斤培手上的傘刻意往媽媽靠一些，避免媽媽的肩膀被淋濕。兩人一起搭地鐵到新龍山站，再一起撐著傘走一小段路到龍山站，最後斤培目送媽媽搭上南下的高鐵ＫＴＸ。無論經過多久，這段回憶都像電影精華片段一樣，總是清晰生動地在斤培腦中一再重播。

分開時，媽媽對斤培說，要他別再戴面具，用自己原本的樣子站上舞台。如果有這樣的演出機會，再邀媽媽上首爾來看。斤培則乖巧地用力點了點頭，答應媽媽的要求。

只是他始終沒等到這樣的機會。朴老闆雖然企畫了青少年舞台劇，卻一直沒能找到資金。斤培要朴老闆再更積極一些，也督促朴老闆趕緊策畫一齣像樣點的舞台劇。兩人因爲這問題產生很大的衝突，斤培威脅說要是再繼續這樣下去，他要離開藍風劇團，去其他能夠演出一般角色的劇團。朴老闆則不甘示弱地要斤培儘管走，倒是要看看他能走到哪去。

斤培有時會想，或許他眞的是朴老闆的奴隸。

正式到便利店上工約一週後，斤培才大概摸清這份工作。他終於成了站在櫃檯手握操縱桿的飛行員，能夠掌控店內每個角落的情況。他能一眼掌握在戶外用餐區等泡麵泡熟的客人、穿梭貨架間找買二送一小零嘴的主婦和小朋友，還有兩個正往店門走來，看來應該還在讀大學的女生。

叮鈴。

「歡迎光臨！」

斤培充滿活力地問候進門的客人，並準備爲挑好零食的母子結帳。送走了母子，挑完飲料的兩名大學生接著來到櫃檯結帳。稍後，店裡的客人都離開了，只剩戶外用餐區的客人，低頭大口大口吃泡麵。現在正是去低溫冷藏庫補飲料的時候。

正式到職才沒多久，店長就說斤培前一個時段的工讀生有一些狀況，問斤培能不能暫時提早兩小時來上班。這樣斤培就得做晚八早八，整整上十二小時的班，不過他還是欣然答應。畢竟這樣能多賺錢，再加上對他來說，能待在便利店的時間越多越好。斤培一答應，店長似乎感到很放心，還帶著點鼓勵的意思，伸手拍了拍斤培的肩。這時店長看到斤培名牌上竟然寫的是「洪金寶」，忍不住瞪大了眼睛。

「斤培，你搞什麼啊？這是你的綽號嗎？」

「對，黃斤培唸快一點，就變得很像洪金寶啊。」

店長打量了一下斤培的外表，咯咯笑了起來。

「應該不只是名字像，外型也眞的很像！我以前很喜歡看成龍跟洪金寶演的電影。」

「我小時候，很小的時候也很愛看。」

「那以後我就叫你金寶吧，感覺就像是『黃金寶貝』的簡稱，聽起來很不錯。希望你成爲我們便利店招財的黃金寶貝，要認眞工作喔。」

「好，只要店長妳別太囉嗦，我一定會表現得更好，哈哈哈。」

「你說什麼？斤培，你眞的是運氣好，我現在脾氣已經比以前好很多了。之前我遇過一個跟你一樣欠揍的大叔，他就被我狠狠教訓了一頓。我生起氣來，可不會管對方年紀是不是比我大。你要知道，我已經算是對你很好了。」

「欠揍的大叔？也是大夜班嗎？」
「就是有這樣一個人啦。大夜下班以後也不馬上走，整個早上都在這邊閒晃，陪我們社區的奶奶聊天。」
「他好特別喔。我下班以後都累個半死，只想趕快回家。」
「那個人的家……嗯……不，算了。對了，你冰箱的飲料補了嗎？」
「好，我馬上去補。」
本來還能再多問一點資訊的，可惜店長說到一半就不願意說下去，斤培也只好再等下一次機會。
其實斤培並不討厭聽店長囉嗦，那總會讓他想起自己的媽媽。除了媽媽以外，還有誰會對他嘮叨囉嗦？光是能想起媽媽，就讓斤培很喜歡聽店長嘮叨，也很喜歡頂嘴回應。
便利店不光有像店長這樣的人，更有很多有故事的人來來去去。到職的時間一久，就漸漸能接觸到這些人。他們臉上都寫著，自己正在忍受人生中的諸多不便。斤培總是會適時地說一兩句話刺激他們一下，而這些人也會像被刺破的氣球一樣，瞬間把心裡的不滿一股腦地說出來。
附近烤肉店的大叔就是這樣的一個人。他總會在晚上九點左右出現，拿著他寄放在這裡的啤酒杯，到戶外用餐區去喝酒。他每晚都自己調燒啤來喝，邊喝邊哀嘆人生種種不順遂。新冠肺炎的保持社交距離政策讓他生意變差，讓他苦不堪言。斤培很想去陪陪他，跟他說幾句話。就像獨孤會在夜裡，陪來到便利店獨飲的上班族聊天一樣，他也想讓自己有相同的體驗，了解獨孤當時所體會到的感受。其實這才是斤培來這間便利店工作的主因。

烤肉店的崔老闆眞的很不好應付，是個脾氣倔強到不行的老古板，甚至是勸都勸不聽的老番顚。斤培花了點時間攻破崔老闆的心防，才終於能讓崔老闆向他訴苦。

因店裡生意不好而心力交瘁、失去自信的崔老闆，就是個平凡的一家之主，總是擔心自己一旦倒下，家裡就沒人照顧。但值得慶幸的是，他肯承認自己是個老番顚。斤培很努力想多勸他幾句，希望藉此給他一些幫助，因此便用了比較激烈的手段，幸好效果似乎不差。至少斤培已經告訴他「擔憂就像毒藥」這句話，只希望他別在這艱苦的人生裡，繼續被無謂的擔憂所困擾。

比較是癌，擔憂是毒。

這是媽媽常對斤培說的話。

「兒子啊，比較是癌，擔憂是毒。人生已經夠苦了，希望你以後能多爲自己著想。」

在母子相依爲命的這個家中，這句話就像家訓，只是斤培小時候總聽不進去。他塊頭大、動作慢、不受同學歡迎，書也讀得不太好，甚至個性還有些敏感，成天拿自己跟人比較，對未來的擔憂更是堆得像山一樣高。我以後會變成什麼樣子？媽媽死了之後，我一個人能活得下去嗎？像我這種人爲何要出生？爲什麼要過著沒有未來的人生？大學要是落榜，我還能過像樣的生活嗎？

但他還是活下來了。

他不再擔憂，不再跟人比較。再也沒有任何事像癌症一樣吞噬他，擔憂的毒素也不會在他體內擴散。當然，對斤培來說，活在世上就充滿了擔憂，更得忍受人們對他的鄙視。只是每當碰到這種狀況，他總會拿媽媽留下的這句話來提醒自己。感覺被鄙視，是站在對方的角度拿自己去做比較，一旦拒絕跟人比較，那麼被鄙視也就不算什麼了。而且看到斤培在被鄙視時還能平靜回應，後來就再也沒有人敢對斤培太過隨便。至於擔憂，也在他決心專注過好當下的生活之後，便成了不具備實體的虛像。

在便利店上班的夜晚，他經常想起媽媽。煩人的是，他想起的大多是自己對媽媽不好的部分，而不是什麼好的回憶。郭先生說便利店是萬貨公司，這裡的上萬種商品都能讓他想起媽媽。就連客人拿指甲剪來結帳，也讓他因想起媽媽而頓時手足無措。他想起媽媽說，晚上剪指甲會倒楣，還說如果把剪下來的指甲隨處亂丟，老鼠會吃下那些指甲，而變得跟指甲的主人很像，把斤培嚇個半死。媽媽很會說故事，她什麼都做得很好，會不會就是因爲這樣，才能夠獨自把斤培平安拉拔長大？斤培很希望如媽媽的願，以自己原本的面貌站上舞台，也想讓媽媽看見他的事業發展順利。

只是媽媽下一次再來首爾，並不是爲了來看斤培的戲。媽媽病了，是只能在首爾的大醫院就診的病，而且需要長期治療。那一刻起，斤培的人生便停擺了。他感覺就像在跑兩人三腳的途中，有一個人步伐錯了拉著他一起摔倒，他們就在這只有他們倆的運動場裡跌坐在地，跌得灰頭土臉。

化療很難熬。斤培放下一切，陪在住進六人病房的媽媽身邊。身材魁梧的他，蜷縮在病床旁的陪病床上，跟媽媽一起度過待在醫院的夜晚。

每一次療程結束，斤培帶著媽媽回到自己在南倉洞的頂樓加蓋套房，媽媽總是顯得很滿足。她說，以前住這附近時都是她在照顧斤培，現在換成是斤培照顧她。媽媽因爲化療的關係頭髮掉光了，現在都戴著帽子。不知道是不是因爲帽子改變了媽媽的容貌，讓斤培每次看著媽媽，都感覺像看著舞台上戴著面具的自己。他告訴自己，這是假的，媽媽真正的臉孔很快就會重新回到她臉上。

這時，朴老闆來找斤培。他拿來的作品，是一部名不見經傳的青少年小說。朴老闆說這本小說已經出版一陣子，他好不容易找到小說的作者，買下了改編權，並決定要拿來改編成青少年舞台劇。他之所以急忙規畫這部作品，似乎也是因爲考慮到斤培的狀況。雖然這個決定很倉促，但老闆卻一臉從容，他告訴斤培會由他來主演這部作品，希望他能好好表現。這究竟該說是場及時雨，還是遲來的好運呢？斤培也不知道。

改寫的劇本不輸原作。斤培在第一次讀本時見到負責改編的劇作家，他嚇了一大跳。她就是過去在金城社製作的舞台劇裡，擔任主演的那位演員，也是偶爾在劇場同事聚會時，會點頭打招呼的後輩。她說自己前陣子正式成爲劇作家，並要斤培以後稱呼她爲鄭編劇。她的演技眞的很好，爲什麼會沒有表演的機會呢？還是她原本就夢想當個劇作家？斤培平時就對她很有好感，這下子又讓他對鄭編劇更好奇了。

那一次讀本非常悽慘。斤培講台詞的方式仍擺脫不了演兒童劇的習慣，因而被批評得很慘。斤培羞愧到不行，甚至想穿上恐龍裝把自己給遮起來。對鄭編劇的好奇心，也因爲羞愧而收了起來。

結束練習後回到家，斤培繼續照顧媽媽，並自豪地向媽媽報告，說他終於要演能以眞面目示人的舞台劇。令人訝異的是，媽媽竟然也知道那部小說的作者，還說之前開的租書店，也進了幾本那位作家的作品，只是她不曉得這本青少年小說也是那位作家寫的。斤培把原著拿給媽媽。

媽媽讀完之後，說斤培竟然能飾演科學家，眞讓她感到新奇。她原本希望斤培能當個科學家，但看到斤培直到小學五年級才把九九乘法表背起來，便不再抱有這個期待。

斤培很感謝自己雖然放棄了數學，卻沒有放棄舞台，也感謝及時帶著這本書來找他的朴老闆。他叮囑媽媽，絕對要來看兒子穿上白袍，飾演帥氣科學家的樣子。媽媽連聲說好，還說斤培要是再瘦個幾公斤，肯定會更帥。

在朴老闆的支持、導演的鼓勵以及鄭編劇的鞭策之下，斤培努力讓自己化身成爲這齣戲的主角，也就是身爲科學家的父親。他感覺大學時期初次站上舞台的那股熱情，又回到自己的心中。帶著炸雞來到練習室探班的金城社，看見體重跟熱情都重回大一新生時期的斤培驚嘆不已。熱愛美食的斤培，現在竟然完全不碰炸雞跟啤酒，堅持只喝水的模樣，也讓金城社忍不住咋舌。

金城社說，這部作品是他所挖掘的斤培第一部主演的作品，也是在他手下正式成爲演員的仁景，轉職成爲劇作家的第一部作品，這些都是好兆頭，作品絕對會大賣。這部作品對大家來說都很重要，而大家也都知道這部作品對斤培來說具有什麼樣的意義。

《軌道修正》

原著：孔優賢

劇本：鄭仁景

導演：李秀哲

主演：黃斤培、何知純、全錫重、安致燠、田秀娟

製作：朴勤誠、藍風劇團

舞台劇揭幕，五週的上演期間，斤培的媽媽來看了六場。雖然因為正在治療癌症，身體狀況非常不好，但能看到兒子的表演，讓她非常幸福。對斤培的演技以及這齣戲的完成度，媽媽都沒有發表任何意見；而平均觀眾人數不到十人的慘淡票房，她也毫不在意。她只是一直告訴斤培，能看到這齣舞台劇真好。斤培覺得那一刻是他人生的高潮。畢竟如果媽媽走了，那就算他眞的有機會重回舞台，展現精湛的演技並爲自己贏得廣大的人氣，也沒有任何意義。

最近每到晚上，就會有個高中生來店裡避暑。看著他，斤培總想起高中時的自己。他跟斤培一樣個頭很大卻膽小，家裡的環境不太好，總是獨來獨往。畢竟他不是看YouTube 頻道就是讀書，實在不像有好人緣的樣子。斤培覺得稀奇之餘，還不忘分享剛報廢的鮮食給他、借書給他看。希望這本對斤培的人生來說十分重要的書，也能帶給這孩子一點幫助。幸好他似乎被這本書鼓舞了。果然因爲個性敏感，所以很懂得察言觀色，也很能察覺書中沒有明講的道理。

這孩子不想回家，總是待在便利店，讓斤培感到很心疼，所以決定告訴他圖書館這個好去處。他推薦了自己也很愛去的南山圖書館，接著這孩子就漸漸不來便利店了。眞是太好了。雖然沒機會買炸豬排便當請他吃，但眞心希望他以後別再來便利店打發時間。希望艷陽高照的夏天，他可以不必躲在便利店吹冷氣，而是在書本的庇蔭下消暑。

週末的兼職同事在待業中。她很節儉，跟斤培之間因爲報廢品的問題有些緊張。後來兩人自然地發展出韓式料理歸斤培，西式料理歸她的模式。

她雖然比斤培還晚加入便利店，但因爲以前曾在便利店打過工，所以每件事情都做得很好。反倒是斤培從她那學了不少祕訣，也多虧她，斤培工作起來更有效率了。斤培認眞思考有沒有什麼方法能報答她，但憑他的能力，實在給不出什麼合適的回報。一天，她不知道是遇到什麼傷心事，晚上來便利店買東西，後來還大哭了出來。

斤培聽她抱怨，也不時給她一些回應。她說她喜歡札嘎其海鮮餅乾，還講了爸爸把札嘎其口誤說成嘎烏其的事情，於是斤培就跟她分享前陣子讀到的相關新聞。沒想到斤培的隨口分享，居然幫助她成功找到工作，讓斤培非常開心。她來應徵兼職工作時，是由斤培隨便面試的。當時斤培給了她一百分，想必是從那時候開始有了自信。可惜的是她最後沒有請斤培吃眞的鮪魚，而是吃眞露燒酒配札嘎其海鮮餅乾的眞鮮組合。

舞台劇《軌道修正》落幕兩個月又十天後，斤培媽媽的人生也謝幕了。斤培意志消沉，彷彿被困在看不見的黑暗之中。葬禮結束後他不告而別離開了劇團，成天把自己關在家裡。他斷絕一切與外界的聯繫，淨是躲在家裡睡覺。睡醒之後就暴飲暴食，於是他又胖了回來。

究竟過了多久？就在他的健康狀況變得無比糟糕時，金城社來到家中找他。學長帶來令斤培意外的消息，他說上星期朴老闆因爲車禍意外身亡，劇團也解散了。斤培失去了陪伴他度過三十歲的夥伴兼雇主，甚至沒能送他最後一程。大學路劇場圈的人雖然都知道斤培的狀況，卻依然私下批評他忘恩負義。斤培裡外不是人，只能浸泡在痛苦之中虛度光陰。

他似乎不可能修正自己的軌道了。他沒勇氣再站上舞台，卻也沒有足夠的能力跳入新的領域。

就在這時，過去與媽媽交往的男子來找斤培。兩人在媽媽的告別式上短暫碰過一面，之後斤培就忘了這個人。所有告別式的事務都由他負責處理，斤培只是沉浸在悲傷中，努力讓自己辦演好喪主這個角色。

男子告訴一臉尷尬的斤培說，因爲一直聯絡不上斤培，所以才主動找上門來，並說明了幾項告別式結束後需要完成的手續。他與斤培的媽媽雖然沒有辦結婚典禮，但已經登記結婚，斤培完全不曉得這件事，因爲他當時根本沒有多餘的心力管這些事。

「你得打起精神來啊，就算是爲了你媽媽也好。」

男子對斤培說，並拿出一本銀行存摺給他。存摺裡還夾著一封媽媽親筆寫的信，信上的內容與媽媽爲數不多的積蓄及保險有關。男子依照媽媽的遺言把事情處理好之後，便把屬於斤培的遺產帶來給他。

看著媽媽留給自己的信和存摺，斤培知道，那將會是他重新踏上人生軌道的燃料。他要帶上媽媽給他的燃料，再一次飛到屬於自己的軌道上。他要修正自己的軌道，繼續飛行下去。

自此以後，斤培做遍了所有工作。他先是到烤肉店洗烤盤，然後又負責顧炭火。被炭火燙傷後，他便到工地去當苦力。跟工頭吵架離開工地後，他到了可樂魚市場工作，在冷凍倉庫裡負責搬運裝滿低溫冷凍魚的箱子。後來他在冷凍倉庫裡滑倒摔傷了骨盆，休息了一個月，才又找到西式自助餐廳的洗碗工作。恰巧在洗碗洗到膩的時候，他得知有宅配裝卸貨的工作。但宅配公司的工作環境非常惡劣，於是才當了裝卸工人半個月，他就生了場大病，不得不再度回家休養。接著他買了輛摩托車，開始當起兼職快遞。這份工作維持了六個月，又因爲騎車不小心差點出車禍，於是斤培決定賣掉摩托車。他心想，還是餐飲業比較適合自己，便到連鎖漢堡店的廚房負責組合漢堡。接著他發現西式料理似乎不太適合自己，便到壽司店的廚房去當助手。

送走媽媽之後，他輾轉做過許多工作，發現活著對他來說就只是活著，沒有其他特別的意義。擔憂是毒，比較是癌，過去已經過去，而他沒有未來，他就只能活在當下。即使現在就死去，他也不會後悔，他隨時都能歸還自己剩餘的人生。

就在這時，新冠肺炎疫情爆發。斤培心想，討厭悶在家裡的媽媽，能在這令人煩躁的疫情爆發之前就歸天，實在是一件很幸運的事。如果媽媽還活著，就得承受這種每天都得戴著口罩、把洗手液當乳液抹，不管去到哪裡都像被監控的犯人一樣，一定要留下足跡的生活。天國應該沒有這些事吧？應該還算舒適吧？

那年年底，金城社跟斤培聯絡，問斤培最近過得如何，斤培只回答了「還好」。斤培已經聽說新冠肺炎疫情讓大學路劇場界苦不堪言的事，便反問金城社最近過得如何。金城社嘟囔著說自己快沒命了，然後話鋒一轉，提起最近有劇場界的補助計畫，他的作品入選了這項計畫。果然人不管做什麼，就是要有果決的執行能力。

「你要不要來跟我一起做？」

「爲什麼找我？」

「你加入社團時我就說過啦，有戲演的演員不會餓死。」

「我不演戲也不會餓死啊。」

「你最近過得怎樣？」

「我說過啦，就那樣。」

「煩耶，反正這角色很適合你，鄭導演也同意要找你來演了。」

「鄭導演是誰？」

「鄭仁景啊，這是仁景自創的劇本，導演也由她擔任。」

「仁景是導演？而且還要我來演？」

「當然是我推薦給她的，我想把你這個死人救活嘛，好嗎？」

「哈哈哈，哈哈，我是什麼幽靈嗎？」

「你是幽靈啊，大家都在問，每天晚上都在大學路遊蕩的洪金寶去哪了。」

「……仁景過得好嗎？」

「好奇的話就加入啊，而且這部作品很不錯喔，不然你以爲我們怎麼能拿到補助？」

掛上電話，斤培腦海中浮現無數個想法。幽靈、朴老闆、老闆愛抽的薄荷菸、大學路的洪金寶、總是綁著小馬尾的金城社，還有愛挑剔的鄭仁景，都不斷敲打著他的腦袋與心頭。

他突然有活著的感覺。

不只是生存，而是真正活在這世上的感覺，從他身體深處竄了出來，讓他連呼吸都急促了起來。

隔天，斤培辭掉所有打工後，去了趟大學路。金城社，不，金老闆用一副早知道斤培一定會來的表情迎接他。他也與成了導演的仁景見面，拿到了劇本。

封面上的劇名非常諷刺，看起來很不便。

午夜時分，一名大塊頭男子推開便利店的玻璃門走了進來。他看起來年紀與斤培相仿，上半身穿著夏威夷襯衫，下半身穿著褲管寬鬆的短褲，一副剛睡醒的樣子。是這附近的地痞流氓嗎？斤培心想，或許又有機會看見什麼有趣的事，便興致勃勃地觀察這名男子的行徑。

男子提著購物籃直接朝著冰箱走去，毫不猶豫地把啤酒往籃子裡扔。五、六、七、八罐，男子拿了八罐罐裝啤酒後，踩著拖鞋啪噠啪噠地來到櫃檯，砰一聲把籃子放在櫃檯上。雖然只有一瞬間，但斤培似乎聞到一股好幾天沒洗澡的汗臭味，穿透口罩直衝入他的鼻腔。

斤培想盡快送走這位客人，便加快掃描商品的速度。

「你在幹麼？」

男子皺眉瞪著斤培。

「在結帳啊。」

「啊，我們沒見過面吧？我之前都太忙了。我是老闆啦，快點幫我裝起來。」

斤培瞪大了眼睛盯著這名看起來愚笨又粗魯的男子。男子緊皺起眉頭，對著斤培大聲斥責道：

「我是這間店的老闆！你是新來的打工仔吧？你都沒好好學嗎？」

斤培指著貼在櫃檯四周的某張公告，認眞地回答說：

「就是有好好學才這樣啊，你有看到嗎？突發狀況因應守則三：陌生人聲稱自己是店長的熟人而要求賒帳時，絕對不能讓對方帶走商品，要向店長確認。我都是照著守則來的。你說你是老闆，我、要、怎、麼、相信你？」

「天啊，又找了一個聽不懂人話的白痴來上班。那你就照著上面的指示，打電話給店長啊！快點!!」

「這可不行，已經超過午夜十二點，我怎麼能吵醒店長？你看是要自己證明你的身分，還是乾脆付錢。如果你是老闆，難道會沒有錢付帳嗎？哎呀，你應該不是老闆吧？」

男子不屑地笑了一聲，以威脅的態度靠向斤培。

「你還是覺得我不像這裡的老闆嗎？你給我看清楚！我是誰？」

斤培對著這名火大地瞪著自己的男子，一個字一個字清楚地說道：

「你還會是誰啊？就是無賴啊。你知道，無賴爲什麼會叫『無賴』嗎？日本殖民時期，在街頭行乞的人就叫做『要飯的乞丐』。後來大家覺得『要・飯・的・乞・丐』太長，就漸漸簡稱無賴了，現在用來專指那些不想付錢，只想白吃白喝的人。你現在就是來店裡想白吃白喝，這樣還不叫無賴嗎？」

男子舉手作勢要打人，斤培卻動也不動地站在原地。沒想到男子沒有眞的動手，而是大笑出聲。

「你很會講話耶，很努力想從我這邊要到錢，是吧？你以爲我不知道你在打什麼主意嗎？我有這麼好騙嗎？」

男子一把搶走放在櫃檯的購物籃，斤培雖然也趕緊伸手想把購物籃抓住，卻晚了一步。男子抓著購物籃向後退離櫃台，對著斤培露出微笑。

「我是姜老闆，你之後跟善淑阿姨講，說我要把你炒了。」

男子提著整籃啤酒悠悠地晃出去。斤培本來想追上去，卻突然想到男子離開前講到的「善淑阿姨」，瞬間停下腳步。

「善淑阿姨？吳善淑？店長！」

斤培透過玻璃窗看著那傢伙逐漸遠去的背影。

「可惡……他眞的是老闆。」

斤培搖搖頭，走回櫃檯的路上一邊自言自語地說道：

「導演講得沒錯，他眞的是個壞蛋。」

仁景的劇本，讓斤培覺得自己就像看了一則都市寓言。劇本的細節太生動，刻畫了這個時代各個小人物的眞實面貌。斤培自己雖然很少到便利店消費，但在看劇本時他常在想，如果眞有這樣一間便利店，他倒是想常常去光顧。這樣一間便利店，感覺就像小時候社區裡常見的雜貨店。許多故事會在這裡發生，社區的傳聞會經由這裡散播出去，人們會坐在雜貨店門口的韓式涼床上，分享著喜怒哀樂。仁景雖然比斤培小五歲，成長的過程中這樣的雜貨店應該已經消失不少，不過她在創作這劇本的時候，似乎也是以這樣的回憶爲基礎，再套用上便利店的背景。

最重要的是，對斤培來說，這劇本的主角幾乎是他這輩子最重要的角色。這個叫做獨孤的男人是個非常獨特且極具魅力的角色，每個在大學路劇場界活躍的演員，肯定都會想挑戰。金老闆說是爲了幫助斤培，所以才把這個角色給他，那仁景又是爲什麼答應將這個角色交給斤培呢？外面肯定有很多出色的演員，他很好奇仁景最終爲何選擇了自己。爲了對這個角色負責，斤培覺得一定要弄清楚這件事。

「我第一次見到獨孤的時候，不知道爲什麼就想到你，只是因爲這樣而已。」

沒有太多內幕的選角原因讓斤培有些洩氣，但既然固執的仁景都選擇了他，那斤培也決定相信自己身上一定有什麼特質，讓他們都覺得他能夠勝任這個角色。

他一邊鑽研劇本一邊準備演出。爲了配合寒冷的冬天，街友來到便利店任職的故事設定，舞台劇決定在十二月初正式開演。金老闆驕傲地表示由於新冠肺炎疫情影響，許多劇場都閒置了，所以他特別談到非常便宜的場地租借費。他這種愛臭屁的個性，還眞是始終如一啊。

仁景對演員的訓練很嚴格，一點也不像第一次當導演。可能是因爲這是她自己寫的劇本，而且又是她的親身經歷，所以對很多細節都非常堅持。爲了成爲獨孤，斤培必須完成仁景給的作業，還得到首爾車站去觀察街友。即便他做了許多努力，但仁景還是不太滿意。

有一次他在演出獨孤排列貨架商品的模樣時，在中途被仁景喊卡。

「前輩，獨孤是個笨蛋，他是個失去記憶，日常行爲也有點奇怪的人，重來一次。」

斤培這次改以手腳不是很協調，一直沒法把商品排整齊的方式呈現，卻又被仁景喊了卡。

「獨孤不是笨蛋，前輩，你這樣表演根本不對。」

「妳剛剛不是還說獨孤是笨蛋嗎？」

斤培茫然地看著仁景，仁景重重嘆了口氣，好像這齣舞台劇還沒正式登台就要胎死腹中一樣無奈。

「我的意思是，獨孤是笨蛋但又不是笨蛋。你知道我的意思嗎？就算他做出來的動作很傻，但還是有邏輯的，有邏輯！」

「邏輯是什麼？」

「就是有原則的！你要爲他的動作賦予原則跟模式，我到底要講幾遍!!」

仁景大聲一吼，現場的氣氛瞬間陷入緊繃。斤培雖然還是有些茫然，卻趕緊點點頭表示明白。

「哎呀，我是不知道獨孤到底是不是笨蛋……但我是笨蛋沒錯，哈哈哈。」

「拜託！你不要又想這樣笑一笑帶過去喔，給我繃緊神經!!」

「是。」

仁景一方面給斤培施加壓力，說獨孤就是這部作品的救世主；一方面又在斤培覺得自己無法理解仁景說的話而心生懷疑時，給了他不少鼓勵。在舞台上飾演獨孤這名救世主的人雖是斤培，但這部作品實際上的救世主其實是仁景。

這麼重要的仁景，卻在開演前一週得了新冠肺炎。

包括仁景在內，共有五名工作人員跟演員確診，演出只得無限延期。因爲不知道傳染途徑，整個劇場界人人自危，使得他們的作品雖然還沒正式開演，劇名就已經傳遍整個劇場界，這也算是種另類的宣傳。

現在沒有人敢保證他們還有機會登台演出。

那年年底，斤培與金老闆和仁景碰了個面。這部作品沒有機會搬上舞台，比新冠肺炎後遺症更讓仁景難過。她接連喝了好幾杯悶酒，斤培看著她這麼鬱悶，開始責怪起當時檢驗陰性的自己。斤培心想，如果他也一起確診，就能分擔仁景的痛苦，稍稍幫她減輕一些罪惡感。也是在這時，他才發現自己其實很愛護仁景。有些人會稱這種情緒為友情，有些人則稱之為愛情。

金老闆說明年一定會想辦法讓作品上演，要仁景跟斤培別太氣餒。那一刻的金老闆真是前所未有的帥氣，但斤培還是很懷疑是否真會有登台的一天。就算明年開始就有疫苗可接種，卻沒人知道新冠肺炎到底何時會過去。舞台劇的補助金因為劇組人員確診而告吹，就算真的有機會上演，觀眾人數似乎也不可能多到打平開支。就連平時不太會擔心錢的斤培，現在都焦急了起來。雖然他自己是不怕什麼損失，但仁景跟金老闆可能必須承受很大的打擊。

「我來修改劇本，交給我吧。」

仁景大聲宣告。即使她說這句話時帶著醉意，仍能感受到她的決心。斤培決定相信她，金老闆這時帶頭說要乾杯。

斤培把仁景送回她在梨花洞的套房。一路上，仁景挽著他的手，不對，到底是挽著他的手還是靠著他的手，他其實也有點混淆。要走進套房之前，仁景還轉過身輕輕抱了斤培一下。兩人短暫維持這個姿勢，分享了彼此的體溫。

「前輩，快回去吧。」

仁景鬆開手，要斤培快回家。

「都送妳到家門口了，就看妳進門再回去吧。」斤培說。

「快回去啦！天氣這麼冷！」仁景不耐煩地揮了揮手趕斤培走。

「好、好啦，那妳好好保重，明年見。」

斤培轉身離開，沒多久便聽見仁景在他身後大喊：

「好好注意健康！你要是得肺炎我就宰了你！」

斤培一邊走一邊舉起左手，對仁景比了個「OK」的手勢。

二〇二一年新年初始，不知爲何有種太陽似乎也戴著口罩的感覺。新聞說今年是牛年，而且英文的「疫苗」這個詞最初便是源自於拉丁文的「牛」，以此鼓勵民眾要抱持著希望度過新的一年，但斤培卻感覺不到絲毫希望。

他在新冠肺炎時代開始時投入打工市場，輾轉做過許多工作，遇見各式各樣的人。每個人都戴著口罩，看起來像呼吸困難那般痛苦。工作機會不多，少數的工作機會又不穩定，有些工作又髒又危險。富裕階層連口罩都能挑，在政府執行保持社交距離政策時，他們能夠待在屬於自己的空間、享受屬於自己的時間，專注在自己身上。但像斤培這樣的都市貧民，新冠肺炎時代幾乎就是在打仗。他們必須煩惱自己該如何生存，一旦染病，就像戰場上被後送的傷兵，沒有回到戰場上的可能。

農曆新年過後沒多久，仁景便寄來修改好的劇本。在劇本裡也有新冠肺炎。斤培邊讀劇本邊咬嘴唇，劇本後半部多了前一個版本沒有的新冠肺炎設定。

新的劇本中，人們都戴著口罩走在街上，獨孤工作時也戴著口罩與手套。裡頭還描寫了一個奧客，被規勸要戴口罩，卻怒氣沖沖質問獨孤憑什麼多管閒事，讓獨孤吃盡苦頭。還有確診者到訪過便利店，使得獨孤也成了確診者，便利店也只能暫時歇業。獨孤住院治療時，醫院確認了他的身分，他也終於知道自己究竟是誰。知道自己的眞實身分後他很痛苦，但不知道這痛苦是因爲新冠肺炎的後遺症，還是因爲過往的回憶。最後一場戲是歇業的便利店重新開張，獨孤也回來靜靜守著這間店。戴著口罩，只露出一雙眼睛，傳達出難以言喻的心情。

在上一版的劇本裡，最後一場戲是獨孤結束徹夜工作之後，坐在便利店戶外用餐區，帶著似笑非笑、似哭非哭的表情，享用著山珍海味便當。斤培很愛那一場戲。因爲山珍海味是他與便利店老闆、與這間便利店結緣的契機，吃便當的這個場景，完整傳達了獨孤心中的遺憾，也明確傳達出獨孤決定吃著上天賜與自己的糧食，好好活過每一天的心情。斤培認爲這非常適合爲這齣都市寓言收尾。

不過這個充滿寓意的結尾在劇本修改過後消失，取而代之的是當前這個嚴峻的新冠肺炎時代。而且獨孤的眞實身分也不一樣了。斤培很不滿意這個改變。儘管獨孤最後仍是回到便利店繼續過他的生活，但劇本修改後，獨孤這個角色變得讓斤培絲毫無法產生共鳴。

「藝術必須反映當代的社會現況。」

「但還是不該這樣吧？整部作品的調性都變了。」

「不是變了，是進化了。」

「導演，我準備演出的過程中想像的獨孤可不是這個樣子。而且新冠肺炎時代，觀眾應該會需要一些溫暖的故事，我覺得這對觀眾來說太沉重了。」

「反正觀眾也都會戴著口罩來看表演啊，很符合現況，哪裡沉重了？你看連續劇的時候都不覺得很好笑嗎？裡面都沒有人戴口罩耶。我們做得到，我們可以透過這齣戲好好反映現實。」

「不必非得用這種方式反映現實吧？仁景，我知道妳確診過，感受過那種痛苦——」

「你在說什麼？你是說因爲我確診過，所以才會把疫情反映在劇中嗎？我又不是那種完全以個人親身經歷創作的人。在寫這部作品的初稿時，疫情根本就不嚴重，我也以爲疫情很快就會結束，但現在我們都在跟新冠肺炎病毒共存了！這就是我的作品進化的原因！別講得好像是我因爲確診過，反而讓作品退步了。」

兩人吵得很凶。導演和主演的意見不合是常有的事，但卻讓練習一塌糊塗。金代表夾在兩人之間左右爲難，最後還是選擇支持仁景。跟導演起爭執的演員不能上台表演，這是劇場界不成文的規定。

即便如此，斤培依然沒有退縮。最後仁景冷酷地說：

「是因爲你以前只演兒童劇，所以都喜歡溫暖的作品嗎？前輩，你難道都不想要有點改變嗎？」

「只演兒童劇」這句話，觸動了斤培不知藏在哪的憤怒開關，他無法忍受那些貶低、瞧不起兒童劇的人。他一直認爲這些人明明也曾經是孩子，卻不懂得像個孩子一樣，敞開自我接納舞台劇，所以才會說出那種貶低兒童舞台劇的話。但現在說這句話的人竟是眼前的仁景，實在讓斤培痛徹心扉。他不知該如何是好，只能站在原地消化自己的怒氣。

不知是不是因爲斤培壓抑著怒氣，站在原地動也不動，仁景開始覺得自己的話似乎有些過分，便深吸了幾口氣，試圖平息情緒。金代表則站到兩人之間調停。斤培離開練習室，他人生最好的角色被毀了，他的演員生涯也受到侮辱，而令他感到屈辱的人，還是他抱持好感的對象。還會有比這更糟的情況嗎？

從位於地下的練習室爬上一樓，斤培一邊往戶外走一邊戴上口罩。冬天冰冷的風，帶走了斤培額頭的汗珠。斤培漫無目的地走著，不知道自己該去哪裡才好。

一個月之後，金老闆主動聯絡一直躲在家裡的斤培。說等下半年民眾大多接種完疫苗之後，全國就會邁入與病毒共存的時代，舞台劇預計會在那時正式開演。斤培問起籌備進度因爲新主角還沒選好而延宕的事，金老闆便告訴斤培說，仁景還是屬意由斤培主演，現在正在修改劇本，要斤培別再耍脾氣，做好隨時都能演出的準備。

雖然不是接到仁景親自打來的電話，讓斤培感覺有些落寞，但金老闆叫自己做好準備這句話聽起來倒還不壞。畢竟做好準備隨時待命，就是斤培最擅長的事情。

到了春天，之前存下來的錢都用光了，斤培得再去找新的打工。這時，他腦海中浮現了 ALWAYS 便利店。他對自己感到很失望，竟然一直沒想到要去便利店打工。這樣他不僅能賺錢，還能順便鑽研角色的心境，更能找到跟仁景的共通話題！現在就是他去便利店找工作的時候了！

他立刻出發前往青坡洞。那裡離他居住的南倉洞不遠，走路就能到，甚至還可以經過首爾車站，感受一下街友的氣息。斤培決定前往青坡洞那間仁景親自造訪過並從中獲得靈感，而且獨孤也曾經工作過的便利店。

仁景劇本中的「ALL THE WAY」便利店，肯定就是從「ALWAYS」這個名字衍生而來的。斤培搜尋了一下，發現青坡洞的 ALWAYS 便利店有兩間。如果是 CU 或 GS25 這兩間連鎖便利店，那斤培可能得走遍整個青坡洞才有機會找到目標店家，幸好仁景選的是相對不太知名的連鎖便利店。

給仁景靈感的便利店，已經不見獨孤的身影。現在的大夜班是位年過六十的老先生，週末工讀是名年輕男性。而負責白天時段的人，也沒有看起來像是獨孤的中年男子。不過他還是找到劇本裡一名中年女性的原型。劇本中的這個角色說話的語氣和態度都極具攻擊性，一開始對獨孤很苛刻，但後來兩人和解了。這個人肯定跟獨孤一起工作過。

最重要的是，他想見見那位提供便當給獨孤，最後還讓獨孤到便利店上班的善心老闆。依照劇本中的設定，那應該是位才剛滿七十歲的老奶奶，如果有機會見到她，那斤培真的有很多問題想問。只不過他在便利店對面的咖啡廳枯坐了幾天，都沒見到疑似是便利店老闆的老奶奶出現。看來只能到便利店上班，才有可能進一步掌握更多詳細資訊。

於是，斤培便眞的化身爲獨孤，在夏夜裡守護著這間便利店。在這裡工作的同時，他可以鑽研角色，更能深入了解便利店的工作情況。他想跟店長詢問獨孤、便利店老闆是怎樣的人，以及這兩人之間的關係。不過就在他開口提問之前，店長便已經告訴他，那個會在晚上來店裡拿啤酒，「自稱是老闆」的人，其實是老闆的兒子。現在他也有機會透過老闆的兒子取得自己想要的情報，這樣說不定還比從店長那裡問要快一些。畢竟奧客、瘋子、老番顛、愛仗勢欺人的傢伙，都是斤培很熟悉的對手。

夜晚的便利店。

現在這個地方，占據了斤培所有的時間與空間。

一天，他的手機突然震動了一下，他拿起手機看了一下，發現是仁景傳來的訊息。訊息裡什麼也沒說，就只有一個檔案，是修改好的劇本。斤培打開那份經過仁景修改無數次的劇本來讀。恰巧夜裡沒有客人的便利店，是很適合專注讀劇本的空間。

口罩也存在於劇中的世界，這是一齣準備好與新冠肺炎共存的戲碼。只是劇中的獨孤沒有確診，仁景拿掉了他在治病過程中，得知自己眞實身分的設定。整齣戲最後一個畫面，回到原本那個下班之後，在晨光照耀下享受山珍海味便當的場景。雖然最後結束在獨孤吃完便當，重新戴上口罩，但確實保留了斤培喜歡的氛圍。

仁景升格當導演之後變得比以前更加固執，但從這一版的劇本來看，她似乎也已經做出不少妥協。結局反映了斤培的想法，同時也寫出了她見證的新冠肺炎時代。斤培雖然很感激她，卻也還有些無法釋懷，因而沒辦法主動聯絡仁景。既然劇本都出來了，那金老闆應該很快會安排兩人碰面，斤培決定到時再好好跟仁景說清楚。

謝謝她辛苦修改劇本，謝謝她接受不成材卻固執己見的演員。

隔天晚上，午夜十二點左右，斤培進到後面的冷藏庫補飲料。這時他聽見有人推門進來的聲音，便想著趕緊先把所剩無幾的啤酒補滿，然後再去招呼客人，沒想到客人卻恰好從前面打開了冰箱門要拿啤酒。

他嚇了一跳，並不是因爲他人在冷凍庫裡，客人卻恰好打開冰箱門，而是因爲上門的客人就是仁景。塗著濃密睫毛膏，睜著大眼往冰箱裡探頭挑選啤酒的仁景，絲毫沒有注意到在後頭補貨的斤培。

斤培趕緊離開冷凍庫，恰巧跟提著整籃啤酒的仁景碰個正著。她看到身穿店員制服的斤培出現，才露出滿意的神情，並將整籃啤酒放在櫃檯上準備結帳。

「買四根海尼根！」

「四瓶就四瓶，幹麼突然說這麼冷的笑話？」

「你不是喜歡這種冷笑話嗎，前輩？」

斤培不置可否，只是趕緊替仁景結帳。仁景突然拿起櫃檯上的一罐啤酒，直接打開喝了起來。

「妳要等結完帳再喝啊。而且現在已經過晚上九點了，根據新的規定，妳現在不可以在店內飲食！」

「我就口渴啦，不然要怎麼辦？」

「妳……眞是奧客耶。」

「我承認。」

「幹麼突然跑來？都這麼晚了。」

「我本來就都是選這時間過來的。你看得到對面的公寓嗎？三樓那個關著燈的窗戶，我的劇本初稿就是在那寫的。」

斤培順著仁景手指的方向看過去。原來仁景就是在那個地方，看著獨孤與喝醉的客人在戶外用餐區說話。

「既然你都讀完劇本了，是不是該給我一點回饋？」

「嗯，還不錯啦。」

仁景對這個回答不是很滿意，仰頭又喝了一口啤酒。

「你會演吧？」

「當然，沒看我現在就在這裡練習嗎？」
仁景笑了一聲，用覺得這一切很有趣的神情看著斤培。
「聽金代表說你在這裡工作的時候，我有點嚇到，覺得很神奇。今天來這裡一看，發現你真的好像獨孤大叔。雖然獨孤大叔的身材更有稜有角一點，而前輩你則是圓滾滾的……總之，你們很像。」
「辛苦妳啦，改劇本很辛苦。」
「演員黃斤培我也會好好調教一下的，你可要跟上我的速度喔。」
「好啦。」
「好，那下禮拜就要展開斯巴達式練習，你趕快辭掉這邊的工作吧。」
「這可能有點困難耶。」
「又怎麼了？」
「大夜班的人很難找，而且我也還得繼續多挖一點情報才行。我還有事情想問店長，而且最近才好不容易遇到老闆那個無賴……」
看仁景的表情越來越僵硬，斤培就沒敢把話說下去。仁景低著頭稍微調整呼吸，然後又開了第二罐啤酒。彷彿是要讓斤培知道自己怒火中燒似的，她咕嚕咕嚕連喝了好幾口，然後直勾勾地盯著斤培。

「前輩，人生就是必須不斷解決問題。我寫出了人生中最重要的作品，結果遇到新冠肺炎疫情爆發，拿到疫情補助之後又確診，改過的劇本又被主演的演員反對……我真是……前輩，這之中最難解決的問題就是你了。」

「就到這個月底，如果到時還找不到大夜班，那我就乾脆叫金代表來這裡上班。」

「這個回答還算不錯。」

仁景再瞥了斤培一眼，然後又喝了口啤酒。斤培以堅決的態度對仁景說：

「那現在就麻煩妳到店外去喝吧，奧客小姐。」

這個另類的奧客離開之後，便利店又再度恢復平靜，彷彿剛才什麼事情都沒發生過。斤培獨自站在店內，不自覺笑了出來。成爲仁景人生中最難解決的問題，似乎也還不壞。不，斤培甚至覺得有點開心。就在斤培偷偷露出微笑時，冰箱的壓縮機發出嗡嗡聲，努力運轉了起來。

夜晚的便利店，與斤培一起呼吸著。

行政工讀生

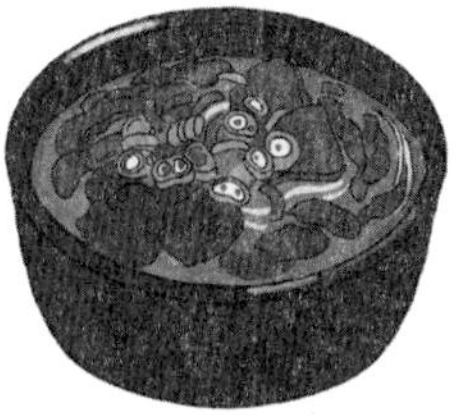

此生完。

過去這一年來，岷植總把「此生已經完蛋」的縮語當感嘆詞用。尤其前面再加上一句髒話，「此生完」簡直成了他對自己疲憊的身心所做的自嘲式鞭策。若說值得安慰的是，岷植這一生並沒有完蛋，而是新冠肺炎造成地球即將滅亡，迫使他的人生不得不走向終點，那他還挺樂見疫情來襲的。

新冠肺炎。

原本下定決心要東山再起的創業家岷植，因新冠肺炎又再度跌了一跤，這個叫新冠肺炎的傢伙，眞的可說是岷植甩也甩不開的人生夥伴。被基龍那小子擺了一道，再度遭遇挫折之後，岷植重新想了一個「專營外送外帶餐廳」的企畫，賭上全部的身家打算再拚最後一次。這個靈感來自受到大環境影響，餐飲外送外帶比例大幅提升的市場現況。他規畫推出沒有店面，只有廚房供餐的經營模式，並有意擴大成能遍及全國的連鎖事業。岷植深信，這個作業流程一定能在受新冠肺炎影響的不景氣中殺出一片天。

這個因應新冠肺炎而誕生的事業項目，被岷植命名為「帶送廚房」。主打「外帶外送給您超值享受，顧客百分百滿意度至上」的新服務，他還積極推出連鎖加盟方案。他已經跟外送業者開過會，也準備要和現有的連鎖業者合作。

雖說過去他的事業，都是遊走在法律邊緣的灰色地帶，一不小心就可能要坐牢，但這次他做的可是正經生意，他對此信心滿滿，也認為這個計畫肯定能贏得媽媽的信賴，並且讓媽媽賣掉便利店，拿那筆錢來投資他的事業，這麼一想果然天無絕人之路。一直到那時，岷植都還深信新冠肺炎是能為他帶來好運的幸運之星。

直到他自己確診之前，他都還是這麼想的。

一年前，岷植到江南區某處與客戶開會，回家後便確診了。當時是五月梨泰院爆發新冠肺炎群聚過後一星期，他確診後立刻被隔離。發燒超過四十度，讓他感覺全身都像是要燒起來一樣難受，他昏昏沉沉在病床上躺了好幾天，完全無法打起精神來做別的事。解除隔離之後，後遺症又糾纏了他一個月。兩個多月來都徘徊在生死邊緣，讓他的創業計畫全部放水流。

幸好媽媽一直不在家。如果當時媽媽跟他一起住在公寓，很可能就會把病傳染給媽媽。岷植甚至不敢去想，要是媽媽染上了會有多麼可怕。他都還沒有機會孝順媽媽，如果現在又把病毒傳染給媽媽，那肯定會被姊姊給罵個臭頭，姊姊可是等一個教訓他的機會等了很久。媽媽是岷植人生中的浮木，也是牽制姊姊，讓岷植得以順利繼承便利店的唯一援軍。

媽媽原本就有呼吸道問題，在新冠肺炎疫情爆發的三月，她便搬到遠離首爾的梁山去跟阿姨住。現在看來，這個決定實在是神來一筆。岷植不得不承認，媽媽的直覺的確非常準。只是媽媽不在家中，生了病獨自躺在家中的他，感到孤單、難受又淒涼。就是從這時候開始，岷植對一切都失去了興趣。「此生完」這句話，也就像隻脫韁野馬在他腦海中亂衝亂撞。

不知不覺來到夏天。

岷植依靠著老舊的空調，過著廢人般的生活。他沒有能找來家裡聚會的朋友，也不知道該找誰安慰自己。他三餐不正常，每隔幾天就到便利店去拿免錢啤酒喝，這是他唯一會外出的時候。但每次去拿啤酒，就得聽善淑阿姨在他耳邊嘮叨，壓力眞不是普通的大。善淑阿姨當上店長之後，便開始干涉店裡的大小事，那模樣就像過去從沒選上班長的人，在出了社會得到管理職之後，想一吐學生時期累積的夙怨似的。她甚至會不把岷植這個老闆講的話當一回事，當面對岷植發牢騷。

「姜老闆！你喝酒也節制一點！天啊，看看你那個啤酒肚！就算是爲了你媽媽也好，振作一點吧，到底要廢到什麼時候？」

前幾天出門補啤酒時，岷植才一踏進店裡就聽到她開始數落自己。換成是以前，管她是阿姨還是媽媽的朋友，岷植肯定都會回嘴，但現在他連生氣都嫌麻煩。而且在這個熱到幾乎喘不過氣的夏天，出門還得戴著口罩，岷植就只想趕快帶著啤酒逃回家中。善淑阿姨一邊把啤酒裝袋，一邊唸岷植不要整天只顧著喝酒，還一邊往袋子裡塞了個便當。

是山珍海味便當。

岷植噗哧笑了出來。曾經事業一帆風順的時候，他餐餐都只吃眞的山珍海味。當時的他，經常光顧那些受到政商名流喜愛的餐廳，會在每個季節去找提供當季食材的餐廳品嘗美食，也很熱愛飯店的精緻套餐。但他現在能夠享用的，就只有幾樣簡陋小菜配白飯，空有山珍海味之名，毫無山珍海味之實的便當。感覺就連這便當都像在嘲笑他的失敗。

岷植帶著打了敗仗的心情回到家，直接開了罐啤酒來喝。他原本不太愛喝啤酒，卻因爲基龍那小子而迷上愛爾啤酒，現在都只喝愛爾啤酒了。他甚至懶得把啤酒倒進玻璃杯裡，一開罐就咕嚕咕嚕把整罐喝光。接著又立刻開了下一罐。

連續喝了幾罐之後，岷植打了個嗝，然後他才意識到自己一整天什麼也沒吃。不得已之下，只好拆了阿姨塞給他的便當。他一手捧著便當，一手拿著筷子，開始把白飯跟配菜往嘴裡塞。是因爲眞的餓了嗎？這便當竟意外美味。岷植就像街友在外頭吃免費愛心供餐一樣，當場把便當吃個精光，連一小顆飯粒也不剩。

只是最後的涼拌菜讓他覺得哪裡不太對勁。岷植想到剛才在咀嚼的時候，似乎有一股餿味，便趕緊看了一下便當外包裝，仔細確認上頭的有效期限……哎呀？居然是兩小時前過期的東西。

竟然吃了報廢便當！

岷植實在忍無可忍，立刻拿起手機撥電話。稍後，便聽見話筒那頭傳來善淑阿姨陰沉的聲音。

「幹麼？姜老闆？我現在很忙。」

「阿姨！妳太過分了吧？」

「是吳店長！我們講好說你要叫我店長了！叫什麼阿姨？你以爲我是開餐廳喔？」

「我管妳是店長還什麼長，阿姨！妳怎麼能讓我吃報廢便當啦？我現在上吐下瀉快死了啦！我現在什麼事都不跟妳計較，妳就越來越過分了喔！」

「拜託，那個才過期兩小時而已好不好，我也跟你一樣吃了過期兩小時的便當，我就沒事啊。」

「哈！妳的意思是說，因爲我滿肚子大便才會這樣囉？妳怎麼能這樣啦？」

「你當然是滿肚子大便啊，看看你肚子大成那樣！呵呵呵。」

「什麼？妳是在笑我嗎？妳是不是以爲有我媽給妳撐腰就能囂張？我是眞的可以開除妳喔!!」

「什麼？囂張？我們就把話講清楚，岷植，阿姨可是從小看著你長大的，你說這話難道不會太過分嗎？我還願意叫你一聲老闆，你就別要求太多了。你以爲我沒遇過像你這種愛抱怨的奧客啊？天氣這麼熱又拉肚子的話，哪還會有力氣跟你一樣打電話來跟我吵？你少在那裝了。還有，你要是爲店裡的營收著想，當然應該要吃報廢品而不是一般的便當。我們現在是一條船上的人了，工讀生也都爲了店裡的營收著想，自動自發挑報廢品來吃。你好歹是老闆，就因爲這點小事在那發神經？」

「哇，妳也太自以爲是了吧？哪有人這樣管理店鋪的？我要免除妳店長的職位了。阿姨，從今天開始妳被解僱了！炒魷魚!!」

「解僱你個大頭，你少胡說八道。要是沒有我，這間店要怎麼辦？」

「我會自己看著辦啦。」

「岷植，我不會被你解僱的，你沒有實際的人事權啊，去叫你媽解僱我，到那時我就讓你解僱。」

「哼！又拿我媽出來壓我，你以爲我辦不到嗎？」

「你當然辦不到，你已經兩個多月沒跟你媽聯絡了吧？昨天你媽媽還跟我抱怨呢，說養了個兒子都不會主動聯絡，你這個樣子你媽會聽你的嗎？而且現在我兒子也有工作了，便利店這裡我隨時都能辭掉。我是爲了你媽媽才繼續來上班的，你懂嗎？所以你最好感謝我，就算要解僱我，也等你準備好接下這間店再解僱我，聽懂沒？到時我一定乖乖給你解僱。」

嘟——嘟——嘟——嘟——嘟——

岷植連反擊的機會都沒有，電話就被掛斷了。

不，他甚至覺得幸好電話掛斷了。阿姨毫不留情地回擊，他實在招架不住。本以爲善淑阿姨只是嗓門大了點，沒想到她能這樣有條有理地一一反駁，每一句話都打在岷植的弱點上，讓他無法回嘴。先是提到啤酒肚惹火了他，等他發起火來，就搬出自己的長輩身分，數落岷植就像奧客、只是名義上的老闆而且還是個不孝子，最後再攻擊他沒能力，毫不猶豫地使出不間斷的五連發攻擊。阿姨強大的火力，讓岷植被打得連頭蓋骨都隱隱作痛。

岷植又氣又委屈，一口氣喝光剩下的啤酒，以撫慰自己受傷的心靈，然後倒頭就睡。

隔天下午兩點，他收到姊姊的簡訊。他才剛吃了又燙又辣的泡麵嘗試替自己解酒，但似乎沒什麼太大作用。雖然嫌煩，他還是查看了訊息，果不其然，姊姊總是只說重點。

約好的事別忘了。

不知道究竟是要說什麼重要大事，姊姊特地跟他約在位於新龍山附近，客人大多是公務人員的一間韓式定食餐廳。姊姊還特別傳簡訊提醒岷植，別忘記兩人今晚有約，這讓岷植很是好奇。

這間餐廳的裝潢跟店員的服務態度都滿有高級餐廳的風格，最重要的是，店內的菜色都是山珍海味。岷植忙著吃飯，姊姊則忙著對他說教。岷植注意到姊姊的皮膚變得很光滑，似乎是特別用心保養，好像很怕大家不知道她是皮膚科醫師一樣。看岷植的反應很是敷衍，姊姊決定將說教的工作交棒給姊夫。姊夫那張大臉泛著油光，讓岷植聯想到加了很多藥材燉煮的養生湯頭，忍不住笑了出來。

姊姊說，媽媽正在考慮是不是要賣掉營收一直沒有起色的便利店，要岷植趁這個機會一起加把勁說服媽媽把店收起來。岷植說現在便利店是他工作的地方，也是他賴以維生的收入來源，絕對不能賣掉，姊姊便改口要岷植把媽媽住的那間房子賣了。新冠肺炎疫情沒有改善的跡象，媽媽似乎得一直住在梁山的大阿姨家，姊姊認爲岷植根本不需要一個人住那麼大的房子。她甚至還說，已經在醫院裡騰出一個能住的空間給岷植，讓他趕快賣了房子搬過去。

意思就是說，姊姊跟姊夫要開醫院。

他們夫妻購入位於瑞草區方背洞的四層建築，打算在那裡開一間皮膚科診所。他們已經賣掉原本在東部二村洞的房子，並把手上所有的錢都投了進去，甚至還完成融資貸款。但還缺一部分的費用，他們便想用岷植的便利店還有媽媽的公寓來填補。

岷植以敷衍不屑的悶哼聲回應姊姊的提議，讓姊姊忍不住嘆了口氣，然後怒瞪著岷植，岷植自然是不甘示弱地狠瞪了回去。姊夫爲了緩解氣氛，便轉移話題，問起岷植肺炎後遺症是否好些了。

「你還記得要關心我啊，姊夫？我的後遺症很嚴重，已經失去味覺了，超級慘，所以便利店跟公寓我都不能放棄。」

「難怪，我就覺得小舅子你看起來狀況不太好。事業碰到瓶頸，染疫的後遺症又一直讓你很困擾，這也是難怪。所以我才會想說等我們蓋好醫院，就先提供你居住空間，不然就是——」

「不用說了啦，老公，他還搞不清楚狀況，他不行啦。」

姊姊語帶抱怨的一句話，反倒激起岷植的好勝心。

「姊，妳開醫院才是不行吧？妳是在說誰不行啊？」

「你沒有要幫忙，就不要在那裡亂講話。」

「要不要幫忙，還得看一下才知道啊。姊夫，你剛剛要說什麼？」

岷植轉頭看向姊夫。

「小舅子，反正等我們醫院規模擴大之後，要做的事情就會變多，我們想趁這機會換掉現在的祕書長。他真的不太會做事。所以我想說，讓小舅子你來當我們的祕書長……」

這番話勾起了岷植的興趣，他忍不住吞了口口水，卻差點被姊夫發現自己被說動了。心動歸心動，但姊姊的態度實在是太冷漠，他又從姊夫滿是油光的臉上，感覺到他們似乎是想一個扮黑臉，另一個扮白臉，利用這種軟硬兼施的手法來說服自己。以前當刑警的郭先生曾經教過他，「先是一個人扮黑臉讓你嘗盡苦頭，然後再換另一個人扮白臉，用比較溫柔的態度來說服你。」這是操控人心的典型技巧。雖然岷植現在確實有些精神不濟，但也不至於會被這種雕蟲小技騙倒。

「給我當祕書長然後咧？當個半年就叫我走路嗎？」

「我們不會這樣對家人啦。小舅子，你現在可能是因爲事業低潮，所以才這麼沒有自信，但你曾經是成功的創業家，手腕又很好，我們要上哪去找你這樣的人才？你姊姊跟我都覺得，現在該是我們合力創業的時候。」

「好喔，那你們就先拿一份終身合約來給我簽吧。」

「你最大的問題就是態度啦。喂，姜岷植，你怎麼能把家人當騙子？你不能因爲自己是騙子，就把我們都當騙子啊。」

「拜託，我只是想看妳會對我的話有什麼反應，所以才故意這樣說的。我們果然不能一起工作啦，我哪有可能在妳底下做事，天天受妳的氣啊？」

「小舅子，最近你姊姊壓力比較大啦，你體諒她一下。決定讓你來當祕書長的事情是我們共同協議好的，合約？弄一份就好啦。」

「欸，怎麼能讓個騙子來當祕書長呢？我吃飽了，先走了。」

準備起身離席的岷植，注意到姊姊慌亂地伸出手想拉住他。本來想視若無睹直接離開，卻還是因爲姊姊臉上的迫切而重新坐回位置上。姊夫在姊姊耳邊悄聲說了幾句話，姊姊很快明白他的意思，便要他不必再多說，並轉頭直視岷植。

「媽媽被診斷出有輕度的認知障礙，這是失智的前兆，隨時都可能發展成失智症。

我們必須爲了未來做好準備。」

岷植完全想不起來那天姊姊請的那頓精緻套餐料理，究竟都上了些什麼菜。他也完全記不得自己吃了些什麼。是因爲這個消息讓他太過震驚嗎？姊姊說媽媽是什麼障礙？失智的前兆？一旦發展成失智就無法根治，會越來越嚴重？還說失智就是這樣一種疾病？

姊姊說，媽媽從現在開始必須努力預防失智，如果想好好整頓一下家族的資產，那就必須提前從現在開始跟媽媽討論看該怎麼分。恰巧這時候他們看上一棟地段不錯的四層建築，可以開一間有模有樣的皮膚科診所，並強調這絕對會是能讓他們一家子人幾代不愁吃穿的基礎。最重要的是，媽媽和岷植都是她的親人，她哪裡可能只爲了自己去買這棟樓，她是爲了大家的未來著想，所以希望岷植能爲開診所盡一份力。

這次換姊姊扮白臉了。她眞誠地看著岷植，還提到說岷植的事業如果順利，她也會幫忙，然後又強調外甥女俊熙很愛岷植這個舅舅。姊夫接著扮演黑臉，提醒岷植如果不幫這個忙，那他們夫妻可能得背一輩子的貸款，未來岷植自然也不會分到任何好處。最重要的是，未來某一天媽媽可能會因爲失智症而住院，如果想讓媽媽住到比較好的地方，那自然會需要穩定的資產。所以岷植如果不幫這個忙，那未來這些開銷都得要由身爲兒子的他自己去負責。

岷植聽得暈頭轉向。居然不是媽媽照顧我，而是我要照顧媽媽？以後可能吃不到媽媽親手做的，調味調得恰到好處的蛋捲了嗎？雖然這段時間他跟媽媽經常一言不合就起爭執，但媽媽依然是媽媽。媽媽對岷植來說，就是在外闖蕩過後唯一能夠停靠的港灣，那港灣以後卻有可能再也認不得自己？在這個人人都很長壽的百歲時代，媽媽才剛過七十歲而已，她還有三十年可活，上天怎麼能給媽媽和自己這樣的考驗？還有，媽媽爲什麼從來不跟自己說這些事，只跟姊姊說呢？話說回來，自己眞的有辦法負起責任照顧媽媽嗎？

一個接一個的問題成了魚鉤勾住岷植，不斷拉扯著他的腦袋。想這些問題讓他頭痛得要命，卻沒有人能爲他解答。姊姊跟姊夫都只是看著一手扶著額頭，拚命喝水的他。他們似乎是在向岷植做一場沉默的示威，意圖讓岷植知道他煩惱到最後只能選擇投降。

最後他們三人起身離開餐廳，臨走前姊姊要岷植好好想清楚，有結論了再聯絡她。姊夫塞了個信封給岷植，要他去買點補品來幫自己好好補一補。兩人往停車場走去，岷植則呆站在原地許久，才終於回過神來，伸手攔下正好往自己駛來的計程車。

回到家打開姊夫塞的信封一看，裡頭裝了兩百萬韓元。就算是要買補品，這些錢也太多了。錢總是能傳達一些弦外之音，人的每一筆支出都有他的用意。曾經多次創業的岷植，深知要讓人掏錢是多麼困難的一件事。所以他也很清楚，姊夫的意思是要他收下這兩百萬韓元，並支持他們開醫院的做法。姊夫用這筆錢買下岷植，岷植卻覺得自己像被姊夫用鈔票賞了巴掌。岷植不甘地想：竟以爲能用區區兩百萬韓元收買我姜岷植？兩億韓元都嫌少了，拿兩百萬給我買個補品，就以爲我會乖乖聽話？

還眞是癡人說夢啊！

岷植煩惱了幾天，才終於主動打電話給媽媽。姊姊已經事前警告過他，在媽媽沒主動提之前，千萬不要談到任何跟失智有關的字眼，所以岷植只是詢問媽媽的近況。

媽媽說梁山的生活平靜悠閒，接著又說姊姊曾經向她提議賣了便利店，她告訴姊姊說岷植擔任便利店老闆的這段期間，沒辦法把店賣掉。媽媽的這番顧慮，是善淑阿姨和姊姊沒有告訴他的部分。

岷植差點要把「媽，聽說妳在考慮要賣掉便利店？」「媽，妳不是說我都不聯絡妳，妳很氣我嗎？」之類的話說出口，卻在聽見媽媽故作輕鬆的語氣之後，決定把這些話吞回肚子裡去。媽媽的話裡，滿是對岷植與便利店的擔憂。岷植則一直壓抑自己眞正想說的話，不停叮囑媽媽要好好照顧自己。他最後補充說，自己一定會把這間店管好，要媽媽別擔心店裡的事。最後留下一句之後會再跟媽媽聯絡，便結束這次通話。

岷植下定決心，要好好保護這間便利店。保護它不被姊姊賣了，保護它遠離任何其他的壓力。

只是這之後，他又躺了一個星期，整天只看綜藝節目跟網飛上的片子。天氣實在太熱，岷植一點幹勁也沒有。便用姊夫給的那兩百萬韓元叫外送、讓自己吃好料。也許姊姊跟姊夫，就是想用現金這種毒來搞垮岷植也說不定。叫外送的時候，岷植總會忍不住想起自己的帶送廚房計畫，接著又想到自己確診後那段生不如死的時間，然後又想起差點被基龍的花言巧語所騙，徹底失去媽媽信賴的過往，岷植心裡很不好受。

爲了撫慰內心的難受，岷植再次借助酒精的力量，這世上或許再也找不到比他更頹廢的人了。一個星期過去，他不僅一點都不擔心媽媽，更沒有再跟媽媽聯絡。善淑阿姨爲了便利店的事情打給他，他也沒有接。值得慶幸的是，岷植至少對自己如此頹廢生活還有自覺。至少他的意志力還沒有徹底消失……於是他又再一次搬出那句咒語。

可惡，此生完。

幾天後的晚上，姊姊又打了電話來。岷植白天喝了酒之後倒頭就睡，姊姊打來的時候他還昏昏沉沉，不知道自己睡了多久。電話鈴聲就像不懂得什麼叫做放棄的鬧鈴，吵得岷植不耐煩地接起電話。

姊姊說自己現在人在便利店，並高聲質問岷植究竟是怎麼經營的。慌張的岷植瞬間繃緊了神經，嘗試揣測姊姊的想法。沒錯，她肯定是想要用岷植沒有把便利店經營好當藉口，再去說服媽媽把店給賣掉。

岷植本想提高分貝跟姊姊吵，但還是決定忍下來，並要姊姊在便利店等他一下。他需要先削減姊姊攻擊的火力，爭取準備反擊的時間。他刷了牙、洗了臉，反覆想像自己站在姊姊面前跟她對峙的情景。但岷植還是不免感到害怕。

從小就是這樣，岷植總是講不贏姊姊。如果只是講不贏她那還好，但除了口才輸掉之外，成績也不如她，更不用說姊姊經常能贏得大人的稱讚。小學時，他甚至連比腕力都會輸給大自己兩歲的姊姊。好不容易到了國中，岷植身材抽高、手臂也變粗，卻還是不知道怎麼樣用力量壓制姊姊。相較之下姊姊會說話又聰明，儼然成了岷植難以超越的存在。

所以岷植完全不知道該如何贏過她。在自己事業順風順水的時候，岷植本來能靠財富壓過她，但最後也失敗了。現在只能小心翼翼地偶爾反抗或頂個嘴。

岷植壓抑內心的恐懼，堅定自己破釜沉舟的決心，踏出家門前往便利店。

一到便利店才發現，姊姊已經開始在跟別人打仗了。岷植像個小偷一樣，輕輕推開玻璃門進入店內，躲在貨架之間偷看現場局勢。

「這也太隨便了吧？什麼叫做『賺到吐』啊？」

姊姊氣憤地不知拿著什麼在大夜班職員面前晃個不停。仔細一看，發現那是一張商品介紹傳單，上頭寫著這樣的內容：

超甜組合，大特價!!
全部帶走，賺到吐!!

「這是商品介紹啊，『賺到吐』是想強調很優惠的意思，哈哈哈。」

站在櫃檯內的大夜班男子，傻呼呼地回應姊姊的問題。

「你說這是你寫的吧？請你不要這樣，真的很沒格調。你不要誤以為你這樣很幽默。」

「其他客人都沒有說什麼，還有人覺得很好笑，特地拍照下來耶，哈哈。」

「你覺得我說的話很可笑嗎？」

「沒有，哪裡好笑了？我能理解，的確可能會有人覺得沒格調，但我也沒有必要非聽妳的話不可啊。」

就在這一瞬間，岷植可以想像姊姊怒目瞪著大夜班的樣子。

「我是姜老闆的姊姊，我剛才跟他通電話時你在旁邊也聽到了，你居然還敢這樣跟我頂嘴？」

「我剛剛也跟妳說過了，很多人都聲稱自己認識老闆。」

這次岷植彷彿看見姊姊頭上像漫畫人物一樣冒著火。

「我看起來像那種假冒老闆朋友的人嗎？你給我講清楚喔。」

「不管怎樣，我還要服務其他的客人，哈哈，希望妳現在就離開……」

哈！看這個男的對付姊姊的樣子，讓岷植大呼痛快。

「你以為我只是因為這個標語才這麼生氣嗎？你名牌上怎麼會寫洪金寶？你以為便利店是讓你來玩的啊？」

「妳不認識洪金寶嗎？他是很棒的香港演員耶。以妳的年紀，應該會認識他才對啊……」

「你說什麼？眞是神經病耶！快點把你的本名告訴我！」

「我叫神經病。」

「什麼？」

「妳不是說我是神經病嗎？」

「你不要在那邊跟我瞎扯一堆，快把你本名告訴我！」

「這妳不需要知道，但我倒是可以說出妳的名字，妳就是奧客，惹人厭的客人。只要我把這個話筒拿起來，警察就會從距離這裡五分鐘路程的派出所衝過來，所以妳還是快走吧。」

姊姊氣得七竅生煙，只能拚命跺腳。但眼前那名男子身材魁梧，而且也不像一開始那樣笑臉迎人，說話又鏗鏘有力，給人一股不容忽視的壓迫感。

就是這個！自己也應該像這樣壓制姊姊才對！一開始先隨便應付她，要是她不懂得知難而退，就應該嚴肅起來堅持原則不退讓。

男子第二次警告姊姊不離開就要報警之後，她終於氣沖沖地轉身走了。岷植往窗外一看，發現姊姊正試圖平息自己的怒氣，並且拿起電話不知要撥給誰。這時，那名大夜班男子發現了岷植，瞬間眼睛睜得老大。岷植對他眨了個眼，然後推開店門走到姊姊身邊。

「妳在那幹麼？」

岷植裝成才剛剛抵達，正要開門走進店內，才發現姊姊站在外面的樣子。姊姊一看到岷植就氣得兩眼冒火，立刻朝他衝了過去。姊姊說裡面的大夜班剛剛把她趕出來，連珠炮似的質問岷植怎麼能僱用這種人。岷植沒多說什麼，只是聳聳肩就逕自走入店內。

「欸，剛剛發生什麼事了？」

岷植對大夜班眨了個眼當做暗示。

「啊，老闆，這位小姐一直說她是你的姊姊，我實在沒有辦法確認這是不是真的。她真的是你姊姊嗎？」

「她是我姊姊，你剛剛對她不禮貌嗎？」

「糟糕，那真的是我錯了耶，真是不好意思。我們店裡的規定就是這樣，所以我也只能這樣處理。」

男子九十度鞠躬向姊姊道歉，姊姊很快消了氣，煩惱著該對這名向自己鞠躬道歉的男子說些什麼。沒想到她竟把岷植當成出氣的對象，轉過頭怒瞪著岷植。

「你怎麼管理這間店的？商品介紹這麼幼稚低俗，員工還別著那種不正經的名牌，你真的要把這種人留在店裡喔？這就是你盡心盡力經營管理的結果嗎？」

「姊，這個人很誠懇踏實耶。也許在妳住的社區，高級一點的便利店標語能行得通，但我們這裡國高中生很多，也有不少長輩啊，這點幽默是必須的啦。」

「這不是幽默，這根本拉低了整間店的格調！你到底都什麼時候上班？我聽說白天是善淑阿姨值班，所以就晚上過來看，結果這是怎樣？我一定要跟媽講。說你根本都不來店裡，把整間店交給一個亂七八糟的工讀生。」

「好啊，但媽媽會聽妳的嗎？」

「難不成她會聽你的嗎？媽媽知道你把店裡的事情全都推給阿姨！」

「哈！笑死人了！阿姨是以店長的身分幫忙管理店鋪，老闆是我，事情都是由我決定的。」

「你是眞的有決定權的老闆嗎？那你就應該要說服我啊。」

「我要怎麼樣才能說服妳？嗯？妳說啊。」

接著姊姊立刻舉起手指著大夜班。

「把這個人炒了，這樣我就相信你。」

瞬間，岷植整個人僵住。雖然他平常老把要炒員工魷魚掛在嘴上，但他可沒有眞的這麼想。見岷植猶豫的模樣，姊姊露出一副早就料到會這樣的笑容。

「看吧，你根本沒有實權。」

一定要反擊，無論如何都得說點什麼反駁她。

「什麼啦！是因爲大夜班很難找，所以我才要考慮一下。喂，不好意思，你就做到這禮拜吧。」

岷植轉頭對男子說。

掛著洪金寶名牌的男子歪了歪頭，瞇著眼露出看起來應該是在笑的表情。

「那個，突然這樣被通知解僱是讓我有點不知所措啦，現在是建議我主動離職對吧？這間店的員工不到五人，所以我也沒辦法去申訴你『不當解僱』。」

「什麼不當解僱？是因爲店裡的狀況，而不得已要你走人！」

「不過就算公司員工低於五人，我還是能請公司支付預告解僱薪資*唷。我昨天到職滿三個月了，所以沒有例外喔。」

「預告解僱薪資？那又是什麼？」

「資方若要解僱員工，必須在三十天以前通知員工，或是支付三十天份的標準工資作爲預告解僱薪資。你現在通知我下星期離開，時間不到三十天，所以必須要支付預告解僱薪資給我。你做好準備了嗎？」

「怎麼這麼複雜？這、這……」

「看吧，你連解僱一個人都不會，算什麼老闆啊？」

岷植想要反駁，卻完全無話可說。他戰戰兢兢地低頭看著自己的腳，耳邊彷彿能聽見姊姊被口罩遮住的嘴正在恥笑他的聲音，額頭直冒冷汗。

「老闆！」

「嗯？」

「不能因爲你是老闆，就這樣隨便解僱員工啊。」

大夜班一席話，讓岷植與姊姊一起轉頭看著他。

「老闆是因爲有能力解僱員工才叫老闆嗎？要有能力僱用別人並創造收益，那才叫老闆吧。老闆，這幾個月來你不是幫了我很多忙嗎？店長可以這麼認眞管理整間店，也是因爲有老闆你的幫忙啊。昨天店長還跟我說，我們店的營收很快要轉虧爲盈了呢。她說都是因爲老闆很照顧員工，所以我們的營收才會增加，所以我覺得姜老闆的能力眞的很好。」

「對啊！我就說嘛！果然，那個金寶跟我很合得來……我就是這樣才沒辦法解僱他啦。抱歉，金寶，我要取消剛才說解僱你的那句話。」

「謝謝。」

岷植滿意地點點頭，並轉頭看向姊姊。姊姊盯著岷植與金寶，臉上的表情就像在說眞搞不懂這兩人在演哪一齣戲。

「妳聽到了吧？我就是這樣的人，是獲得員工認可的老闆，都是因爲妳，我差點把一個好員工給裁掉了。隨便解僱別人可不是老闆該做的事，懂了嗎？」

姊姊一臉不屑地看著岷植，並忍不住搖了搖頭。

＊韓國規定到職三個月後若要解僱員工，應於至少三十天前通知，如果未於三十天前通知，則資方需要支付一個月的薪水給員工。

「你眞的讓我失望到無言，這些事情我都會跟媽說，你給我聽清楚了。」

「去講啊，要記得說我是個受尊重的老闆，知道嗎？呵呵。」

姊姊皺著眉頭離開便利店，岷植心中浮現一股難以言喻的痛快感。接著他轉身看向金寶，對金寶豎起大拇指表達感激，金寶則回以一個ＯＫ的手勢。

就這樣，岷植心滿意足地回到家，並睡了一個好覺。這段時間他一直受失眠所苦，所以才會每天藉著酒精的力量入睡。但睡眠品質並不好，總是讓他整個人昏昏沉沉⋯⋯今天他難得沒有做任何一個夢，也沒有絲毫不安穩，順利的一覺到天明。果然，穩定的精神狀態對睡眠來說非常重要。在跟姊姊的爭執中獲勝，讓岷植可以安心睡上一個好覺。

起床後他看了看時鐘，發現時間是早上八點。他很快準備好出門，前去便利店見昨晚幫他打了場勝仗的助手，他想以老闆的姿態好好稱讚對方一番。昨晚金寶面對姊姊的態度，讓岷植感覺像有人代替他上了戰場。

簡單來說，就是岷植感覺自己終於有了援軍，他已經好久沒有這種與人並肩作戰的感覺了。岷植這才明白原來他一直孤軍奮戰至今，這始終讓他孤單又難過。

岷植推開玻璃門進入店內，站在櫃檯裡忙著交班的善淑阿姨一看見他，就像看見鬼一樣嚇到僵在原地。阿姨，我可是老闆耶，妳爲什麼要這麼驚訝呢？岷植在心裡偷偷嘲笑善淑阿姨的醜態，一邊詢問善淑阿姨店裡的營收何時會轉虧爲盈。沒想到善淑阿姨卻露出莫名其妙的神情，好像在反問岷植，怎麼一大早就在做白日夢。接著善淑阿姨嘆了口氣，對岷植說距離轉虧爲盈還差一大截。岷植這才確定，昨晚金寶說很快就會轉虧爲盈，的確只是一個善意的謊言。

這時，身穿短袖T恤與工作褲的金寶從倉庫走出來。背著一個大環保袋的他注意到岷植，瞬間便露出了笑容，原本就下垂的眼角隨著笑容而拉得更低了。

「大哥！我們來個早餐約會吧！」

岷植說昨晚眞的辛苦金寶了，提議要請他吃頓飯。金寶打開自己的環保袋給岷植看，說他必須處理掉這麼多報廢品，謝謝岷植的好意。岷植心想金寶眞是個明事理的人，反而更想跟他好好吃頓飯聊一聊了。於是他半強迫的拉著金寶，往龍門市場方向的醒酒湯店走去。

「這間店的醒酒湯很不錯。」

「……是啊，之前我也來過一次。」

「對了，金寶，你幾歲啊？看起來，你應該比我大一些吧？」

「我是屬羊的。」

「喔，我是屬雞的，那你大我兩歲。你喝酒嗎？要不要喝杯燒酒？」

兩人就這樣配著燒酒吃起了醒酒湯。岷植先是謝謝前一晚金寶的幫忙，金寶則告訴岷植說，其實自己的本名叫做斤培，還說既然大家都是爲便利店打拚的一家人，那就更需要團結。總是被「自家人」背叛的岷植，聽見「爲便利店打拚的一家人」這個說法，覺得很是新鮮。這讓他心情更好，並不假思索地說起便利店的過去。岷植先是提到以前的店長廉暎淑女士是自己的媽媽，因爲身體有潛在疾病，所以新冠肺炎疫情爆發後便搬到外縣市去，而自己正在準備創業，這段時間就先擔任便利店的老闆。岷植越說越起勁，最後更把姊姊最近需要用錢，所以意圖把便利店搶走的事情也說了出來。

「你姊姊眞的不是普通人呢。」

「哎呀，她眞的好凶，超可怕的！」

岷植說自己跟姊姊一直以來都不太合，金寶一邊吃著眼前的食物，一邊睜著大眼專注聽岷植說話。見金寶這樣投入自己的故事，岷植心想金寶眞是個稱職的聽眾，再不然就是天生待人很親切。岷植總認爲這樣的人就是容易上當受騙的冤大頭，有這樣的人跟自己同一陣線，似乎也不壞，這樣他也不需要擔心遭到背叛。於是岷植便放下心中的防備，對金寶坦承說，他非常討厭畢業自知名大學，現在擔任皮膚科醫師的姊姊，還有成就不輸姊姊的姊夫。

「從小就跟姊姊比較的話，應該過得很辛苦吧。」

「就是說啊！雖然我也爲了贏過姊姊而以知名大學爲目標，但我實在是不太會讀書，最後勉強考上知名大學在外縣市的分校。首爾校區跟外縣市校區的差異，好像就是在強調我跟姊姊差了一大截。我當時眞的應該乾脆選其他學校的，但總覺得這樣好像又會被拿來比較，所以就放棄了。眞是氣死人了。」

「等等，老闆你該不會是K大的外縣市校區畢業的吧？」

「對啊，我是二〇〇〇年入學的，企管系〇〇級。」

「我是一九九八年入學的……」

「咦？」

「跟你是同一間學校，我是國文系。」

「你說什麼？」

岷植眼睛睜得老大，金寶則露出一個大大的笑容，放下手中的湯匙。

「我九八級的，很高興認識你，學弟。」

瞬間，金寶說話不再那麼拘束，而是換上學長對學弟的口吻，岷植卻不覺得有任何不愉快。遇到一個與自己年紀相仿，又就讀同一所大學的人，讓岷植久違地產生一股強烈的認同感。

「哇，這眞是太巧了，很高興認識你。」

「這麼說來，這間醒酒湯店跟學校社區的醒酒湯店很像耶，哈哈哈。」

「對啊，那間店眞的超好吃的，看來你眞的是學長沒錯！」

岷植主動伸手要跟金寶握手，金寶卻擺了擺手拒絕。

「別這樣。這麼久沒遇到同校畢業的人，讓我有點太興奮了，但你畢竟是老闆，我不該讓你把我當成學長一樣尊敬。」

「沒有啦，你年紀比我大，而且又比我早入學，不管我是不是老闆，都應該要好好禮遇你啊。K大的學長比軍隊裡的學長更重要！」

「別這樣啦，我實在擔待不起學長這兩個字，還是叫我金寶就好。」

「不，還是我就叫你一聲哥吧。要是有像你這樣的哥哥，我肯定就不會被姊姊壓著打。哥，以後請你多幫幫我。請你幫我守住便利店，然後我還有很多創業的想法，以後也要請你幫幫我，好嗎？」

這樣的提議讓金寶有些意外，他摸著自己的嘴角陷入沉思。

「哥？」

「怎麼……了？」

「你會幫我吧？」

金寶露出有些尷尬的微笑。

「如果有我能幫忙的地方，當然可以囉，哈哈。」

岷植舉起酒杯，金寶也趕緊舉起酒杯與他乾杯。

岷植的態度十分積極，這讓金寶很是意外。岷植始終覺得世上的每個人都在與他作對，爲了不被人瞧不起，他一直裝得很強勢；爲了不被別人比較，他總是主動先拿自己跟別人比較；爲了領先別人，他總是勉強自己率先挑戰未知的領域。最終他總是落得失敗收場，讓他始終一無所有。

最讓岷植難過的是他身邊始終沒有能支持自己的夥伴。跟前妻已經形同陌路、基龍又在騙了他之後銷聲匿跡，雖然媽媽支持他，但現在媽媽並沒有陪在他身邊。

現在遇到同校畢業的學長，學長又在自己的便利店工作，讓岷植感覺找到一個可靠的哥哥。他深信要創業，首先要有可靠的夥伴，所以他下定決心，一定要把眼前這個人變成自己的夥伴。

隔天早上，岷植也前去便利店巡視，並對正要下班的金寶提議去吃韓式套餐。金寶問他是不是想去醒醒酒，岷植說自己昨晚沒喝酒，金寶便對他比出一個大拇指表示讚賞。岷植帶著金寶來到他常去的餐廳，找了個位置面對面坐了下來。

一起吃飯時，岷植分享了很多事情。從前一晚便利店的銷售狀況，聊到住家社區的大小事、大學時代的回憶，甚至還吐露四十多歲獨居男子的心境。岷植一個人說到累了，便想聽金寶聊聊自己的事。岷植只是稍稍慫恿金寶分享一下自己的事，他便立刻打開話匣子，不間斷地說起自己的經歷。金寶像在講童話故事給小朋友聽一樣，敘述起自己過去打工的經歷、遇見過怎樣的人。那些經歷都十分精采有趣，岷植聽得津津有味。

岷植雖想跟金寶討論創業的事，但像這樣聽金寶說說自己的事似乎也不壞。整個過程中，岷植察覺到自己與人相處時，似乎總帶著特定的目的。其實就只要漫無目的地聊聊天，也能夠讓自己身心舒暢、更有幹勁。或許岷植最需要的，就是像金寶這種能夠分享生活瑣事的朋友。

岷植很喜歡這位親切又能自在談話的金寶哥，他一直都希望能有這樣一位可靠的哥哥。岷植覺得，只要是跟金寶哥一起，他肯定很快就能振作起來，並且在經營好便利店之餘，也能掌握東山再起的機會。

岷植最喜歡的演員是甄子丹，而洪金寶恰巧就與甄子丹一起演出《葉問2》這部電影。電影中甄子丹以詠春拳與使出洪家拳的洪金寶對打，那一場戲可說是整部電影的精華。兩人經過這場較量之後，洪金寶就成了甄子丹最可靠的後盾。仔細想想，岷植與金寶哥的初次會面，也像甄子丹與洪金寶在戲中那樣劍拔弩張。現在兩人也這樣幫助彼此，就像洪金寶後來選擇幫助甄子丹一樣！岷植認爲這一連串的偶然，肯定都是爲他帶來全新展望的契機。果然天無絕人之路，江湖的道義不死！

隔天、再隔天，兩人也都繼續早餐之約。幾天相處之下兩人越來越熟悉彼此，岷植才發現金寶眞不是普通的愛說話。而且金寶總是冷不防對岷植丟出一些人生建議，雖然有時候會讓岷植不太開心，但他也不討厭金寶這樣。

岷植發現，自己或許就是想聽金寶的建議也說不定。那樣的建議之中，蘊藏著一個哥哥對弟弟的擔憂與眞誠的關懷。一直以來與岷植稱兄道弟的，大多是些無賴、騙子、地痞流氓。他們只想騙岷植，總把謊言包裝成忠告，但金寶的忠告沒有一絲虛假。

「比較就是一種癌。」

「什麼？」

「比較就像一種癌症，會讓你生病，所以別去跟人比較，照自己的方式過活就好。姜老闆，你前途還不可限量啊。」

「比較像是一種癌症啊……這麼一講，我感覺我的腦袋眞是被癌細胞占據了呢，哥。」

「姜老闆，你別把便利店老闆當成什麼不起眼的小工作，經營一間店就是事業的根本。最重要的是，如果店就這樣被你姊姊搶走，未免太可惜了吧？我是可以去找別的工作，但對你跟其他人來說，這裡是很重要的職場吧？」

「重要的職場啊，這好像是我媽會說的話。」

「我也聽說你媽媽是非常了不起的人。」

「你聽善淑阿姨說的嗎？」

「嗯……就從很多人那聽說的。像她這種一致獲得大家好評的人實在不多，簡單來說就是個很值得尊敬的人，哈哈哈。」

瞬間，岷植感覺有股暖流從腹部湧上。他再一次深刻體會到自己的媽媽有多麼了不起，但隨即又想到這樣值得敬重的媽媽現在正被病魔纏身。岷植趕緊低頭吃飯，想壓抑內心這股激動的情緒。聽了別人真心的建議之後，讓他想起自己的媽媽，也讓他體認到自己擁有的很多，甚至差點因爲對自己失望透頂而哭出來。他從來沒有好好照顧這個對媽媽來說很重要的空間，不禁感到很是羞愧。

好不容易吃完這頓飯，抽了張衛生紙擤了擤鼻子之後，岷植的心情才終於平復。金寶像是已經看透一切似的，帶著笑容看著岷植。

「姜老闆。」

「怎麼了？」

「我想辭職了。」

「什麼？哥，這是什麼意思？」

「我得要讓你有個工作能做啊，哈哈。」

「什麼？你是要我去上大夜班嗎？」

岷植嚇到兩眼睜得老大，金寶則平靜地看著他點了點頭。

「我仔細想過了，讓你親自到店裡上班，才是最好的一步棋。你聽我說，你先來做大夜班，這樣你姊姊就沒辦法說你沒好好經營便利店。而且便利店的經營者無償為這間店工作，才能幫店裡創造利潤。也就是說，要利用老闆的勞動力，才有辦法轉虧為盈。你要快點讓店裡轉虧為盈，這樣才能更理直氣壯地保護這間店吧？」

「我以為便利店都會自己運作……」

「那是經營已經上軌道的便利店才是這樣啊。我們這間 ALWAYS 便利店這麼小，生意又不好。你先聽我說完。無論是怎樣的店，老闆都要了解店內的系統，才能讓員工不敢胡作非為。我在很多餐廳打過工，外面不是有很多主廚自己出來開的餐廳嗎？我發現主廚自己經營的餐廳，都可以撐很久。他們自己成為店裡的勞動力，就可以節省人力開支，其他廚師也不敢隨便亂搞。你知道要是廚師突然用罷工威脅老闆加薪，會讓老闆有多困擾嗎？老闆自己要了解店內狀況，才不會發生這種事。所以姜老闆，你也來當主廚吧，這樣生意才會好。」

「主廚啊……」

「不過話說回來，這是間便利店，不是餐廳……那你就是行政工讀生！對啦，你來當行政工讀生吧，哈哈。」

金寶似乎對自己說的話很滿意，開心地拍了拍手。

岷植靈光乍現，感覺就像有人在他腦中點亮了火把。行政工讀生啊……自己眞的有辦法像工讀生一樣嗎？雖然他沒信心，但總覺得金寶說的話很有道理，他也不知不覺開始想像起自己穿上便利店制服背心，在店裡工作的模樣了。

岷植沒有想到，金寶的話居然還沒說完。

「最後，姜老闆，你現在身心的狀況都很不好，你應該要少喝一點酒，還要出來工作，才有辦法恢復成人樣。大夜班，尤其適合！工作不忙，又會因爲是晚上上班而被禮遇。而且凌晨獨處的時候，會讓你不自覺地回顧起人生，這樣就能整理自己的思緒……我也是在這裡工作的時候想通了很多事。所以姜老闆，你也試著工作一年看看吧。做了一年之後，你就能拯救便利店，自己也恢復人樣，還能回顧以往的人生，這樣——」

「好了！我已經被你說服了！不用再說了！」

岷植趕緊摀住耳朵大喊。

「但我眞的辦得到嗎？我是老闆，眞的有辦法一一完成這些事嗎？」

「你不是老闆！你是行政工讀生！管他是不是老闆，在店裡工作的時候就是工讀生啦。」

「其實我是在這裡長大的，現在還有很多認識我的人住在這一帶，要是他們因爲我當超商大夜班而嘲笑我，那我肯定會抓狂……」

「要是去在意別人怎麼想，那可是什麼都做不成的。」

「可是如果被朋友們知道，拿去跟人比較的話……可惡，你才說過『比較是癌』了！我眞的要得癌症了啦，氣死我了！」

「就叫你別比較，也別擔心了。」

岷植點點頭表示贊同。

「哥，那之後你要做什麼呢？」

「我要去做我該做的事啦。」

「什麼？你在計畫什麼？」

「等你當上行政工讀生之後，我再慢慢講給你聽。」

「你該不會要背叛我吧？」

「我可是很講道義的洪金寶喔，姜老闆，你不是甄子丹嗎？我們之間可不存在背叛這兩個字。」

「哥，我是眞的有陰影喔，你一定要幫我。」

「我當然會幫你！我就特別花一星期跟你交接，幫你特訓，從明天開始晚上十點來便利店，OK嗎？」

接下來，岷植便與金寶一起在便利店共度了一星期的時光。岷植的作息本來就日夜顚倒，所以很快就適應了大夜班的生活。跟金寶一起邊吃便利店零食邊聊天的深夜，似乎還不賴。客人上門時，他就學習如何接待；進貨的時候，就學習如何上架陳列。重複這些簡單的工作，反而讓他的心情舒暢許多，一想到他是在爲自己的店努力工作，就讓他更感驕傲。

最重要的是，他開始接手便利店的事情後，善淑阿姨跟姊姊的態度明顯有了轉變。果眞就跟金寶說的一樣，老闆親自到店裡工作，大家就不會再像以前一樣找他麻煩了。

客人也一樣。一次，一個喝醉酒的客人把岷植當成好欺負的工讀生，在店裡大肆耍賴，岷植便立刻大聲說他就是這間店的老闆，他連口香糖都不願意賣給自以爲是老大的客人，然後把這名喝醉酒的客人給趕了出去。回過頭來，他發現金寶正對自己豎起大拇指表示讚賞。

兩人交接的最後一天早上，他們又一起到龍門市場醒酒湯店吃飯。金寶告訴他說，他與前一位大夜班的送別會也是在這間餐廳。然後掏出手機，把老郭傳給他的照片拿給岷植看。照片中的老郭穿著警衛制服並戴著口罩，除了銳利的眼神已經消失之外，其餘部分仍跟岷植記憶中的老郭一模一樣。照片中的他一臉平靜地靠坐在警衛室椅子上，看起來日子似乎過得還不錯。

岷植恐嚇金寶，要金寶必須像跟老郭保持聯繫一樣，跟他也保持聯繫。金寶則說他肯定會煩到岷植受不了，要岷植可別因爲嫌煩就封鎖他，然後就以他那獨特的笑聲收尾。哈哈哈，哈哈，哈哈。

岷植內心五味雜陳，愉快中帶著一點悲傷。過去這一星期，他跟金寶在便利店共度了很愉快的時光，如今就要開始獨自撐過漫長的夜晚，光是想像他就感到無趣。

「哥，你半夜一個人的時候都在幹麼？」岷植問。

「思考啊，想很多事情。」金寶回答。

「你都在想什麼啊？」岷植問。

「……想媽媽。半夜的便利店，很適合想媽媽。」

金寶回答。岷植默默點了點頭。

夏天過去。暖流與寒流交替的秋日夜晚，溫熱中帶著一絲涼意，沒了暑氣，讓岷植上班的腳步變得更加輕盈。到自己的店裡上班，總讓他有很奇特的感覺。金寶想出這個讓老闆來當行政工讀生的策略，彷彿是爲岷植量身打造。

叮鈴。

晚上十點。岷植穿上制服背心，站在櫃檯清點現金。與晚班的工讀生交接並點收完畢後，他開始整理物流中心送來的貨。晚上十一點是鮮食進貨時間，清點完自己訂購的鮮食商品，總會讓岷植心滿意足，感覺一切都在軌道上順利運作。如果商品的銷售狀況很好，岷植也會很有成就感，更能投入工作當中。

到了凌晨，便利店變得十分安靜，岷植的思緒反而更加清晰。這段時間，他總會沉浸在思緒中，回首自己的人生是多麼一塌糊塗。他像在整理貨架上的商品，將雜亂的記憶一一列隊排好。就在整理思緒的過程中，他終於想通，媽媽離開公寓去梁山的阿姨家，並不是爲了躲避新冠肺炎疫情。

媽媽有呼吸道疾病，媽媽說害怕新冠肺炎，媽媽是因爲這樣才去阿姨家的。

這些是媽媽的藉口，但岷植也自行把這件事合理化。

岷植現在終於明白，媽媽離開，是因爲跟他生活在一起太辛苦了。兩年前的冬天，他突然出現在媽媽的公寓，吵著說要投資啤酒事業，不停說服媽媽賣掉便利店投資他。他想起自己寄生在媽媽家，三餐都吃免錢飯，還吵著要媽媽拿錢出來投資的事情。

那樣的過去讓他感到痛苦、自責。他必須挽回。

某天早上下班之後，岷植主動打電話給媽媽，並向媽媽報告自己一個月前開始以「行政工讀生」的身分，在店裡擔任大夜班。媽媽說她已經聽說了這件事，還說很高興岷植表現得這麼好。岷植問媽媽打第二劑疫苗了沒，媽媽說打第二劑的時候有點不舒服，但現在已經沒事了。還反過來稱讚岷植，現在居然都會主動問媽媽這些事。

「媽，妳快搬回來吧。」

媽媽沒有說話。

「我去帶妳，明天就立刻去。我現在白天睡覺晚上工作，在家沒事不會跟妳碰到面。媽，我現在很習慣吃便利店的便當了，所以妳不用幫我準備飯菜。我也不會吵著要妳把店賣了，所以妳快回來吧。我去帶妳，好嗎？」

電話那頭依然沉默。岷植咬著牙，不想讓電話那頭的媽媽發現自己有些哽咽。就在這時，他聽見媽媽平靜的聲音從話筒那頭傳來。

「不是來帶我，是來接我才對吧？」

「嗯，好，去接妳，我去接妳回來！」

又是一段短暫的沉默，這次媽媽很快有了回應。

「快來吧。」

ALWAYS

結束跟兒子的通話，我覺得頭暈目眩。幸好我很快扶著牆，一步一步朝陽台走去。坐在陽台的露營椅，能看見滿是綠蔭的院子。想起去年夏天，自己也是坐在這裡看著美麗的庭院，等著兒子的電話。只不過等到院子角落的柿子樹都結了果實、堆滿落葉的院子裡積了皚皚白雪，依然沒等到兒子的聯繫。難道是因爲人生總是不順，讓他開始自暴自棄了嗎？是不是還受新冠肺炎的後遺症所苦呢？會不會因爲沒有個能談心的人在身邊，而覺得鬱悶不已？難道是愛嘮叨的媽媽終於離開了，他反而覺得輕鬆了一些？

雖然心中有無數個問題與一些埋怨，但我還是選擇沉默。不知道這究竟是爲了兒子好，還是爲了我自己好。只是我很清楚，我們正在經歷一段困難的時節，一年又三個月，這一段看似孤獨又不算孤獨的日子，不光是因爲現在實施零接觸的防疫政策，更是因爲我早就需要，卻始終沒能好好擁有一段獨處的時間，以致我整個人陷入一種少了點什麼的感覺。

四年前辦完先生的葬禮後，我用盡全力只爲讓自己維持一如往常的生活。那可以說是一種維繫平凡日常而做出的努力？還是爲了堅守日常所做的拚搏？之所以會開這間便利店，或許也是因爲我很需要讓自己忙一點。希望這個二十四小時都在運作的便利店，能成爲防盜的崗哨，好好護衛我的人生。希望ALWAYS便利店能夠一如它的名字，「總是」能填補先生離我而去之後留下的空缺。

新冠肺炎大流行令世界停擺，替我盲目奔忙的生活踩下了剎車。就在這時，一邊在便利店上大夜班，一邊尋找自我的那名男子，也給我帶來了影響。這名叫做獨孤的男子所展現的勇氣感動了我。雖然他說很感謝我對他伸出援手，但我也同樣透過他，獲得讓生命不再停滯的力量。總之，我的人生仍在繼續，而如果眞的要繼續好好過日子，我希望能過自己眞正該過的人生。我不想漫無目的過一天是一天，我希望能夠聽著自己充滿活力的心跳度過每一天。

兩年前，在人生的戰場上落敗的兒子拖著殘破的身軀，來到我那只有二十坪大的住處。在人生的低潮期，他當然會需要媽媽的安慰，於是我溫柔地接納了他。看到年近四十依然需要媽媽的他，我實在覺得可憐，也想成爲他的力量。同時又因爲他對每件事都要抱怨的態度，以及做事總是欠缺思考、不深思熟慮的模樣而感到厭煩。當我在兒子身上，看見先生那些令我失望的缺點時，我實在很厭倦，同時又對這樣的自己感到不耐煩。

到了春天，新冠肺炎疫情逐漸擴大，我的耐性也開始逼近臨界點。我完全無法適應先生離去後留下的空缺，以及兒子重新出現在我的人生裡。我接受自己當前的狀況，並決定好好面對心中的疙瘩。我鼓起勇氣離開，幸好姊姊跟外甥女接納了我。這也是爲什麼這一年多來，我一直住在這棟位在梁山的小別墅裡。

在這個地方，我終於能夠喘息，能夠照看自己疲憊的心靈，能夠將鬱結的思緒掏出來讓太陽曬一曬。我領悟到，與其忽視那些束縛著我的問題，還不如與問題共存。就像我接受了田野間的小別墅裡，一定會有殺蟲劑怎麼用也殺不完的小蟲子一樣，我必須接受身爲人類所要承受的不便與困難，在人生中好好與它們共存。

平安。平安並非源自於澈底解決問題，而是源自於能夠正視問題。我檢視那些過去爲了讓自己安心而掩蓋的一切，並努力面對那個還不夠好的自己。就像那些看似在水面上平靜悠遊的鴨子，其實是靠水下的雙腳不斷打水。爲了擁有生命中眞正的平安，我也得勤於照看自己所受的傷，好好安頓自己的心。

「妳剛剛是在講電話嗎？」

回頭一看，是姊姊從外頭走進來，站在玄關看著我。因爲有些駝背，以致原本就不高的她看來更矮了一些，但炯炯有神的雙眼與茂密的白髮，讓她看起來就像奇幻電影裡的千年妖精。我看了看手錶，上午十點，是喝茶的時間。姊姊像是獲得我的允許，一下就走進屋子裡，我也從椅子上起身，跟在她身後走去。

客廳說大不大說小不小，其中一面牆上裝了個壁爐，另一面牆上有扇能看見庭院的落地窗。剩下的一面牆有成排的櫃子，上頭擺滿了書。

那個從沒啓用過的壁爐，總讓人想起幾年前去世的姊夫。據姊姊說，這房子裡姊夫最費心思的地方就是那座壁爐。他們剛搬進來時，姊夫便殷殷企盼著冬日來臨，希望能用上那座壁爐，只是那年秋天他因摔傷而過世，壁爐連一次都沒用到。人生有時就是那麼無常。我們都活了這麼久，往後等著我們的或許已不再是對任何事物的熱情，而是死亡。

客廳中央放了一張桌子，是用從傳統韓屋的窗戶拆下來的木材製成，桌子周圍則擺了許多拼布坐墊，明顯是有姊姊的巧手加工。我坐到自己固定的椅子，那是個背窗的位置。姊姊則在我對面的廚房，專心準備今天要喝的茶。

「嗨，阿姨。」

廚房裡煮水的聲音蓋過了外甥女從二樓走下來的腳步聲。海仁穿著應該是睡衣的寬鬆短袖配短褲，來到我的右邊，也就是背對壁爐的位置坐下。她才一坐下便打了個哈欠，原本就大的嘴看起來更大，一頭亂髮則讓我聯想到她小時候的模樣。替她綁頭髮、擦口水的事情，好像昨天才剛剛發生，沒想到一轉眼她已經四十多歲了。一想到時光流逝的速度實在快得令我無法招架，不禁又有些憂鬱起來。

外甥女跟女兒同年，兩人過去經常一起行動，也常被拿來比較。海仁是理工博士又單身，跟媽媽住在一起。她搬來跟媽媽一起住還不到三年，似乎當初是因爲姊夫過世，她才決定跟獨居的媽媽一起生活。這點又剛好跟岷植是個對照。岷植在先生的葬禮結束後，立刻以事業忙碌爲藉口消失得無影無蹤，兩年前才因事業失敗而回來家裡。他之所以回來，自然是因爲無處可去，只能跑來給媽媽添麻煩。

海仁是因爲擔心獨居的媽媽，才將手邊的工作結束掉，搬來跟媽媽同住。我稱讚她這麼做很懂事，海仁卻說，她本來就覺得首爾的生活很累人，剛好趁這機會離開首爾來給媽媽照顧。她這番幽默回應裡藏著對媽媽的擔憂，讓我不禁覺得這個外甥女實在很成熟，同時又有些羨慕姊姊。

姊姊端著一組茶具跟水壺過來。托盤才一放下，海仁立刻接手開始泡起茶來。仔細一看，今天泡的是普洱茶。姊姊每天都會準備不同的茶，每次都有她的理由。陰天時是紅茶，下雨天配綠茶，春天來了就喝花茶，新的一個月份開始則泡南非國寶茶。我覺得這象徵著姊姊的個性。不同於我做每件事情都要經過縝密計畫，姊姊做事是看心情而定，非常隨興。我們兩個幾乎沒有任何相似之處。我的身高算是中等，個頭不算矮，姊姊卻是矮小纖瘦；我做什麼事都被人稱讚聰明，姊姊則是不太會讀書，但相處起來總能讓人感到愉快。如果生對時代，她實在很適合去當藝人。她會做菜、善於打理生活且精打細算，我在這些方面都沒有才能。姊夫生前很愛投資不動產，一生都在追求買低賣高賺價差。但他只注重眼前的投資獲益，從來不會去想更長遠的規劃。姊姊現在之所以能夠保有這棟附庭院的小別墅，也是多虧了她自己的精打細算。

「應該讓寄宿生先喝啊。」

姊姊突然說話，像是要把我從思緒中給拉回來。我拿起海仁爲我倒的普洱茶，茶的溫度穿透杯子傳到掌心，濃濃的茶香傳送到我的鼻尖。我一邊等著茶變涼，一邊拿著杯子陷入沉思。

寄宿生。

打從搬來的那天起，姊姊就稱我爲寄宿生。我一來就提議要出自己的生活費，卻屢次被她拒絕。最後在我的堅持之下，姊姊終於答應收下我的生活費，前提是我必須在這裡認眞完成作業。我完全不知道她要我在梁山這種鄉下地方做什麼作業，反正就這麼糊里糊塗地成了寄宿生。

每半個月一次，我會搭外甥女的車到梁山市區的圖書館借書。讀書是種讓自己看起來像是在用功的行為，而我也開始一頭栽入自己有興趣的領域。簡單來說，我開始研究自己到底該做什麼作業。另一方面，我也重拾英文。學英文是為了預防失智，另一方面也是為了我的夢想，可以說是一石二鳥。

我雖是寄宿生，卻總是一個人吃飯，這也是最有趣的地方。我們不像一般的寄宿家庭那樣，總是一起吃飯。在我搬來之前，姊姊跟外甥女就已經說好，吃飯時各吃各的。我一直認為家人就該一起吃飯，至少每天要一起吃一餐。姊姊則認為我的想法太古板，大家自己想辦法吃就好了。

其實這樣的做法也沒錯。海仁是素食主義者，姊姊在執行間歇性斷食，一天只吃一餐。我則是一日三餐都不能漏，實在難以適應姊姊的生活步調。所以我很快學會提前準備好適量的配菜與白飯，肚子餓的時候就能一個人享用。跟一天兩餐的素食主義者，以及一天一餐的間歇性斷食者一起生活久了，不知不覺間我也放棄一日三餐的習慣，改成一天只吃兩餐。我總在早上九點左右吃第一餐，下午四點左右吃第二餐。起初到了晚上，飢餓導致的貧血讓我連站都站不穩。但時間一久，我也適應了，一方面是因為鄉下地方晚上出去閒晃也不安全，況且也沒什麼其他的娛樂消遣，所以我總在晚上八點左右就上床睡覺。如此一來，我就能在肚子開始餓之前睡著。剛開始只吃兩餐時，早上起來總會感到飢腸轆轆，但習慣之後，早上反倒覺得身體非常輕盈，連早餐都變得無比美味。

還有，上午十點是我們的喝茶時間，也是這對母女每天固定碰面的時間，更是我最喜歡的時段。聽說她們母女剛開始一起生活時容易起摩擦，除了吃飯問題外，還有打掃洗衣、遛狗跟打理庭院、到市區辦事跟購物等等，每一件事情都免不了有些爭執。她們甚至曾經因爲手機鈴聲的大小而吵了一天……看來即便是自己懷胎十月生下的孩子，都是和自己截然不同的個體。

姊姊一邊回想當時的情況一邊說：

「要意識到我們不一樣，我們才會是獨立的個體。我們必須既是血濃於水的家人，又是獨立的個體，才有辦法長久一起生活下去。」

姊姊也是基於這個道理，才稱我爲寄宿生，藉此提醒她不要忘記我們是獨立的個體，雖是有血緣關係的手足，也依舊是不同的兩個人。這對母女居然能達成這樣的協議，並努力遵守一起訂下的規範，實在是令我無比驚訝。喝茶時間是這兩個獨立的個體一天中唯一聚首的時刻，我覺得這彷彿象徵著她們獨立於彼此之外，卻又沒有切斷與彼此的連結，也或許正是因爲這樣，這段時間才更顯特別。

我喝了一口茶。普洱實在好喝，我甚至對自己這麼晚才發現普洱的美味而感到惋惜。在首爾，我不是喝咖啡，就是用茶包泡綠茶或牛蒡茶來喝。那時只知道普洱茶是一種來自中國的茶，其餘一概沒有興趣。來到粱山的小別墅後開始接觸各式各樣的茶，對茶的喜好也變得更明確。

普洱茶是我喜歡的味道，南非國寶茶感覺像用澡堂的水泡出來的，實在不合我的口味。還有，雖然同樣是以花爲基底，我喜歡洋甘菊茶更勝乾燥花茶，還喜歡加了牛奶的紅茶。姊姊和外甥女對茶的喜好也各有不同，只不過喝茶時間的規矩是由姊姊決定「本日茶種」。她畢竟是這房子的主人，默守這條規矩，可以說是寄宿生跟女兒對她最低限度的尊重。

「今天天氣又濕又悶，本來應該要喝南非國寶茶，但我還是決定選妳愛喝的。」

我沒有回答，而是默默把杯中的茶喝光。

「妳這個喝茶時間的獨裁者，怎麼突然發揮起禮讓的美德了？」

海仁一邊說一邊替我倒茶。

「她一早臉色就不太好，我想說泡個普洱茶讓她冷靜一下。」

聽姊姊這麼一說，我湊到嘴邊的杯子停了下來，靜靜看著她。她對我使了個眼色，要我快說說是什麼事情。喝茶時間的獨裁者，還眞不是浪得虛名。早上十點是喝茶的時間，也是早上大家一起聊聊天，分享彼此狀況的場合。

「岷植打電話給我。」

姊姊點點頭，露出她早就料到的神情。海仁則驚訝地瞪大了眼睛。

「阿姨，看來他是終於清醒了？居然還打電話給妳，而且是一大早耶。」

「就是啊。」

我欲言又止，嘴角抽動了兩下。她們說的沒錯，岷植居然精神奕奕地打電話給我，而且還是一大早。如果是以前，他這時都還在呼呼大睡呢。我已經從吳店長那裡聽說，現在是岷植在負責便利店的大夜班時段，我本以為他撐不了多久。沒想到他竟然撐了一個月，這開始讓我對他有些期待，而今早接到電話的時候，我內心的情緒確實也有些澎湃。

「他叫妳回去嗎？妳是因為這樣才有些心煩吧？在這邊每天都有人做飯給妳吃，回去就得妳做給他吃了。妳覺得這樣很煩，對吧？」

姊姊的問題雖然很討人厭，但我現在也有辦法笑著回應了。不知是因為普洱茶發揮了作用，還是因為想起剛才電話裡，兒子的聲音一點醉意也沒有，讓我比較能心平氣和。

「是很心煩啊。寄宿在這裡多好，但他說明天就要來接我。」

「什麼？那阿姨，妳是真的要畢業了？哇，這樣會有點寂寞耶……」

「寂寞什麼啊？這樣才好！現在第二劑疫苗都打完了，不知道妳為什麼還要繼續賴在這，快把我煩死了！」

「我本來想等追加劑打完再走的，既然妳覺得煩，那我明天就走囉。」

「要有阿姨在，我才不會跟媽媽常常吵架啦。阿姨有助於穩定媽媽的心情。」海仁淘氣地說著。然後拉起我的手補充道：「叫岷植這次早點來，吃頓飯再回去吧。」

「上次他居然把妳送來之後就走了，我眞是快氣死了。妳記得跟他說，這次他要是敢不留下來吃飯，我一定要把他的輪胎刺破。」

姊姊說得咬牙切齒，好像岷植就在她身旁一樣。

「我之前就一直跟他說這裡的東西很好吃，但他那陣子可能精神狀況不是很好，所以才會這樣。他原本也是會按時吃飯的人。」

「還要喝完茶才准走。」

姊姊再一次強調，不許走得太匆忙。

「唉唷，好啦。不管怎樣也得等到明天他才會來。其實我是覺得這一切不太眞實。」

「阿姨，我懂妳。岷植是有點隨興，就像我媽一樣。」

「妳一定要損我就對了？」

「媽，我們要不要去市區採買一下？我去買阿姨喜歡的馬格利酒，還有我喜歡的橡子涼粉。妳會幫忙煎煎餅吧？就……辦個送別會，好嗎？」

「這個提議不錯。」

「看吧，我就說妳很隨興，剛剛不是還在說今天要除雜草？」

「區區雜草，就讓它多長一天又不會怎樣。送別會比較重要。感覺要辦了送別會，暎淑那個不成器的兒子才眞的會出現。」

「沒錯。」

看這對母女鬥嘴實在有趣，讓我一直笑個不停。同時我也因爲想到姊姊做的煎餅，還有外甥女喜歡的那種加特製醬料的橡子涼粉，而忍不住口水直流。再加上她們又說要辦了送別會，兒子才會眞的出現，就讓我更想趕快把餐點準備好了。

我搭著外甥女的車去附近的農會超市。在鄉下住了一段時間，才知道農會超市就是社區商圈的中心點。在鄉下，便利店非常稀少，也幾乎沒有二十四小時營業的店家。有沒有二十四小時營業的超商，彷彿就是都市與鄉村的差別。

海仁像在唱歌似的，嘴裡一邊唸著自己要用的食材，一邊熟練地從旁超過一輛老舊的卡車。要是沒有她，姊姊肯定無法單獨在這遠離市區的小別墅生活。而海仁光靠在釜山與慶南地區的大學講課，也無法完全養活自己，因此需要姊姊的幫助。長時間相處下來，她們形成互利共生的關係，讓我很是羨慕。

「哎呀，阿姨一走，媽媽又要開始折磨我了……」

「少來了，妳們簡直就像室友，天底下有哪對母女像妳們這樣？」

「妳也知道，我們好不容易才找到相處起來最舒適的距離，但人的本質是不會變的。阿姨，妳知道嗎？我媽屬狗，我屬羊，就是合不來啦。」

「對耶，姊姊是一九四六年生，屬狗。妳則是跟岷廷一樣屬羊。」

「沒錯，所以媽媽看到我就像牧羊犬看到羊一樣，忍不住就想趕，這是天生的。」

「拜託，妳一個喝過洋墨水的理工博士，怎麼這麼迷信？」

「說到留學啊，我可能是唯一一隻為了躲避牧羊犬，而從牧場裡脫逃的羊。但妳知道最神奇的是什麼嗎？我去澳洲留學，那裡是以產羊毛聞名，我甚至還在那看過剪羊毛秀！費那麼多力氣逃出去，最後還不是回到牧場，只能乖乖在圍欄裡面吃草。」

「妳是因為屬羊，所以才吃素的嗎？」

「不，倒不是因為這樣，哈哈。」

不知道是不是這個笑話有點冷，海仁乾笑了兩聲。

「不過，阿姨跟岷廷關係如何？我覺得跟岷植相比，妳跟岷廷應該更合不來吧？」

我深吸了幾口氣，思考該怎麼解釋這件事。

「我們母女的關係的確不是很融洽，也不像妳跟妳媽那樣可以互補。不過岷廷至少可以照顧好自己……而岷植似乎還很需要我。」

「阿姨，我只提醒妳一件事。」
「什麼？」
「絕對要有自己的錢，不可以提前把財產都分給孩子，否則他們會不管妳的。」
「知道了。」
「妳看我，我媽媽有錢又有房子，所以我才能來這裡賴著她。」
「沒有啦，妳跟妳媽媽雖然很多地方都不太像，但其實很合得來。」
「哎呀，畢竟牧羊犬跟羊都不能沒有彼此嘛，嘿嘿。」
跟海仁一起到超市採買完後，回程的路上我依然在想孩子的事。岷廷像我，我一直都很愛她。她會讀書又懂事，而且做事果決，我一直期待她能有一番成就。有這樣的姊姊，岷植不免會被拿來做比較。他似乎很討厭被比較，所以總是刻意唱反調。當時就應該要好好開導他的，但過去的我一直是個嚴以律己的教育家，我的一舉一動就像不斷在提醒兒子必須循規蹈矩，這也使我們之間的隔閡越來越大。最糟糕的是，岷植跟老公一樣，喜歡在外頭裝模作樣，我實在不喜歡他這個樣子。老公則認爲這樣的兒子很有男子氣概，總是包容他的所作所爲，一家人自然分成媽媽與女兒、爸爸與兒子兩派。
事情過去許久之後我才明白，年輕時的自己有多頑固。總是追求完美、強調原則，大力稱讚能跟得上自己的女兒，卻讓與自己個性截然不同的兒子承受許多乍看之下不像懲罰的懲罰。如果能把給女兒的鼓勵分一半給兒子，情況會如何呢？如果付出點努力試著理解兒子的心，事情又會如何呢？當然，現在也還來得及。只是這件事依然棘手，但我也不得不面對。

一想到即將離開，回程的路瞬間變得無比新穎。人生第一次也是最後一次的隱居生活，是我人生中一個巨大的逗號。這樣的生活只有在這裡、跟這兩個人一起才能夠實現。跟姊姊牽著狗散步的羊腸小徑、跟外甥女登上種滿杏樹的後山、夏天三人帶著西瓜到對面溪谷避暑，都會是永生難忘的回憶。身處大自然中，跟崇尚自然的人一起生活，能夠讓身心獲得多大的療癒，是一直住在都市裡的我所無法體會的。老公過去每一季都要上山下海、登山釣魚，我一直不喜歡他這樣的舉動，我根本不想離開城市。但現在的我能夠融入自然，能夠靜靜倚靠自然。

一回到家，食物香氣撲面而來，我臉上泛起止不住的笑。到了明天，就沒辦法再享受姊姊精湛的廚藝了。我快步走到廚房，用手撕了一塊剛起鍋的煎餅塞進嘴裡。看見毫無顧忌地偷吃、大口咀嚼的我，讓姊姊氣得說不出話。誰知外甥女也學我，伸手撕了塊煎餅來吃。

我開了一瓶馬格利酒，外甥女開始拌起橡子涼粉。姊姊喝一口我爲她倒好的酒，接著煎泡菜煎餅。外甥女打開窗戶，放起最近流行的跨界國樂。在傳統的打令曲調上加入西洋樂器，讓人忍不住跟著搖擺，食物也顯得美味許多。料理、喝酒、聊天同步進行，當場在廚房裡就開起了送別會。

「我好像變得比較喜歡大自然了。」

兩人輕輕笑了。

「阿姨，妳現在看到蜈蚣也不會怕了嗎？」

「蜈蚣還是很可怕。」

「哈，那妳還差得遠。等妳看到蜈蚣時，第一個念頭是要抓起來加藥材泡成酒，那樣才能算是出師啦。」

「我不管那麼多啦。本以爲我老公是繼承了古早祖先狩獵採集的本能，才會一天到晚往山裡跑……沒想到原來是大自然本身就很迷人。」

「難道不是因爲他既喜歡大自然，然後又在外頭有別的情人嗎？」

「少來了，他再怎麼沒良心，也不會做這種風流事。最重要的是，他根本就不受女生歡迎，成天到晚講的都是他那些男性朋友的事情。」

「阿姨，妳喜歡姨丈哪裡？妳不是說他很粗魯、老是一天到晚往外跑，而且很愛惹麻煩嗎？」

「首先，他喜歡我，也依照約定撐到屆齡才退休離開公職，還有……唉唷，不知道啦。老了，我不記得了。」

一說到自己不記得，我就突然緊張了起來。本想再補一句說「都是失智害的」，但還是決定作罷。我也慶幸自己沒隨便把這句話說出口，因爲姊姊跟外甥女都短暫陷入沉默。我趕緊轉移話題。

「那姊，妳喜歡姊夫哪裡？」

「沒有，我不喜歡他。」

「唉唷。」

「阿姨，我們不太喜歡聊爸爸的事。」

「好吧，是我太不識相了。」

我擺了擺手，表示不談這個話題了。

「他總是喜歡自己一個人生悶氣，又愛亂發脾氣。」姊姊突然說。

「嘴上說自己不記仇，但一天到晚跟我們計較東計較西。」外甥女接著說。

「若說妳老公是大男人，我老公就是暴君。一定要世界繞著他轉才開心，根本不懂得體貼別人。」

「唉唷，別說了啦，他都走了，有必要這樣罵他嗎？海仁，妳上一次談戀愛是什麼時候？妳不想再找個對象嗎？」

我努力轉移話題。

「阿姨，我沒有伴的時間可是比妳們兩個還要久呢。我上次談戀愛是五年前了。還有，如果我想找對象，就不會搬來這裡住啦。」

「拜託，妳以爲這裡是修道院喔？要是有機會遇到不錯的老頭子，我還想去約會咧，只可惜鄉下地方根本找不到這種人。」

「姊，首爾也沒有不錯的老頭子，好男人都很快就被搶光了。」

「媽，妳就乖乖跟我一起生活吧，我們這裡男性止步。」

「妳也別放棄。現在不是很多人在網路上談戀愛嗎？還有，人生就只有這麼一次，試著結一次婚也不錯啊。試過了覺得不行再回來就好。」

「媽，妳眞的沒辦法接受我已經放棄找對象這件事耶。別再逼我了！」

「好了！再這樣下去，我回去首爾就會只記得妳老在跟妳媽媽頂嘴。」

我拿起酒杯，兩人也跟著我一起舉杯。

那天晚上，我在一股奇特的滿足感陪伴之下入睡。問我幸不幸福？我也不知道。我不渴望幸福，只希望人生的每一瞬間都能覺得滿足。這段時間住在一起，姊姊說我似乎不像以前那麼緊繃，她覺得這樣很好。其實我也是睽違好幾十年才又跟姊姊住在一起，原本有些擔心。但幸好我們都老了，面對生活與人際的態度更加從容，才能夠包容彼此。姊姊說，她本以爲像我這麼固執的人，老了之後肯定會更古板，沒想到我比她預期的更活潑。這話我聽了實在有些刺耳，畢竟她自己也很固執。

我開始思考回首爾之後所要面對的課題。就像我從姊姊跟外甥女的生活中學到的，我也要跟兒子建立起有效的共生關係，還要努力跟女兒分享彼此都有共鳴的話題。另外，我想每天固定排一點時間到便利店幫忙，最重要的是，我必須開始預防失智的治療。

結束漫長的隱居生活，我必須重回城市這個戰場，但我並不討厭這樣。城市的生活才是我的人生，因爲那裡有著隨時亮著燈的便利店與夥伴在等著我。

夜越來越深，我該睡了。一覺醒來，兒子應該就在路上了。

「阿姨的食材也用得太豪邁了吧？我吃到肚子都要撐破了！」

離開小別墅所在的社區，車子開上國道，岷植忍不住抱怨。

兒子啊，你的肚子都大成那樣了，不管吃什麼都很容易撐破吧？許久不見，最讓我驚訝的是兒子的肚子大到平躺下來都要跟南山一樣高了。還有那張鬆垮垮的臉讓他變老了許多，儼然是個中年人的模樣。不僅是我大吃一驚，就連姊姊跟海仁也嚇了一大跳。只是愛開玩笑的她們，完全沒有對岷植的外表多說什麼。

「但很好吃吧？媽媽本來想跟阿姨學做菜的，但實在是沒有她的好手藝。」

「我還是覺得妳做的蛋捲最好吃。」

岷植豎起大拇指對我笑。我覺得心裡暖暖的，也對他露出微笑。他雖是兒子，但因爲是老么，所以很會撒嬌也很黏人。明明有很多優點，我卻總是只挑他的缺點來罵，這又讓我再次感到愧疚。我決定回首爾之後，要常常做煎蛋捲給他吃。

開上京釜高速公路後，岷植加快車速，專心開車。爲了不影響他，我一直沒說話，只是看他隨意在內外車道之間穿梭，還不時丟出幾句髒話的模樣，我既擔心又有些煩燥。本想出聲斥責，但還是忍住了。兒子都特地來接我了，如果我還罵他，他肯定會很難過。不過他開車實在太粗魯，我甚至開始有點暈車。這時，我想起姊姊的忠告。「別一直把自己當成媽媽、當成大人、當成他的保護者，妳要承認自己已經是個弱者，試著依靠妳的孩子，說出妳的擔憂，也要讓他看見妳脆弱的樣子，難過的時候要說出來。」

「兒子，媽會怕。」

「什麼？哎呀，沒事啦，我開車都開二十年了。」

「你開車技術是很好，但要是別人撞上你怎麼辦？」

「我都有在閃啊，妳想太多了啦。」

「兒子，便利店有各式各樣的客人吧？我們沒法事先預測誰會上門。」

「對啊，昨天凌晨也有個瘋子來店裡鬧，我差點要被他弄到抓狂。」

「我們自然也沒法預測在路上開車的都是怎樣的人，其中肯定也有瘋子。所以我會怕，你能不能小心一點呢？」

我用滿是擔憂的眼神望著兒子，岷植看著我點了點頭。

「唉唷，妳這樣一說，連我都覺得怕了。」

岷植從外線切到內線，並且開始減速。我這才放下心來，鬆了一口氣。不光是因爲他減速，更是因爲我跟他溝通成功了。岷植說既然速度放慢，那回到首爾的時間可能會比較晚；我說晚點回去也沒關係。

車子開到大田時，岷植開始不斷打哈欠。不知道是因爲血糖上升而昏昏欲睡，還是因爲原本的作息就日夜顛倒，讓他一直說很睏，還把音樂開得很大聲嘗試保持清醒。最後他似乎終於撐不下去，把車開進能讓駕駛小睡一下的路邊休息站。

車才一開進休息站，他就像被麻醉槍射中一樣陷入昏睡。我也試著閉眼休息，卻始終沒有入睡。雖然已到秋天，但午後陽光依然讓車內像溫室一樣熱。車子已經熄火，沒法把空調打開，一旁的岷植雖然滿身大汗，但還是睡到打呼。我用手帕沾了點礦泉水，幫他擦了擦汗，然後再抹抹自己的額頭。

我看著窗外，川流不息的車輛從高速公路上疾駛而過。這輩子第一次把車停在高速公路旁的小休息站，讓我又有了些感觸。說不定在梁山度過的那段時間，就是我把車子開離人生這條不止息的高速公路，短暫停入休息站的時間。在那裡，我的睡眠時間變得很長，也經常放空什麼都不想。只是我既然已經被診斷有失智前兆的輕度認知障礙，那就不能放任自己這樣一個勁兒的休息。

初夏，姊姊跟外甥女曾很認眞的提議要我去接受失智診斷。起初我有些猶豫，但旁觀者總是能看得比較清楚，所以我決定聽從建議，不再拖下去。我跟女兒聯絡，並跟她商量。岷廷說，要我先去地區失智防治中心看看，那邊會依據初步的診斷結果，把我轉介到合適的地區醫院。

我到失智防治中心接受失智初期篩檢與診斷，最後被診斷爲輕度認知障礙。醫生開了幫助大腦維持活力的藥給我，也讓我下定決心要回首爾。因爲如果以這個狀態繼續住在梁山，那就眞的是給姊姊和外甥女添麻煩了。只是兩人擔心我回首爾反而無法好好治病。她們還說，岷植連自己都照顧不好了，哪還能照顧我？

整個夏天我都很徬徨。我必須全力預防失智，也必須決定該在哪裡接受治療，卻始終無法下定決心。女兒列舉好幾項原因，建議我應該待在梁山。她同時還說她買了一棟大樓，要我把便利店賣掉，這讓我變得不想跟她說話，但同時卻又倍感孤單。孤單又傷心的我更沒有勇氣離開梁山、離開這對比我自己的兒女更愛護我的母女。但我無法一直拖著不回首爾。
我得讓自己醒來，繼續上路。人只要起床了，就不會停在原地不動。人醒著便會動，便會想盡辦法前進。這才叫做東山再起，也是我打起精神來，必須要走的路。
一想到今後這條路上有兒子同行，我沒那麼緊張了。很快的，我入睡了。
睜眼一看，四周已是一片漆黑。轉頭往旁邊看去，岷植依然打著鼾沉睡。我看了看時間，天啊，我居然睡了兩個小時！我趕緊搖了搖兒子的肩膀，岷植哼一聲醒來，甩了甩頭讓自己更清醒一些。看了時鐘後岷植驚呼一聲，便趕緊發動車子。車子重新上路，但他粗魯的駕駛方式又令我大爲擔心。想了一下之後，我才開口說：
「兒子。」
「嗯？」
「你說今天晚上有人代班，對吧？」
「對，金寶哥今天會幫我代班。啊，晚上開車好累……」
「那我們要不要找個地方住一晚，明天再回去？」
「什麼？要去哪裡？」
「其實我原本想說，如果早點回到首爾，我們再邊吃晚餐邊聊。既然現在都這樣了，不如就找個地方住一晚，好好聊一聊吧。」

岷植摸了摸下巴，露出有些苦惱的神情。

「妳是想跟我說妳被診斷出失智的事？」

「對，還有一些其他的事也要跟你說。」

「那我們要去哪？直接下高速公路去大田嗎？」

「我想過了，附近有個我們以前常去的地方，我想我們可以去那……」

「哪裡？啊……妳是說學校嗎？」

岷植笑了笑，便往高速公路的出口開去。

二十多年前的某天，我跟兒子一起造訪過那座城市。當時十九歲的岷植是個傻大個，臉上長滿了青春痘，成天抱怨東抱怨西。而我還是個爲了陪他考試，特地請了一天假的歷史老師。

雖然那座城市在國家的都市行政區劃分中，只是個小小的鎮，卻是有京釜線與忠北線兩條交通要道經過的交通重鎮，甚至還有兩所大學設立於此。岷植報考了其中一所大學，爲了隔天早上的面試，我們母子特地提早一天過來。

當天，我們搭乘無窮花號來到目的地，車站外的景色很有鄉村的味道。四處都能看見KTV酒吧，俗氣的街景看來就像連續劇裡的假布景，我不禁擔心起兒子不知能否在這裡好好享受大學生活。我們搭計程車先到學校探路，發現校園裡並不像外頭那麼冷清，讓我頗感安慰。

那天晚上，我跟兒子入住事先訂好，位在學校附近的高級汽車旅館，還叫了外送炸雞來吃，聊得非常開心。那天叫的是計程車司機推薦的地區名產蔥絲炸雞，切成細絲的蔥配著炸雞一起吃下肚，稍稍降低了炸雞的油膩感，滋味相當獨特。我把兩隻雞腿讓給兒子，想爲他明天的面試打打氣，岷植還很豪爽地要我別太擔心，說雖然自己不太會讀書，但說話表達倒是很有自信。我還強調，態度比說什麼話更重要，並告訴他老師在看學生時，通常都會特別注意哪些地方。

那晚我們蓋著一條毯子，躺在有地暖的房間裡，聊了很多事情。岷植說，如果考上了，他不想住宿舍，而是想在外頭租房子。我建議他去寄宿家庭，這樣才能按時吃三餐。我還要他好好參與社團活動，他說想加入足球或棒球隊，以校隊身分參加大學聯賽，還說他暑假期間想去歐洲當背包客，我就說那他最好是課餘時間自己打工存錢。兒子則向我保證，只要一考上，他立刻就去舅舅開的超市打工。

就在我們都快睡著時，兒子忍不住問：「媽，要是我落榜怎麼辦？」我安慰他說絕對不會落榜，媽媽都特地陪著他來面試了，要他別擔心這種事。

隔天面試結束，岷植對自己的表現很是滿意，還說想吃昨晚吃過的蔥絲炸雞，於是我們去了前一晚叫過外送的那間店，直接在店裡又吃了一隻雞。飯後，我們搭著無窮花號回首爾，沒過多久便接獲錄取通知。

接下來那幾年，我每年都會下去一、兩次，幫岷植打理他的生活環境。即使在他回首爾時跟我吵架、起衝突，但只要我們一起待在這座城市，相處得就很融洽、很愉快。對我們母子來說，這是個幸運城市，也是屬於我們的祕密基地。

時隔二十多年，我跟兒子再度拜訪這裡。

當年的高級汽車旅館已經改名爲飯店。飯店內的設施跟當年的汽車旅館沒有什麼差異，顯然只是換了個名字。但無論如何，它仍屹立不搖這點，令我們都很驚訝。感覺就像這座城市還記得我們母子，以這種方式迎接我們。

辦完入住手續後，我們進到有地暖的房間，我彷彿回到二十多年前，跟兒子一起首度拜訪這裡的那一天。岷植也興致勃勃地查看房內設施，在房間裡穿梭，一下子開窗，一下子又跑進浴室。

從浴室出來後，岷植坐到沙發上，拿起放在桌上的廣告傳單一看，忍不住笑了出來。我靠過去仔細瞧了瞧，才發現原來是蔥絲炸雞的廣告。眞叫人食指大動。我們決定晚餐就吃這個，岷植打電話叫完外送後，又說炸雞就該配啤酒，便拿著皮夾出門去買啤酒。

炸雞外送到了，我也完成用餐準備，岷植卻遲遲沒回來。正當我擔心地拿起手機時，他才開門走了進來。一見他手上那個裝著啤酒的塑膠袋，我就明白他爲何會那麼慢了。那是我們便利店的袋子。我們來的路上，曾經在國道邊看見一間 ALWAYS 便利店，他是特地開車到那間店去買。

不過就算是特地開車去，也還是太久了，所以我就一直盯著回來後一言不發，只顧著把啤酒從袋子裡拿出來擺好的兒子。他的額頭和臉頰泛紅，流了不少汗，那表情看起來就像個想哭卻努力忍住情緒的孩子。

「發生什麼事了？」

「這裡居然有 ALWAYS 便利店！而且妳看這個……」

「這是什麼？」

岷植把啤酒掏出來放在我面前，上頭是我沒見過卻相當熟悉的商標。這款啤酒就叫「ALWAYS BEER」，字體跟顏色都非常花俏，跟我們便利店的招牌如出一轍。

「這是我們便利店出的啤酒嗎？」

「對。但我們都沒訂。我問了一下工讀生，發現這是夏天的商品，三個月前就出了，眞是的！」

岷植緊握著 ALWAYS BEER 的罐子，彷彿是想把罐子直接捏爛似的。雖然我也有些不開心，但還是努力按捺情緒，試著安撫岷植。

「可能是因爲吳店長對酒一竅不通，所以才沒進貨。從現在開始進就好啦。」

「嗯，我不是在責怪阿姨，我先喝喝看再說。」

岷植瞬間化身品酒師，以嚴肅的神情開了一罐啤酒湊到嘴邊。他一下子灌了好幾口，害我有點擔心他會嗆到。稍後他才放下啤酒罐，發出不知是嘆息還是打嗝的聲音。

「很好喝耶！雖然有點苦，但喝完感覺非常清爽，太可惡了啦！」

「總公司以前都開發一些奇怪的商品，幸好這次的成果不錯。我們可以從現在開始進貨。」

「不過啊，媽……」

「先吃炸雞吧。」

「我實在是吃不下。媽，這個，我當初就是想做這種啤酒到便利店賣，妳還記得嗎？」

岷植用失落的眼神看著我。我努力挖掘腦中的記憶，才終於想起這件事。這不是因爲失智，而是因爲我不願記起兒子的失誤。

「兒子，沒關係，他們肯定籌備了很久。而且那個找你合夥的人不是有問題嗎？」

「媽，我的意思是說，有人能做出這種啤酒，而且還賣得很好，而我卻差點被騙，只能窩囊地待在這裡……看著別人搶在我前面實現我的想法……唉。」

岷植嘆了口大大的氣，又搖了搖頭。我也不能隨便說兩句安慰的話敷衍他，只好在一旁等他情緒平息。

稍後，他才抬起頭，像在懺悔一樣跟我說：

「新冠肺炎爆發之前我企畫的帶送廚房，去年底也有人推出類似的服務，而且還很成功。媽，我可能眞的很沒用，明明沒有做生意的頭腦，卻還假裝自己好像很厲害。大家都成功了，我每次都晚一步，眞不知道到底是爲什麼，可惡！」

我默默握住兒子的手，感覺得到他厚實熱燙的手微微地發抖。我好一陣子沒說話，而岷植似乎是在平復情緒。在感覺到他稍稍平靜下來後，我才將筷子遞給他。

「吃吧。」

我豪邁地率先夾起一塊雞來吃，岷植則是遲疑了一會兒，才跟著吃起來。我跟他要啤酒，他將啤酒倒進玻璃杯裡遞給我。喝了一小口啤酒，嘴裡滿是蔥絲炸雞的好滋味，我瞬間想起二十多年前的回憶。

「兒子，那時候你吃了蔥絲炸雞，然後大學就錄取了。這次一定也可以，吃完炸雞後就繼續加油吧。」

兒子一邊點頭，一邊咬下一塊雞胸肉大口咀嚼。看他吃得這麼香，我的心情也跟著變好。我跟兒子說明自己被診斷出輕度認知障礙，以及未來要在首爾接受治療，還有失智症患者的家屬應該要知道的事情。兒子非常認眞專注地聽我說。

「幸好你來接我，媽媽很謝謝你。」

「但妳爲什麼只跟姊姊講，都不跟我講？」

「因爲姊姊是醫生啊。還有，其實我很想跟你說，只是錯過機會而已。」

兒子點點頭表示接受這個解釋，然後一口氣喝光手上的啤酒，並把啤酒罐給捏扁。

「媽，看到這個啤酒，我才看清自己的本事。我以後不會再說大話要創業了，我決定好好經營便利店。我一定會讓店裡轉虧爲盈，也會認眞管理。以後我會親自訂貨、親自管理員工，妳可以偶爾來店裡打發時間，也順便多跟外面的人接觸，好嗎？我會努力的。」

「眞高興能聽到你這樣說。經營便利店可不是件容易的事。說不定你以前創業都是因爲運氣好才成功，這也讓你沒把基礎打好。媽媽覺得你乾脆就趁這次機會，好好學習怎麼經營事業。」

「嗯，我絕對不會讓便利店被姊姊搶走。」

「姊姊需要錢的事我已經想過了，但還是要你好好經營便利店，我才能夠跟她協商。你做得到吧？」

岷植開了一罐新的啤酒。

「媽，加油！失智什麼的，把它踹得遠遠的！」

我舉起杯子，眼眶泛起了淚水。我努力忍住淚跟兒子乾杯。

隔天，兒子跟我到校園裡散步。他說學校變了很多，但每到一個充滿回憶的地方，卻還是不忘停下來跟我說說當年的事。雖然我有點遺憾他充滿回憶的地點不是圖書館或學會辦公室，而是操場跟社團教室，但我還是願意把這些過去，當成是精采的英雄故事來聽。

最後，我也說起了一件在這個校園裡發生的事。

「兒子，你知道嗎？我曾經繞了這棟管理學院七圈喔。」

「咦？什麼時候的事？」

「就是你進去等面試的時候。」

「爲什麼？幹麼要繞？作法嗎？」

「《聖經．約書亞記》第六章裡提到，上帝要約書亞繞『耶利哥城』七圈，那座城市就會陷落。約書亞繞了那座城七圈，並吹了號角之後，那座城就眞的陷落了。所以我就繞了這裡七圈，還用手比號角吹了一下。」

岷植看著我，臉上的表情既驚訝又不敢置信。我還用手比出號角的樣子吹給他看，他驚喜地搖了搖頭，然後走過來抱住我。

「哎呀，熱死人了，幹麼這樣。」

「媽，我一定會努力的。我以前都很氣妳怎麼只對別人好……其實是我太傻，不知道妳這麼疼我。」

「很多事情都是我們一起做到的。像是你考上大學，還有努力撐起一直虧損的便利店。現在我的身體跟心靈都老了，以後要你多費心了。」

「嗯，好。」

我也抱了抱兒子。兒子只有身體長高長胖而已，他依然是小時候被我抱在懷裡的那個孩子。

岷植就像導遊，帶我去鎮上一間相當知名的醒酒湯店。據說這裡的醒酒湯湯頭十分香濃，甚至有人懷疑是加了飛馬牌奶精增添風味，這也讓我有了去一探究竟的想法。飛馬牌奶精！這商品可是我年輕時代的回憶，沒想到兒子竟然也知道，這下更讓我覺得我們眞的是一起變老。

那湯頭確實香濃。碗裡甚至還有熬湯用的大骨，讓我覺得我吃的不是醒酒湯，更是冬令進補的補品。濃郁湯頭令我食指大動，許久沒有這樣胃口大開，讓我有些慌張，卻又吃得十分滿足。

回首爾的路上我睡得很沉，顯然是飯後血糖升高的結果。醒來後，我靜靜看著兒子開車的背影。

「跟兒子一起出來感覺眞好。可以分享一些回憶，還去吃了美食。」我輕聲說完，岷植便轉過頭來對我笑。

「哈，那家醒酒湯的湯頭很讚吧？金寶哥也知道那間店，我們學校的學生沒有人不知道那裡。」

「金寶哥是那個大夜班嗎？他也是你們學校的？」

「因爲是同校，所以很快就混熟了，不然我哪裡會隨便跟人稱兄道弟？」

「對啊，你很少在外面跟人稱兄道弟，媽媽也覺得很驚訝。他是個怎樣的人？」

「感覺跟郭叔叔之前的那個大夜班很像，所以我一開始不太喜歡他。但相處過後才發現，他其實滿和善的。那個叫獨孤還是度辜的傢伙長得很可怕，個性也很難相處。」

「不會吧……那你們兩個是怎麼變熟的？」

一聽到這問題，岷植瞬間又變成一個孩子，開始大肆稱讚自己的朋友。其實我早就已經從吳店長那裡聽說過這個大夜班金寶先生的事。吳店長說他話很多、愛管閒事且容易犯錯，但品行不錯。不過我還是決定假裝不知情，好好聽兒子講這個人的事。

得知金寶願意聽我這個孤單的兒子訴說心事，我滿心感激。他甚至還建議兒子親自來接大夜班的工作，眞是讓我吃驚。過往被兒子稱爲朋友的人，都是想騙他的錢，或是要他去做一些不正經的工作，沒想到這次的朋友竟然會眞的給兒子一些很有建設性的意見，越聽越覺得他交到一個不錯的朋友，讓我很是欣慰。

不知不覺間，已經來到進入首爾之前的最後一個收費站，我心情也輕鬆了不少。

吳店長一看到我，就抱著我哭了起來，我也忍不住流了幾滴淚。她擔起責任照顧這間店，我心中滿是感激。吳店長說她很努力想填補我的空缺，壓力眞的非常大。大白天的，兩個老女人站在便利店門口哭成一團，我能感覺到路人投射過來的探詢目光。岷植尷尬地笑著說他會顧店，讓我們兩個去咖啡廳好好敘敘舊。

在咖啡廳，我們點了兩杯拿鐵後坐下來聊。好久沒來咖啡廳，我感覺比起喝咖啡，自己更像是來感受都市的氣息。雖然對姊姊和外甥女有些不好意思，但比起鄉下別墅的喝茶時間，我似乎還是更喜歡坐在都市裡的咖啡廳，邊看街景邊喝咖啡。

我們話匣子大開。吳店長說便利店的營收反而因爲新冠肺炎逆勢上漲，我說這都是多虧了她的用心，也說我很慶幸岷植終於振作起來。吳店長則表示既然岷植已經決定要認眞經營便利店，那她很快會把訂貨的事交給岷植。接著我們又暢談週末工讀生換了人、教會教友的近況，以及社區街坊鄰居的事，不知不覺間就一直聊到了傍晚吳店長該下班的時間。

回到店裡，發現負責午晚班的工讀生正在跟岷植交班。吳店長呵呵笑著說多虧了我，讓她今天白賺了一天薪水。

「店長，妳要訂一下總公司出的 ALWAYS BEER 啦。那在其他地方賣很好耶，妳都不知道吧？」

「啊……總公司的人有特別來跟我介紹……但是我又不喝酒，哪裡會知道啊？當然是把啤酒當水喝的你要負責注意。」

「眞是的，我現在要專注運動，暫時不喝酒了。總之妳訂就是了。」

「你明天該來學怎麼訂貨，到時一起訂吧。我會把這件事交接給你，姜老闆。」

「眞是的，只有這種時候才叫我老闆。」

「幹麼這樣？姜老闆你親自來負責經營便利店，我們顧問女士可是覺得很踏實呢！」

「顧問女士？」

「就是這位廉顧問啊，對吧？」

「唉唷，不要這樣虧他啦，也太幼稚了吧！」

聽兒子跟吳店長這樣你一言我一語地鬥嘴，讓我稍稍放下了一點擔憂。

跟岷植一起回家後，發現家裡已經跟以前不一樣了。地板上散落著毯子、衣服、零食包裝跟啤酒罐，讓我看得眼花撩亂。沒拿出去丟的資源回收和垃圾堆在陽台，弄得家裡臭氣沖天。岷植說自己只顧著便利店的事，才會把家裡搞得一團糟。他開始動手清理，我也加入他的行列，這沒什麼，一起整理乾淨就好了。畢竟以前說到要清理，兒子可是連根手指都不願意動，現在會主動收拾，已經是很大的改變。

是的，改變了。而且還不是別人逼迫他，是他主動做出改變。我曾經聽說，人並不是討厭改變，而是討厭被別人要求改變。所以我們不該要求對方改變，而是應該默默幫忙，靜靜等待對方主動改變。

經歷新冠肺炎疫情肆虐的時代，兒子似乎有了些領悟。他創業失敗、失去朋友，又因確診吃了很大苦頭。或許兒子現在就像剛學會走路的新生兒，既然他在努力，我也必須做出改變。我要改掉不耐煩的態度、習慣性數落他，還有太毒舌的毛病。以前一直很希望兒子改掉浮躁的個性，但不管我怎麼做都沒有用，這表示我也沒找到能跟他好好相處的方法。現在看著那個穿著一條鬆垮垮短褲，彎腰時會露出半截內褲的兒子，正努力清理自己弄亂的房子，我心底不禁升起一股憐憫之情，決心要好好支持他的改變。

好久沒下廚了。我做了一大份兒子喜歡的煎蛋捲，還煮了自己喜歡的辣豆腐燉菜。我們一起吃晚餐配晚間新聞。新聞從新冠肺炎的狀況、疫苗追加劑、總統候選人的動向，報到美中衝突，每播一則新聞兒子就會在一旁發表點意見。有些部分我同意，有些我則會提出自己的看法。

眞是開心。家人一起吃飯的時候，不就是會討論世上發生的事嗎？愛喝酒的老公晚上總是有許多邀約，我都不記得自己跟他一起吃過一頓像樣的晚餐。住梁山的時候，我們三人也總是各吃各的。現在能跟兒子這樣一起吃晚餐，眞是讓人心滿意足。

飯後，兒子出門去上大夜班，我獨自在家裡四處亂晃。許久沒回來，感覺既陌生又有些熟悉。我在這裡住了十五年，期間兒子女兒各自結婚離家，然後送走老公，又接納離了婚後歷經許久才浪子回頭的兒子。家人來來去去，我大多數時間都是一個人度過。這個空間幾乎可說是完整記錄了我的後半生。

現在該把這房子處理掉了。我不能輸給兒子，也得做出一些改變。爲了眼前有待解決的問題，我認爲自己需要換個新環境，也因此對眼前這個空間感到陌生，或許不是壞事。

隔天起，我便開始忙碌的生活。我到附近認識的店家走了一圈打招呼，還去市場採買，接著又到美容院跟街坊鄰居敘舊，還以零接觸的形式參加教會聚會。我跑了趟圖書館借跟失智有關的書，並提前掛了醫院的門診，還去找了熟悉的房仲，開始著手進行在梁山時跟女兒討論過的事。當時女兒跟我聯絡，我們討論了幾件事，現在該是時候進行了。便利店剛好有個週末時段缺人，我決定接下來自己做，並利用閒暇時間學英文。我認爲忙碌的日常生活能防止大腦退化，所以打算讓自己勞心勞力，一點也不懈怠。我一邊唱著歌，一邊用右手打拍子，一邊用左手抄寫英文單字。

時間是金。這段日子讓我重新體悟到，人生最重要的東西就是時間。不知從何時開始，我總覺得自己頭頂上有座沙漏，從沙漏中流下的時間之沙，一點一滴塡滿我的腦袋。我有時會忘記自己前一天下午做了什麼，也經常反覆詢問兒子相同的問題。

我，正努力對抗疾病。爲了捍衛自己剩餘的時間，我每天都扎扎實實地做足抵禦的準備，因應可能到來的決戰。

進入秋意漸濃的十月。一天，我跟兒子一起走在銀杏葉鋪成的金黃地毯上。每當我們一家人有任何喜事，都會去厚岩洞那間中國餐館用餐。岷廷跟岷植畢業的時候，我們也去了那裡吃飯。老公也總是在這裡慶生。他非常喜歡吃中國料理，很喜歡來這裡吃八寶菜配高粱酒。比起披薩或炸豬排等餐點，兩個孩子也比較喜歡中國料理，因此總是吃得津津有味。也許是因爲這樣，當我提議今天要到這間餐廳吃飯，女兒跟兒子都二話不說立刻同意。

這間中國餐廳一如既往。唯一的改變，就是入店前必須量測體溫，還要用手機進行實聯制登記，除此之外沒有任何改變。

進入訂好的包廂，女兒跟女婿已經先到了。兒子跟我一進來，等待已久的夫妻倆便立刻向服務生點餐。我們已經好久沒有一家人一起吃飯了。席間就像平常一樣，岷植開了些無聊的玩笑，然後被岷廷斥責，女婿則不停跟我說一些幾乎像是在阿諛奉承的好話。岷廷推薦了一間她認識的，專門治療失智的醫院給我，要我別再去現在的醫院，我說我會考慮。孫女俊熙已經上了小學，卻因爲疫情而從來沒眞正到學校上過課，讓我覺得有點心疼。這次的餐會她沒能出席，我是透過視訊跟她打了招呼。岷植跟女婿不畏岷廷凶狠的目光，大膽點了第二瓶煙台高粱。不知道是不是因爲主廚換了人，老公喜歡的八寶菜味道居然沒那麼好吃了，但後來我又覺得，或許是我的口味改變了也說不定。畢竟失智也會改變人記住味道的方式。

看吃得差不多了，我點了一道麵替這次的聚餐收尾，接著岷廷便開口問我：

「媽，妳約這頓飯，是有話要說吧？」

「對。」

「那就趕快說吧，防疫政策有規定營業時間，我們不能待太晚。現在去咖啡廳也不能待太久。」

「餐廳關門了，我們可以回家講啊，姊夫跟我剛好可以再喝一杯。」

「拜託你可以學會看時機嗎？少在那亂插話！」

「妳凶什麼？這件事也跟我有關，我哪有亂插話？」

「不要在那廢話啦。」

「妳是在急什麼啊？有這麼缺錢喔？」

「別吵了。」我加重說話的力道，一對兒女立刻閉上嘴。

我確實認爲，現在該是把事情說清楚的時候了。還在這時候宣布我的決定，是趁我還有能力時解決女兒和兒子之間的衝突，也是爲面對所剩無幾的人生做準備。

「首先，岷廷和正勳，你們兩個準備開醫院這件事，我覺得很好。你們這麼辛苦，但我實在幫不上什麼忙，所以我一直很煩惱。沒法回應你們所有要求，也是因爲我還得顧到岷植。岷植本來也很讓我傷腦筋，不過現在他決定好好經營便利店，所以我才有辦法做出這個決定，希望你們可以理解。」

說完，我拿起茶杯來喝了口茶。感覺像站上睽違已久的講台，讓我不禁有些口乾舌燥。喝了一口茉莉花茶後，我看了看緊盯著我的六隻眼睛，清了清喉嚨。

「我會把現在岷植跟我住的公寓過戶給你們，我問過房仲了，現在市價超過三億韓元。如果抓個整數賣三億，應該可以很快找到買主。」

聽我這麼一說，岷植立刻發出不平之鳴，我怒瞪了他一眼，沒有多理會他。

「看是要賣掉房子，補貼買大樓的錢，還是把房子租出去，多一筆租金的收入，你們自己決定。岷植就搬去新龍山的商務公寓。」

「那媽妳要住哪？」女婿小心翼翼地問道。

「我也要搬出去獨立。」

女兒跟女婿低聲嘆了口氣。

「我在淑大正門附近看了間套房，我會把我的存款拿出來，再拿其他錢湊一下，應該有辦法湊到押金*。生活費就透過便利店的工作賺，岷植是老闆，肯定能給我一個兼職的時段。所以我也打算趁這個機會，把便利店過戶給岷植。」

「媽！」

岷廷皺起眉頭抗議。我毫不猶豫地接著說。

「岷植要依照約定，經營便利店三年，好好學習經營事業的基本功。三年後看是要用學來的技巧再多開便利店，還是要把店賣掉籌措創業基金，都由你自己決定。」

「謝啦，媽！」

---

*此處應是指欲以韓國特有，只需在入住時付高額押金，不需額外付月租的方式租房。

岷植開心地跟我鞠躬道謝，岷廷則在一旁瞪著他。女婿努力掩飾自己不滿的神情，我看著女兒跟女婿，刻意加重語氣說道：

「你們跟岷植之前都一直說，便利店又賺不到錢，幹麼還要經營下去，但我一直是爲了員工的生計才經營這間便利店的。不過現在，便利店也會影響到我跟岷植的生計，所以我打算跟岷植一起把店經營起來，希望你們可以理解並支持我的決定。」

女婿看了看現場的狀況，默默點頭表示同意。女兒則垂下眼，靜靜拿起水杯湊到自己的嘴邊。我決定把剩下的話說完。

「這樣一來，我就沒剩什麼財產了。醫生說輕度認知障礙有百分之十五的機率會發展成失智，而且我又有家族病史，失智是不可避免的結果。所以我現在就跟你們說清楚，到時一定要送我去住療養院。」

女兒用哀怨的眼神看著我。

「媽，我不是叫妳不要這麼早就開始想這些嗎？怎麼不叫岷植照顧妳就好？」

「岷植現在就是在照顧我啦，他都陪我一起去醫院。但等我的失智越來越嚴重，沒辦法正常生活時，光靠岷植怎麼行？你們肯定得一起來照顧我，我說的沒錯吧？」

「是沒錯啦……我們當然會照顧你，我只是覺得岷植應該要更有責任感。」

「姊！我已經不是以前的我了！」

「我憑什麼信你？你沒有信用可言！」

「呼，我是不知道要怎麼做才能讓你相信我，不過我願意在這裡，正式爲過去幾年搞消失、生活太放蕩的事跟妳道歉。」

說完，岷植便對著岷廷與女婿鞠了一個九十度的躬，這讓他們兩人不知所措。岷植維持著鞠躬的姿勢並高聲說：

「爸爸生病的時候，眞的很感謝姊姊跟姊夫幫忙，我眞的覺得很對不起你們。」

不知道是不是因爲彎著腰，感覺岷植的聲音似乎更響亮了，其中似乎還夾雜著一絲細微的顫抖。我不知該怎麼辦，只能在一旁看著兒子。岷植抬起頭來，用相當眞摯的眼神看著我們。

「我沒有什麼太大的野心，不會去打一些歪主意，只是想把ALWAYS便利店經營好而已。我會努力賺自己的房租跟生活費，也會好好學習怎麼經營事業，我是說眞的。」

說完，岷植像被罰站一樣，直挺挺地站在原地。女婿輕輕鼓掌，女兒則瞪了他一眼，然後才用手勢示意岷植坐下。

兒子坐回椅子上，我看了所有人一眼，深吸一口氣。

「你們的爸爸臨終時，曾拜託我一件事。你們知道是什麼嗎？他拜託我，別讓岷廷跟岷植吵架。我今天提議的事情，希望大家都能夠同意。很高興看到岷植道歉，也很謝謝岷廷跟女婿接受他的道歉。爸爸在天上看見你們這樣和解，肯定會很欣慰。」

包廂裡鴉雀無聲，兩個孩子彷彿看見爸爸出現在自己面前似的，默默低下了頭。

「還有，我也要謝謝你們。」我以顫抖的聲音說。

隨著年紀漸長，我開始期待每一年的十一月。年輕時我最喜歡的月份是五月，但不知不覺間卻開始喜歡上十一月。會是因爲人生就好像一年的十二個月份嗎？年輕時最喜歡的是春天，但隨著年紀增長，便開始喜歡這個代表一年即將邁入尾聲的月份。雖然不明白自己的喜好爲何會有這樣的轉變，但對現在的我來說，十一月蕭瑟冷清的氣氛，反而能讓我心底產生一股難以言喻的悸動。

上個月搬進這間不過十坪大的套房，空間不大，卻相當溫馨。暖氣運作正常，隔音也很好，房子本身就內建許多家電設備，讓我能更有效率地使用空間。我清理掉不會再穿的衣服、不會再用的物品，把書捐給教會圖書館，屋子也多出不少空間能使用。

仔細想想，這是我這輩子第一次擁有屬於自己的空間。年輕時生活在大家庭裡，大學時跟弟弟一起來首爾，住在一棟老式洋房的半地下室。一直到結婚後，我都不曾有過屬於自己的私人空間。不久前過戶給女兒的公寓，也布滿了全家人一起生活的痕跡，絲毫沒有專屬於我自己的感覺。

這棟大樓裡有不少出租套房，也許是因爲就在大學附近的關係，有不少淑大的學生入住，讓我彷彿重新回到剛來首爾讀大學的那段時期。換了個新的居住空間，開啓人生第二章的感覺因此更加清晰。我正爲了夢想已久的目標而學習準備。我開始接受預防失智的教育，並按部就班地服藥，還定期參加羽球社團鍛鍊體力。新冠肺炎依然沒有消失，仍在顚覆這整個世界。但我所熟悉的人類歷史早已證明過，再怎麼糟糕的情況都會過去的，我也深深相信這個道理。

我每天都會欣賞掛在房間角落的世界地圖，就像在欣賞一幅精美的畫作。等讓全世界停擺的病毒消失，我肯定會到亞洲各國的巷弄與森林裡探險，也會拜訪歐洲的庭園與古老建築。我會環遊世界，創造許多美好的回憶。直到我的記憶完全消失爲止，我都會用值得紀念的回憶滿足自己的身心。

永生難忘的回憶，絕對不會只是想像。

十一月中，我接到一通電話，光看存在通訊錄裡的名字，根本想不起來究竟是誰。不過之前也發生過這種事，所以我沒太在意，而是做好準備就接起電話。電話那頭是名女子的聲音，說她是去年曾到梁山拜訪我的人，她告訴我一件我早已遺忘的事情。我趕緊啓動思考迴路，努力理解她說的話。

經過一段時間的對話，我冰封的記憶終於逐漸解凍。她說她要到便利店來找我，我跟她說好了時間。掛上電話後，我盯著螢幕上那個自己輸入的名字看了好久。

鄭仁景編劇（舞台劇）

把剛才通話的內容跟這個名字連結在一起，我才終於明白是怎麼回事。

去年夏天她跟我聯絡，說是從獨孤那裡拿到我的聯絡方式。鄭編劇之前曾經短暫住在我們便利店對面的公寓，她說她聽了獨孤的故事之後，便以這個故事寫了一齣舞台劇。這讓我感到又驚又喜，趕緊問她打給我是不是需要什麼協助。她說畢竟寫的是我們便利店與獨孤的故事，所以故事中會有便利店老闆這個角色，她希望能夠跟我見上一面，也想當面跟我打聲招呼，並且取得我的同意。

我說她不需要特地爲此跑一趟梁山，並祝福他們演出能夠順利，但她還是堅持一定要來見我一面。我一再拒絕，她不肯輕易放棄，還表示老家就在釜山，返鄉途中可以順道繞到梁山。她如此堅持，我實在說不過她，只好同意與她碰面。

幾天後，她開著車來到梁山的別墅，帶來一個超大的韓菓子禮盒，但更讓我驚訝的是她高大的身材與爽朗的外表，跟想像中的模樣截然不同。我說她看起來更適合當演員，她說自己原本是個演員，並脫下口罩讓我看見她開朗的笑容。

「我從來沒見過這樣的美女來我們便利店啊……」

「我是夜貓族，總是半夜才去光顧，而且還是每天都去報到。」

「難怪妳會認識獨孤。」

鄭編劇拍了一下手，用手勢示意我說得一點也沒錯。我再次詢問她來找我的目的，她說編劇的工作是要從許多地方蒐集靈感，並創作出合適的作品，這次的劇本以我們便利店爲靈感，也有許多便利店的人物會登場，所以必須取得我的同意。

我驚訝地問道：

「我聽說妳劇本都寫好了，如果我不同意，那要怎麼辦？」

「因爲我覺得只要我把劇本拿給妳看，妳應該就會同意，所以就先寫好了。是不是有點太衝動了？其實寫完之前我還沒什麼信心，畢竟新冠肺炎對舞台劇的生態造成很大的影響。」

「居然……」

「也因此才沒有提前通知妳。說來說去，寫作這件事，是代表一個人對自己有沒有信心。總之，我最後還是把劇本完成了，恰巧政府要推動舞台劇補助計畫，我想用這個劇本去申請補助。」

「那眞是太好了。」

鄭編劇舔了下嘴唇，從背包裡拿出一個東西，那就是劇本。

「不介意的話，麻煩妳看一下吧，也希望妳能同意我們演出。」

我感覺自己好像握著什麼重要的決定權，這尷尬又陌生的氣氛，讓我只想趕緊解決這件事。我懷著五味雜陳的心情，接過她遞給我的劇本。

封面上寫著這部舞台劇的名字，我呆看了好久。

有這個名字就夠了。我沒有翻開，直接把劇本還給在我面前，彷彿正在接受老師檢查作業的鄭編劇。她瞬間愣住，不知道該不該接過我遞回去的劇本。

「拿去吧，我很喜歡妳的劇本。」

「但妳連看都沒看……」

「剛才妳說寫作是代表一個人對自己的信心，所以我想妳一定很用心，我相信妳。」

鄭編劇像個牙牙學語的孩子，咬著嘴唇努力擠出她想說的話。

「謝謝妳，廉女士。」

這樣一句話，讓我想起很久以前一個十分暖心的回憶。

想起當時與鄭編劇碰面的事，我開始期待與她的再會。去年她跟我說會拿到政府因新冠肺炎而發的補助，不曉得是否順利？都過了一年多，現在才要正式開演，過程中不知道有多辛苦？是否有依照劇本順利推進呢？我突然對一切感到好奇。

兩天後，鄭編劇跟一名塊頭很大的男子一起出現在我們約好的地點，也就是便利店附近的咖啡廳。我努力壓抑自己興奮的心情迎接兩人。

這名和獨孤十分相似的男子先是向我打了招呼，然後才拉椅子坐下。不知是不是口渴了，他才脫下口罩便立刻倒水來喝。他露出整張臉，我才發現他跟獨孤還是有些不同之處。獨孤的臉型稜角分明，給人沉默木訥的感覺，他的臉型偏圓，看起來更忠厚老實一些。沒想到他竟是演員，真好奇他站上舞台會是什麼模樣，我相當期待他的演出。

鄭編劇像是與久別重逢的親戚碰面一樣，待我十分親切。她把已印刷成冊的劇本和場刊的打樣拿給我看，並拿出平板電腦讓我看看排練時拍的影片。這一切都讓我感到新鮮又有趣，甚至沒注意到我點的咖啡已經上桌。我專心看著影片，鄭編劇則在一旁解釋由於新冠肺炎的關係，他們的演出取消了兩次，再加上原本的導演辭職，她只好自己當導演。

我一邊翻看資料，一邊聽她解釋，感覺自己對這一切都懷抱著無比的期待。彷彿是我自己要站上舞台，一股無以名狀的情緒在我胸口翻騰。這群懷抱夢想的人，竟要藉著我的便利店揮灑他們的熱情，而這一切最後又回饋到我身上……這一切，讓我心中產生前所未有的獨特情緒。

「現在還有什麼我能做的嗎？我可以幫忙什麼呢？」

鄭編劇和男子互看了彼此一眼，然後又同時轉頭看向我。

「希望妳能來看開幕表演，我會幫妳留一個好位置。」

說完，她拿出一個裝有招待券的信封。我感動到不知該說什麼，愣了好一會兒才趕忙接過信封，接受她的邀請。

驚喜還不只是如此。一走出咖啡廳，鄭編劇向我道別後便匆匆離去，而飾演獨孤的男子則像保鑣一樣，陪著我一起往便利店的方向走。我十分訝異，並告訴他不需要送我回去。接著他哈哈哈笑了起來，那笑聲聽起來有些輕浮。笑完之後，他又對我眨了眨眼。

「廉女士，我是洪金寶。」

我一開始還不明白這句話的意思，接著他又說自己曾經在ALWAYS便利店工作過。今年夏天，他去便利店擔任大夜班，一邊揣摩獨孤這個角色，一邊賺取生活費。雖然現在有點遲了，但還是想跟我問聲好。

啊，原來就是他。我告訴他，謝謝他來我們店裡工作，也謝謝他對我兒子這麼好。

回到便利店，岷植正爲了今天的進貨內容跟吳店長爭執。兩人一看見金寶，便同時閉上了嘴。兒子開心迎上前去，金寶則摸了摸他的頭。吳店長滿臉笑容，有些挖苦地問金寶肚子是不是又更大了一些。不過我這才發現，他們兩人似乎還不知道金寶的事情。

金寶將事情從頭到尾向兩人解釋了一遍之後才離開。他們用大到彷彿要把便利店炸掉的聲量聊天，那聲音在我耳邊縈繞好久，始終揮之不去。

十天後，星期六的下午，我跟吳店長坐在後座，由兒子開車載我們一起去大學路。岷植穿上西裝，吳店長也特地穿上大衣，兩人看起來都經過精心打扮。我也穿上了退休儀式曾穿過的套裝。這幾年我有些發福，雖然衣服還穿得下，但並不太舒適。不過我決定把呼吸困難怪在口罩頭上。

岷植跟吳店長開心地聊著天。從金寶隱藏自己的眞實身分來當大夜班開始，到舞台劇場刊上印了青坡洞 ALWAYS 便利店的廣告，以及促成讓觀眾拿舞台劇票根來店消費，就能享九折優惠的事。兩人的對話，彷彿在爲稍後登場的表演暖身。

我靜靜地沒有說話，決定好好醞釀情緒，讓自己專心品味稍後登場的慶典。這種機會一生只有一次，我決心要好好記住這一天。只要有一個幸福且特別的回憶，就能讓人活過來。我決定把今天的活動，當成是預防失智症的藥物，未來天天都要服用。

抵達大學路並停好車之後，我們前往今天的演出劇場。平均年齡五十多歲的 ALWAYS 便利店三劍客，混入一群戴著口罩的年輕人當中。下到劇場的樓梯，有如《愛麗絲夢遊仙境》裡兔子洞的入口。我們在入口量測體溫、完成實聯制登記，出示邀請函之後便進入劇場。

舞台出現在我眼前，那是一間便利店。

變種病毒的出現，使新冠肺炎疫情仍不斷擴散。但即便疫情不見趨緩，鄭編劇仍要把戲搬上舞台，而且是從我的便利店獲得靈感所建構出的舞台，這一切實在太不眞實，即使我已經坐到印有自己名字的貴賓席，仍感覺像是在做夢。

劇場裡開始充斥著人們的腳步聲與談話聲，我覺得他們就像推門進入便利店的客人。稍後，場內的燈光熄滅，劇場陷入一片漆黑之中，搖身一變成爲青坡洞那間狹小又不便利的便利店。

我終於開始意識到，這一切都是眞的。這齣舞台劇就是我的人生，我的人生將會以這齣舞台劇的形式，被人們永遠記住。即使它消失在我腦海中，依然會隨時在觀眾的腦海中重現。

叮鈴。

隨著便利店玻璃門被推開的聲音響起，舞台燈也跟著點亮。演出正式開始。

我終於明白，觀賞一齣舞台劇有如經歷一段人生。

我專心看著在台上謝幕的演員，無暇分心鼓掌。擦了擦流下的眼淚時，發現吳店長也在旁邊偷偷擦淚。另一邊大力鼓掌的兒子，在發現我跟吳店長都哭了之後，忍不住放聲大笑。他的反應非常誇張，像是刻意要讓我們以爲他對這種事情司空見慣，一點都不感動。只是我竟不會對這樣的兒子產生反感，反倒因爲覺得他這樣很可愛而笑了出來。又哭又笑，我還眞是滑稽。

就在這時，我聽見身後有個低沉的聲音喊了我的名字。往後一看，發現一片漆黑的觀眾席上，有個男子站在那。他往前站了一步，我才能看見他的眼睛。他像是想讓我知道他是誰，主動脫下口罩露出臉來。我看見他的嘴角微微上揚，然後他悄聲問道：

「老闆，您過得好嗎？」

我沒說話，只是轉過身正面看向他，並朝著他的方向走了幾步。我伸出手，他握住我的手，靜靜對我微笑。我必須安撫自己怦怦跳的心臟。

「您認得我是誰嗎？」

「……還會是誰？當然是幫過我的人啊。」

我以溫柔慈祥的神情打量他。獨孤彎下腰來，輕輕抱了我一下，而我也伸手拍了拍他的背。然後靠在他耳邊，一字一句，以讓他能聽清楚的速度說：

「你還活著眞是太好了，謝謝你，謝謝你還活著。」

鼓掌聲逐漸平息，觀眾席的燈再度亮起。舞台劇落幕了，但獨孤與我的演出似乎才正要揭幕。

不便利的便利店
——幾經春去秋來

離開補習班所在的巷子，詩賢看見馬路對面的南營站。她往右一看，是一條連接漆黑小路的通道。只要沿著這條路走下去，就會進入青坡洞。曾經有段時間，在鷺梁津上完補習班之後，她就會搭車來南營站，從這條路走去便利店上班。詩賢結束短暫的回想，朝連通道下方那條小徑走去。

兩個月前，她開始到南營洞的日文補習班上課。這段時間，每當詩賢經過這裡，總是努力忽視連通道下方的那條小路。不知爲何，她總覺得去青坡洞似乎就得吃鬆餅店的草莓冰、就得去喜鵲家吃炸醬炒年糕，就得買個鯛魚燒去廉女士的便利店分給店裡的員工吃。

詩賢的個性謹慎，向來不輕易跨出自己的小圈圈。在便利店打工時，她在補習班上課，而現在的她依然在補習班上課。如今的她雖然仍然是考生，但已經放棄考公務員，而是以重新考過日語檢定，更新已過期的一級證書爲目標。會是因爲這樣，她才如此抗拒走上這條路嗎？如果她能夠帶著一些成就，或是在實現一些目標之後，再去造訪那間便利店，心情或許會與現在不同。她一直覺得，自己不能以現在這副德性現身。

兩個月來，這樣的心態讓詩賢即使重回這個社區，也沒有勇氣去拜訪廉女士。

昨天，詩賢決定刪除自己的 YouTube 頻道。她實在荒廢頻道太久，沒有意義的留言如雜草叢生。她決定好好整理自己的心情，就像是幫過去某個時期的自己做一個總結。

她登入帳號，在要刪除之前卻又有些留戀，便決定再花點時間看看以前的留言。在眾多留言之中，一則約莫一年多前的留言，讓她愣在螢幕前。

說明的方式讓人能輕鬆理解，語氣中也能感覺到爲觀眾著想的心，多虧了妳的影片，我學到很多。謝謝。

留言者的名字是「青色山丘」。正經八百的語氣一點也不像時下的年輕人，讓詩賢立刻聯想到廉女士。瞬間湧上一股懷念之情，讓詩賢的心開始動搖。她想起約兩年前，廉女士曾經打過一通電話給她，但她並沒有接，這時她心中浮現一股遲來的罪惡感，也讓她非常想念廉女士。

她想起新冠肺炎疫情爆發之前，自己被另一間便利店的老闆挖角，離開了廉女士的便利店。後來新冠肺炎疫情延燒，不知究竟何時才會結束，挖角她的老闆也因爲其他店面經營困難，決定把便利店賣掉，而當時擔任店長的她，自然遭到裁員。這讓詩賢感到挫折，有段時間都把自己關在房間裡足不出戶。一想起那段時期，她就心有不甘。

幸好去年開始從申老師那裡接到一些日文字幕翻譯的案子，她才得以重新振作。申老師是相當知名的日韓字幕翻譯師，主要的翻譯領域是替日本電影翻譯韓文字幕，兩人是在幾年前的一個電影節上認識。詩賢因爲喜歡日本電影，於是自願爲電影節擔任字幕翻譯志工，後來認識了當時負責校對的申老師。當時申老師認爲詩賢的譯文品質不錯，電影節過後，依然會不時委託她一些小譯案。只是後來詩賢決定專心準備考公職人員，雖然對老師有些過意不去，但她還是不得不拒絕老師發過來的案子。

新冠肺炎爆發、被便利店裁員之後，詩賢成天窩在房間裡面透過串流平台看連續劇與動畫，偶然發現某一部日劇的字幕翻譯恰巧是申老師。瞬間，她鼓起了不知哪來的勇氣跟老師聯絡。一方面是因爲那部日劇眞的很好看，另一方面也是因爲她覺得自己實在不能繼續窩在家，成天看父母的臉色了。她毫不猶豫，主動傳簡訊給申老師。說在看日劇時，意外發現字幕翻譯是老師，覺得非常開心。多虧了老師流暢的翻譯，讓她能夠更投入這部作品。想藉這個機會謝謝老師，也問候一下老師的近況。

沒過多久便收到老師回訊，除了謝謝詩賢喜歡自己的翻譯之外，也順道問起她的近況。詩賢說自己最近正在休息，申老師則告訴她，雖然因爲新冠肺炎疫情的關係，院線片的翻譯案少了，但串流平台的譯案增加，讓他的工作不減反增。還問詩賢如果願意，要不要重新開始接案，詩賢毫不猶豫地答應。詩賢很讚賞自己竟能如此果決。

字幕翻譯工作雖然很累、收入也不高，但越做越讓詩賢覺得，這似乎就是她最喜歡的工作。跟著重複日本動畫主角的台詞，並反覆琢磨選用哪個韓文詞彙呈現，這個過程看在別人眼裡或許有些無聊，對她來說卻是最有趣的單人遊戲。更重要的是，字幕翻譯有字數的限制，如果在一個畫面上出現的句子字數太多，觀眾可能會來不及看完。因此每當詩賢苦心思量，有效縮減字幕的字數時，她內心都會浮現一股莫大的成就感。別人眼中繁瑣、無趣的過程，在她看來卻是有如樂趣十足的拼圖遊戲。

公職考試、便利店兼職、影音創作者，都不是詩賢眞正想做的事。那些只是她想盡到一個成年人應該有工作、會賺錢的責任，並非她眞正喜愛的工作。

最後，詩賢終於有了結論。過去她主修日文，且想從事與日文有關的工作，所以還是要在這個領域找工作才對。而日文字幕翻譯工作，對喜歡獨處的詩賢來說，絕對是最棒的工作模式。

只是她沒有足夠的才能。重新開始接觸翻譯的詩賢，常因爲功力不足而身陷困境。最後她決定報名南營洞的日文補習班，那是她在學生時期上過課的地方。字幕翻譯賺來的錢，有一半得拿來報名補習班，但詩賢一點也不覺得可惜。這是她朝著自己理想目標邁進的路，她甚至覺得這是在替自己的未來保險。

總之，現在她非常想念廉女士。這位老闆具洞察力、懂得體貼人又隨和，兩人明明已經很久沒聯絡了，她居然還到自己的 YouTube 頻道留言。她眞的是一位每次回想起來，都會讓人無比感激的長輩。即便感激，但每次到南營洞上日文課時，詩賢卻還是沒有主動踏上連通道下的小路。直到昨天看見老闆的留言，她才覺得不能再拖下去了。新冠肺炎疫情肆虐的這段期間，她不是已經知道自己究竟浪費了多少時間嗎？詩賢決定，明天補習班下課後，一定要踏上連通道下方的那條小路，去拜訪久違了的青坡洞。

沿著青坡洞錯綜複雜的巷弄，詩賢來到 ALWAYS 便利店前。她看了看時間，已經過了晚上八點。以前這時間，廉女士都會坐在便利店外的用餐區，跟街坊鄰居或吳女士聊天。有時候也會跟詩賢閒聊一下才回去，彷彿要這麼做才能讓一天更加完整。但現在還是嗎？

向來膽小謹愼的詩賢，即使要來便利店，也沒有提前聯絡廉女士。畢竟光是再度拜訪這間便利店，就已經需要很大的勇氣了，如果不湊巧沒遇到老闆，那也只能期待下次再相會。

詩賢深吸了一口氣，走到店門口開門入內。

叮鈴。

她朝櫃檯看了一眼，是一名長髮飄逸的青年，了無生趣地站在櫃檯玩著手機。詩賢在小便利店中央的貨架之間穿梭，回想自己在這裡工作的那段時間。過去這間便利店因爲生意不好，沒法大量進貨，導致貨架上的商品多樣性不足，常常缺東缺西。而且很多老闆的朋友明明不買東西，還是愛在店裡進進出出。老闆也大量僱用只是來混日子的工讀生，這當然也包括詩賢在內。後來某一天，老闆甚至帶來一名過去曾經是街友的兼職大叔……這些記憶從便利店的角落冒出來，一個個向她撲去。詩賢趕緊回神。

果然還是該先聯絡廉女士再來。但見到面之後，又該說什麼好呢？如果只是想見廉女士一面，那是不是不該隔了這麼久才回來？越來越退縮的自己，讓詩賢很是不耐煩。在這種時候退縮是她的專長。是啊，今天就先回去吧。

空手離開有些不好意思，於是詩賢隨手拿了眼前買一送一的罐裝咖啡。這可是她還在這裡打工時，很少會有買一送一活動的商品。沒想到自己竟然還記得這些事，詩賢無奈地笑了出來。

她把同樣的兩罐咖啡放上櫃檯，兼職的青年才輕輕放下手機，拿起條碼掃描器。這傢伙真的很糟糕，客人進門時不會問好，就只顧著看手機。結帳時，甚至還不問客人要不要買袋子，動作又慢吞吞的，眞是看了不順眼。意識到自己竟然開始檢驗起店員的工作態度，詩賢再度無奈地笑了。

看來世上眞有職業病這回事。她掏出信用卡，跟這名工讀生對上眼。

「哇，怎麼是妳？」

詩賢也有跟他一模一樣的疑問。

「你才是，什麼時候回來韓國……」

「拜託！新冠肺炎爆發，我就像逃難一樣跑回來啦。」

俊成的聲音十分豪爽，沒錯，當初就是因爲喜歡這個聲音才喜歡他的嘛。因爲他現在留了一頭飄逸長髮，再加上戴著口罩，讓詩賢一時沒認出來，但正眼瞧他那雙深褐色瞳孔後，詩賢馬上認出眼前的工讀生是俊成。就是那個去了澳洲之後，自然斷了聯絡的男性朋友。仔細一想，俊成家本來就在青坡洞。當初也是因爲這樣，她才會對這間便利店的徵人公告有興趣並來應徵。

「妳是來找我的喔？」

「什麼啊？你怎麼還是那麼自戀？」

「但我們眞的好久沒見了。妳把口罩拿下來啦，讓我看看妳的臉。」

俊成先脫下口罩，展露一個大大笑容，秀出潔白牙齒。詩賢雖然有些尷尬，但還是跟著他一起脫下口罩。她尷尬地微微一笑，讓俊成覺得這確實就是他記憶中的詩賢。

「眞的是妳！哇，眞高興能見到妳！這咖啡我請啦，妳拿走吧。」

「……你不是說很高興見到我嗎？」

「所以才要請妳喝咖啡啊，快拿去吧。」

「很高興見到我，還要趕我走喔？」

詩賢一臉悶悶不樂，並重新戴上口罩。這時俊成才意識到自己說錯話，趕緊乾笑兩聲，然後當場把兩罐咖啡打開。一罐給詩賢，另一罐湊到自己嘴邊。他咕嚕咕嚕仰頭喝個不停，就像在喝可樂一樣。詩賢也脫下口罩，跟著喝了一口咖啡。俊成一臉不可思議地看著詩賢，這股尷尬感讓詩賢想趕緊說點什麼轉移話題，於是她只好據實以告。

「我以前在這工作，就疫情爆發前。」

「什麼？太酷了吧！」

「老闆呢？」

「老闆？等等會來接大夜班。」

這哪有可能？

一瞬間，詩賢還以爲這間店被賣掉了。

「是一位有點年紀的太太嗎？」

「不是耶，是個中年大叔。塊頭很大……啊，妳說的是老闆的媽媽嗎？老闆的媽媽常來，差不多都是這時間會過來。不過妳這樣一說我才發現，她好幾天沒來了耶。等等，那妳應該也認識店長阿姨囉？她好像在這裡做很久了。」

詩賢忙著消化這一堆排山倒海而來的資訊。吳女士似乎成了店長，更難以置信的是，老闆那個愛惹麻煩的兒子現在成了老闆。

「老闆的兒子，我是說現在的老闆，他人怎麼樣？還好嗎？」

「嗯，他人很好，經營手腕也很高明。」

「他好像不是這樣的人啊……」

「好像很快要開第二間店了，所以他最近白天也很忙。唉唷，我們得聊聊我們的事啦，幹麼一直問店裡的人？妳這段時間過得怎樣？」

「嗯，我……就那樣囉。疫情時代，大家都差不多嘛。」

「也對，疫情時代嘛。」

「我現在在南營站對面巷子裡的語言補習班上課。」

「是我們認識的那個地方嗎？哇，妳好厲害喔，居然還在學日文喔？別說是片假名了，我連平假名都忘光了，哈哈哈哈。」

隨後詩賢戴上口罩，表示明天下課後她會再過來看看，便趕緊離開便利店。

如果每天都來走走，遲早有一天會遇到廉女士的吧。遇見廉女士後，要告訴她自己的朋友在這裡上班。但她跟俊成還可以算是朋友嗎？她決心要趁著這次機會，再一次確認兩人的關係。

隔天，補習班下課後，詩賢再度前往青坡洞 ALWAYS 便利店。廉女士今天也不在，俊成今天則束起了長髮迎接她。他們又分享了跟昨天一樣的買一送一罐裝咖啡，聊起了這段時間各自的經歷。

俊成說自己在澳洲忙著學英文，本來想透過在澳洲認識的韓國哥哥介紹，去當非正式的觀光導遊兼司機。但因爲新冠肺炎爆發，他只能選擇回國。他原本對觀光旅遊很有興趣，所以才想多學點英文。但旅遊產業在疫情時代受到很大的打擊，他在家窩了好一陣子，每天看爸媽的臉色過活。

看來俊成這幾年過得和自己差不多，讓詩賢瞬間有種同病相憐的感覺。也許是因爲多了份同情心，她很自然地開始附和俊成說的話，還不時鼓勵他。

兩人也差不多在相同的時間點重新振作起來。去年俊成找到全新的目標並開始讀書，他正在準備考向外國人介紹韓國的觀光口譯。從前一陣子開始，俊成便白天到圖書館讀書，下午到晚上來這裡打工。

「現在韓國在全世界都很紅啊。《寄生上流》《魷魚遊戲》《殭屍校園》，還有防彈少年團！」

俊成興奮地說，等新冠肺炎疫情過去，全世界的遊客肯定都會湧進韓國，到時他要當一個向外國人介紹韓國的導遊。他興奮地說自己在澳洲學英文時的夢想，是住在國外並帶韓國遊客在當地到處觀光，現在雖然是反過來向外國人介紹韓國，但這反而讓他更有衝勁。俊成開朗的笑容有一半被口罩遮住，讓詩賢覺得有些可惜。

隔天，廉女士依然沒有出現。她只好繼續跟之前一樣，和俊成一邊聊天一邊喝著同樣的罐裝咖啡。今天，詩賢聊起自己過去這段時間的生活，也告訴俊成，她現在之所以會去上課，就是爲了把日文字幕翻譯的工作做得更好。俊成稱讚她邊工作邊學習實在很了不起，讓詩賢覺得有些驕傲。

兩人都在三十歲這一年，一起經歷新冠肺炎疫情帶來的挫折，一直到最近才重新振作起來，重新朝著夢想邁進。相似的生命軌跡讓他們對彼此的遭遇更有共鳴，聊起以前共同的回憶，甚至還讓他們有些哽咽。

俊成依然是個豪爽且不會察言觀色的人。雖然臉有點長，但長相非常和善，個子也很高。在澳洲那段時間，他在香蕉農場頂著艷陽工作，皮膚曬得有點黑，再搭配有點肌肉的身材，變得比以前更加帥氣。外型這麼亮眼，卻還是沒有女朋友，難道是因為不會察言觀色的緣故嗎？還是因為標準太高呢？唯一能確定的是，俊成把詩賢當成朋友，而這件事讓詩賢一則以喜一則以憂。能夠跟俊成重逢並延續友誼固然很好，可是沒有任何深入發展的空間，卻一點也不好。

過了一個週末，星期一補習班下課後，詩賢再度造訪便利店，依然沒遇到廉女士。她聯絡俊成，俊成要她乾脆主動跟廉女士約見面，這讓詩賢瞬間不知道該怎麼解釋，只好趕緊以她是想給廉女士一個驚喜來搪塞過去。她心裡有些不是滋味，因為不知從何時開始，她來便利店的目的已經是為了見俊成，而不是廉女士，偏偏俊成卻一點感覺也沒有。

但沒過多久，詩賢便明白原來俊成只是假裝不知情。

詩賢已經連續一星期每天都到便利店報到。

「妳來這邊很麻煩吧？」

俊成一口氣喝完罐裝咖啡後問道。詩賢一臉不解地轉頭看著他。

「什麼？我每天都來陪你打發時間耶……」

「沒有啦，就覺得不太方便啊，既會妨礙我工作，又讓我的心情起起伏伏。」

俊成看著窗外說。詩賢覺得俊成有點討厭，但又有些可愛，心想得趕快說點什麼接續這個話題才好。

「你知道嗎？這間便利店一直都很不便利，是一間不便利的便利店。」

「妳說什麼？」

「這是間不便利的便利店。店面又小、商品種類也不多，所以鄰居都說這裡是『不便利的便利店』。因此你在這裡上班，會感覺不太方便也是正常的，懂嗎？不要怪到我身上。」

「妳太會扯了吧。」

「嘿嘿。」

「但那是妳在這裡上班的時候，現在這裡很不錯喔，營收很好。完全不會不方便。如果不方便的話，營收就不可能會好吧？妳講的那是什麼時候的事啊？我會覺得不便……都是因為妳啦。」

原本嬉鬧的氣氛，卻因為俊成認眞的表情而嚴肅了起來。

「妳以後不要再來了。」

詩賢慌張得說不出話來。眞的要當場離開嗎？還是要像連續劇演的一樣，把咖啡往他臉上一潑，然後轉身走人呢？詩賢的腦中瞬間浮現五萬個想法，內心頓時無比混亂。

「但我們以後可以在外面碰面，下禮拜一起去散步吧。」

俊成淘氣地說。見詩賢被嚇得目瞪口呆，俊成嘆了口氣，轉過頭來凝視著詩賢。

「下禮拜的那天，一起出去玩吧。」

看詩賢依然有些不知所措，俊成無奈地笑了。

「我的意思是說，那個紀念性的日子，我們一起出去玩啦，就妳跟我兩個人。」

這時，詩賢才終於明白他的意思。詩賢點了點頭，露出一個尷尬的笑。然後絞盡腦汁試圖做出一些反擊。

「你講話眞的很會拐彎抹角耶，就直接說要約會不行喔？」

俊成用手把長髮往後撥，並開始說些無關緊要的話。就在這時有人進入便利店內，俊成一看見走進店內的人，便趕緊向詩賢使了個眼色。

詩賢轉身，恰巧看見廉女士正推門進入便利店內。

「老闆！」

詩賢喊出聲並迎上前去，把手勾在廉女士的手臂上。廉女士歪著頭，露出疑問的表情。她瞇著眼，上下打量詩賢，好像眼前站的是素昧平生的陌生人。詩賢趕緊脫下口罩，對著廉女士大聲說：

「廉老闆！是我！妳不記得我了嗎？」

這時廉女士才抓住詩賢的手臂。

「妳……對，妳是之前的工讀生。」

「對，我是詩賢。」

詩賢感動不已，雙眼泛著淚點了點頭。

「太好了，詩賢，很高興見到妳。過得好嗎？」

詩賢拚命點頭取代回答。不知爲何，她莫名覺得鼻酸。廉女士帶著微笑，輕拍著詩賢的手臂。

回家路上，地鐵四號線的車廂內，詩賢感覺胸口暖暖的，彷彿肋骨之間放了一個不停發熱的暖暖包。廉女士被診斷出有輕度認知障礙，現在正努力做預防失智的治療。她笑著說跟詩賢見面並聊聊往事，可以刺激她大腦中負責記憶的區塊，對預防失智有幫助。詩賢說如果眞的能幫上忙，那她很願意再來拜訪。廉女士臨走前，要詩賢有空多來走走，並說她很快就要實現自己長久以來的夢想，自己一個人去歐洲旅行了。

她說她想去佛羅倫斯的聖母百花大教堂與烏菲茲美術館，了解一下麥地奇家族的輝煌歷史；想去眺望愛琴海、探訪盛極一時的希臘文明；想去柏林圍牆的查理檢查哨，親自跨越那道圍牆。身爲歷史老師的她，終於能夠探訪這些歷史現場，讓她像個期待郊遊的孩子般興奮。

聽到這裡，詩賢才想起過去廉女士坐在便利店內的座位區，抓緊時間學英文的身影。被健康、被便利店的經營、被新冠肺炎疫情拖累的夢想，如今終於能夠實現，讓詩賢覺得好羨慕。

詩賢跟廉女士說，晚班工讀生俊成是個旅遊專家，英文也很好，有什麼需要幫忙的就儘管找他。廉女士表示相當歡迎俊成提供旅遊相關資訊，並希望有機會練習英文對話。接著她話鋒一轉，問起詩賢跟俊成的關係，那表情眞是有夠討人厭。詩賢遲疑了一下，然後答道：

「他原本是我的男性朋友，我在想有一天要把這個『性』字拿掉。」

廉女士愣了一下，然後才恍然大悟地笑著說：

「好，該拿掉的東西就趕快拿掉。」

過往在便利店工作的回憶，像跑馬燈似的在眼前浮現，越想越讓她覺得溫馨。如果在她遭遇挫折時，沒有看見申老師翻譯的連續劇，那現在會怎麼樣呢？如果她看了連續劇，卻沒能鼓起勇氣跟老師聯絡呢？如果她沒有鼓起勇氣，決定到離日文補習班不遠的ALWAYS便利店去看看呢？

因爲有了這一連串的決定，她才能夠與俊成及廉女士重逢。一段好的關係，絕對不會從天而降，而是需要透過思考、判斷與努力才能獲得。詩賢就像草原上的草食性動物，做什麼事情都是小心翼翼。也正因爲小心翼翼，所以她更加敏銳，更能夠察覺哪些人是抱持著好意來接近自己。之所以能延續跟申老師、廉女士的緣分，不也正是因爲這樣嗎？

那個已經不再只是「男性朋友」的男朋友也是這樣。

D-Day。

詩賢與俊成約在南營站前碰面。

兩人走過連通道，穿越青坡洞與葛月洞來到西部公車站。爲了遵守要走很多路的約定，詩賢刻意穿上運動鞋，走起路來輕巧又舒適。

從西部公車站搭乘電梯進入首爾車站，穿越車站時，詩賢短暫想起獨孤。前幾天跟廉女士見面時，得知他們兩人後來再度碰面的事。廉女士一臉欣慰地表示兩人在大學路的小劇場重逢，實在是非常戲劇化。

詩賢想起那間「不便利的便利店」。

想起那位身分不明的街友大叔開啓的這一切。詩賢在那一度很不便利的空間裡經歷了許多事，也在那遇見一個因為心中產生了微妙情愫，而忍不住抱怨詩賢的存在讓他「很不便」的青年。新冠肺炎與疫苗、變種病毒與疫苗追加劑、成為店長的吳女士與老闆的兒子改過自新、詩賢自己遭遇的挫折與重新振作，最後是如今走在自己身旁，爽朗又樂觀的男友，這一切彷彿都是由生命中新奇又獨特的偶然串聯而成。

穿越車站時，詩賢仔細觀察每一位她所看到的街友。她想起一天天改變的獨孤，也告訴自己，生命會以各種形式找到屬於自己的出路。

穿過首爾車站、走過南大門市場，兩人最後來到市政府前的廣場。許多人在廣場聚集，排成一列長長的隊伍。四處都是美食餐車與小型表演，讓兩人想起今天有一個由民眾自行舉辦的小小市集。人們不需要再保持距離，能夠聚在一起嬉笑、唱歌跳舞、吃喝玩樂，愉快地度過這一天。

「還好嗎？」

看詩賢揉著膝蓋，俊成出聲詢問。詩賢堅定地豎起大拇指，表示沒有問題。

「要再繼續走嗎？」

「當然要。」

詩賢走在前頭，俊成則牽起詩賢的手，配合她的步伐調整速度。

稍後，俊成跟詩賢一起走過清溪川，來到一個小小的廣場。俊成說這裡是柏林廣場，詩賢驚訝地表示她從來不知道這個廣場的名字。俊成指著一旁矗立的殘破水泥牆，說那是眞的柏林圍牆的殘骸。接著他又指著一旁的藍熊銅像，說那是象徵柏林的熊。詩賢開始覺得，俊成應該眞的能夠成爲一位很好的導遊。

兩人坐在柏林廣場一角的長椅上，觀察著四周的景色。

吃完午餐準備回辦公室的上班族，看起來神采奕奕，臉上閃閃發光。在以往，他們肯定是垂頭喪氣、拖著腳步回辦公室，但現在大家都不用戴口罩，一邊喝著外帶咖啡，一邊踏出充滿活力的步伐，彷彿連脖子上掛的識別證都輕快地晃動著，也使得旁觀者的心情跟著歡快了起來。或許是因爲詩賢沒當過上班族，所以每當看到這樣的情景，她心底總是會浮現一絲嫉妒。可是現在她發現自己已經能用不同的心情看待這一切，讓她開心得笑了出來。這時，一名路過的上班族女性偶然與詩賢對上眼，她一看到詩賢的笑容，便反射性地露出微笑。詩賢仔細一看，才發現路上的每個人，臉上都掛著淡淡的笑容。

人們像是被傳染一樣，一一開始露出笑容。不，應該說笑容擁有無比強大的傳染力吧？現在在這個地方，可是有比新冠病毒強上百倍、千倍的笑容病毒，在人群之間傳播。D-Day 就是 No Mask Day。沒有口罩的遮掩，笑容顯得更加燦爛；沒有口罩的遮掩，笑容得以更快傳播開來。

一回過頭，詩賢發現俊成也在笑。詩賢拍了拍他的肩膀，俊成轉過頭，露出只爲詩賢綻放的笑容。詩賢也跟著笑了。她下定決心，即使未來某天世界再度遭遇傳染病的襲擊，再度令人感到痛苦、不便，她也不會忘記微笑。

她會珍視在身旁與自己共同歡笑的人，她會與他們一起笑著。

致謝

感謝帶給我靈感的吳平碩、負責校對的鄭宥利、GS25 文來旗艦店、GS25 新林蘭友店、讀了草稿之後給了我許多建議的金周美與白哲賢，以及將這個故事出版成冊的樹旁之椅出版社代表李秀哲、何知純主編以及全體員工。另外也要感謝繪製封面的插畫家 Banzisu、提供我寫稿空間的「文字誕生之家」金圭成村長與金善淑夫人。

最後要感謝閱讀且喜愛《不便利的便利店》系列的各位讀者，在此向你們致上深深的謝意。

二〇二二年夏天
金浩然

Eurasian Publishing Group
圓神出版事業機構
用心與你對話・視野無限寬廣
寂寞出版社
Solo Press
www.booklife.com.tw
reader@mail.eurasian.com.tw
Soul 049

不便利的便利店 2

作　　者／金浩然 김호연
譯　　者／陳品芳
發 行 人／簡志忠
出 版 者／寂寞出版股份有限公司
地　　址／臺北市南京東路四段50號6樓之1
電　　話／（02）2579-6600・2579-8800・2570-3939
傳　　真／（02）2579-0338・2577-3220・2570-3636
副 社 長／陳秋月
資深主編／李宛蓁
責任編輯／朱玉立
校　　對／李宛蓁・朱玉立
美術編輯／金益健
行銷企畫／陳禹伶・鄭曉薇
印務統籌／劉鳳剛・高榮祥
監　　印／高榮祥
排　　版／陳采淇
總 經 銷／叩應有限公司
郵撥帳號／ 18707239
法律顧問／圓神出版事業機構法律顧問　蕭雄淋律師
印　　刷／祥峰印刷廠
2023年5月　初版
2024年9月　27刷

定價 420 元
ISBN 978-626-96733-6-0

人生就是關係，關係的根本就是溝通。

我發現只要能跟身旁的人交心，幸福其實離我們不遠。

——《不便利的便利店》

國家圖書館出版品預行編目資料

不便利的便利店 2 / 金浩然 著；陳品芳 譯.

-- 初版. -- 臺北市：寂寞出版股份有限公司，2023.05

352 面；14.8×20.8公分. --（Soul；49）

譯自：불편한 편의점. 2

ISBN 978-626-96733-6-0（平裝）

862.57 112003615